외계인 게임

외계인 게임
오음 장편소설
팩토리나인

목차

프롤로그

그녀에게 여행은 벗어남을 뜻했다. 교내 가장 어린 교사라는 위치, 관심과 보살핌이라는 명목의 지적과 수군거림, 전교조라는 딱지, 억측과 오해들, 편두통처럼 반복되는 불합당한 현실에는 떠남이 가장 효과적인 처방이었다.

다행히 교장은 교사들에게 무관심한 사람이었다. 최소한 원리 원칙을 따지며 이런저런 핑계로 교사들을 방학 동안에도 붙잡아 두는 사람은 아니었다. 그것 하나만으로 교장의 두둑한 뱃살도 그녀에겐 넘치는 인품으로 보였다. 방학이 있는 삶은 여행이 있는 삶을 뜻했고, 그것은 그녀가 도망을 꿈꿀 수 있다는 뜻이기도 했다.

여행의 이유를 묻는 이들에게 그녀의 대답은 막힘이 없었다. 먹먹한 마음에 노트에 알 수 없는 무언가를 써 내려가다

문득 그러기로 했다고……. 일 년 만에 마주한 동창에겐 떠나기 전 이렇게 한 명씩 얼굴을 보러 다니는 시간이 좋아서라고 했다가, 짧아진 머리칼을 만지며 여행을 핑계로 분위기를 가볍게 바꿀 수 있어 좋다고도 했다. 멀리 떠나곤 하는 그녀는 친구들에게 부러움의 대상이었다. 자신이 꿈꾸는 삶을 살고 있다는 주변의 말은 그녀의 은근한 자부심이기도 했다.

여행은 늘 환영받는 주제였으나 여행지가 문제였다. 파키스탄이나 훈자라는 이름은 메아리처럼 "왜?"라는 질문으로 되울려 왔다. 기대와는 다른 반응이 쏟아졌다. '나 이슬람교에 귀의하려고 해.'라든가, '그곳에 내 아이가 자라고 있어.' 같은 선언을 한 것도 아닌데 주변 사람들은 하나같이 토끼 눈을 했다. 사람들은 그녀가 종군기자라도 된 듯 위험을 생생히 소리 높였지만, 누구도 그녀 눈에 담긴 위태로움은 읽지 못했다. 그녀는 말없이 마치 미문 같은 미소만 빙긋이 지어 보였다.

그와 함께 발리로 떠나기로 한 약속이 이제 유효하지 않아서라고, 그를 지우며 체한 듯 보내던 하루하루 속에서 우연히 훈자 사진들을 보곤 훈자라는 단어만 맴돈 탓이라고 말할 수는 없었으니까. 본심을 꾹 누를 때마다 입 안에서 비누 맛이 돌았다. 예정대로라면 여행을 핑계로 슬쩍 그의 이야기를 꺼낼 참이었다. 그가 언제부터인가 우리를 우리라고 부르지 않음을 눈치챈 그녀는 기껏 완성한 퍼즐을 놓쳐버린 아이처럼 망연자실했다.

처음 만난 상대와 잠을 자는 건 가능하지만, 마음을 나누지 않은 관계를 우리라고는 부르지 않는다. 우리라는 말은 나라는 말보다 오래된 이름이며, 당신이라는 말보다 간절한 부름이다. 나와 당신을 우리라고 부르는 순간, 우리는 하나가 된다. 아무리 빛나는 나라도, 무엇보다 소중한 당신도, 가장 하찮은 우리 앞에 가려져 버리는 것이다. 그녀는 우리라는 말의 온도를 붙잡고 살아갔다. 그 곁에 서서 불을 쬐고 기대어 쉬며 하루를 보냈으나, 기어코 퍼즐은 깨어졌다. 아무것도 알 수 없이 뒤죽박죽된 퍼즐은 나와 당신이라는 조각으로 흩어졌다.

'괜찮아. 괜찮아. 나는 여행 중이야.'

장이 바뀌었으니 그곳을 잊고 오늘을 살자. 거듭 되뇌었지만 두고 온 것들이 떠오를 때마다 벌집이라도 삼킨 듯 마음에서 소란이 일었다. 그럴 때면 그녀는 자리에서 일어나 다시 주문을 외웠다. '괜찮아. 괜찮아.'라며 반복해서 읊조리며 거리로 나선 그녀는 풍경이 아닌 여행자들을 감상하곤 했다. 떠남을…… 그리고 오늘을 실감 나게 해주는 사람들을…….

바라나시의 라씨 가게에선 맨발로 여행하는 여대생을 만났다. 치앙마이의 한식당에선 10년이 넘게 자전거 여행 중인 아저씨를 만났고, 프라하의 광장에서 목까지 타투로 가득 채운 사진작가와 조각 피자를 나누어 먹기도 했다.

'학교에서 저렇게 맨발로 다닌다면 괴짜 교사라고 방송에라도 나올까?'

'요즘은 교사도 10년을 버티기 힘든 시대인데 10년 동안 페달을 밟았다니…….'

'교사가 저런 타투를 하면 모르긴 해도 최소한 감봉 조치는 당하겠지.'

분명 그녀와 다른 사람들. 그럼에도 그녀와 같은 여행자들. 기이한 에너지를 내뿜는 그들이, '그래, 너는 여행 중이야. 힘껏 도망쳤으니 다 괜찮아.' 하고 말을 걸어오는 것만 같았다. 말하자면 오후가 그랬다. 후라는 독특한 이름, 중성적인 묘한 분위기. 무엇보다 그녀가 놀랐던 건 그가 5개월 넘게 훈자에 머물고 있는 장기 여행자라는 점이었다. 아무리 아름다운 곳이라지만, 어찌 보면 그뿐인 작은 마을. 후는 이 훈자에 반해 3개월 한정인 파키스탄 비자를 3개월 더 연장했다고 했다. 현지 비자국을 찾아가 소위 뒷돈을 주고 편법으로 얻어낸 것이었다. 계절을 넘겨 단지 한 마을을 여행 중인 사람, 오후를 찾을 때마다 그녀는 자신이 지금, 여기에 있음에 안도감이 들었다. 마음에 들지 않으면 일찍 돌아오면 그만이라고 생각하고 떠나왔지만, 벌써 3주째. 충동적으로 찾아온 훈자는 그녀가 가장 오래 머문 여행지가 되었다.

그녀가 일행들을 마주한 훈자에서의 첫 밤이었다. 일행들은 하나하나 살구와 멀베리, 체리와 사과색으로 물들고 있었다. 서로를 향한 호의 섞인 질문 수만큼 훈자 와인을 기울인 탓이었다.

"이야, 오늘 밤하늘 어마어마하다."

남하나의 말에 모두가 소란을 멈추고 고개를 돌렸다. 저녁부터 비라도 올 듯 구름이 가득했던 하늘은, 어느새 하얗게 빛나는 별들이 빼곡하게 박혀 있었다. 함박눈이 쏟아지다 시간이라도 멈춘 듯, 눈송이처럼 여리고 탐스러운 것들이 제각각 빛을 뽐내고 있었다. 밖은 꽤 차가운 바람이 불었지만 하나둘씩 휴게실 밖 계단에 옹기종기 모여 앉았다.

그녀가 태어나 처음 마주한 은하수였다. 고요가 앉은 밤하늘에서 은하수를 타고 알 수 없는 파동이 그녀에게 전해지고 있었다. 지난 모든 시간이 이 순간으로 자신을 몰아왔다는 생각이 들었다. 시간의 흐름도 잊은 아득한 기억들이 입김으로 새어 나가고 있었다. 어떤 도망이 마침내 여행으로 변화되는 순간이었다.

얼마나 오래 바라보고 있었을까. 번개라도 치듯 은하수의 긴 띠 사이로 번쩍이며 별똥별이 떨어졌다.

"아……!"

자신도 모르게 작은 탄성을 낼 때, 누군가 그녀의 손을 잡았다. 오후였다. 뜨겁고 큰 손. 그제야 둘러보니 다른 이들은 추위를 피해 일어났는지 보이지 않았다. 오후만 그녀 옆에 그대로 앉아 하늘을 올려다보고 있었다. 밤색으로 그을린 피부에 턱수염이 자란 사내와 맞닿은 감촉이 어색하고 든든했다. 낯선 자장 같은 끌림이 손을 타고 교차되고 있었다. 어느새 이마가 시리고 발끝이 떨려왔지만, 손만은 그렇지 않았다. 순하고 얌전했다. 어떤 파동에 시야와 가슴이 번갈아 일렁였다. 몇 번의 별똥별이 반짝이다 고요히 사라질 때까지 둘은 오래도록 곁에 앉아 있었다.

김설

28세 여성

중학교 국어 교사

1

꿈보다 나은 아침은 없다. 눈을 뜨고서야 매번 꿈이었다는 걸 알아채곤 서둘러 눈을 감는다. 가끔 다시 잠이 들면 깨어나기 전의 꿈이 이어졌고, 더 가끔씩은 꿈이라는 것을 자각하고 털어놓지 못한 것을 쏟아내곤 했다. 꿈이지만 위로였고, 찰나지만 하루보다 나은 시간이었다.

경험은 쉬이 믿음을 만드는 법이라 매일 아침을 그렇게 보내지만, 오늘도 다시 잠이 들지는 못했다. 코끝이 시렸고 손끝이 그랬다. 경계가 모호해진 꿈을 접어 침대 밑에 두고는 이불을 당겼다. 입김으로 코끝을 덥히고 차가워진 양손은 허벅지 사이로 끼워 넣었다. 커피라도 쏟은 듯 후끈한 통증이 일었다. 베개 옆 갈라진 하얀 벽이 아직도 낯설어 이불 속으로 숨었다. 이불에 갇혀 내 방 침대 편의 겨자색 벽지를 떠올리다 보면, 마침내 그의 내음이 맡아진다.

끊지 못하는 담배와 스스로 못 견뎌 하는 소매에 밴 냄새, 향수는 질색하지만 인센스 스틱을 켜두고 생활하는 하루, 땀 흘리는 것을 싫어하면서도 더운 공기를 좋아하는 모순적 패턴이 만들어낸 그의 내음이 좋았다. 함께 누워 학교에서 있었던 소소한 이야기들을 꺼낼 때, 어깨에 기대어 단단한 턱을 몰래 올려다볼 때, 가슴팍에 머리를 올리고는 둥둥 하는 박동을 느낄 때도 언제나 그만의 내음이 풍겼다. 한 번도 말한 적 없지만 한결같은 그 향에 나는 안심했다. 쌉싸름하고 눅눅한 새벽 냄새 같은, 멀고 은은한 그것과 잠들고 깨어나는 내가 좋았다.

매일 밤, 어젯밤 꿈처럼 옅어진 그의 내음이 밴 티셔츠 두 벌을 겹쳐 입고서야 나는 잠이 든다. 헤어지며 그가 남긴 아니, 내가 돌려보내지 않은 그의 유일한 것. 여행을 떠나오며 가장 먼저 배낭 깊은 곳에 챙긴 짐이기도 했다. 명백한 안녕이었지만 혼자인 나는 안녕할 수 없었고, 그의 티셔츠를 입고 잠드는 것만으로도 한결 차분할 수 있었다. 여행을 떠나면 버릴 수 없는 습관과 양보할 수 없는 취향만이 남는다고 하던데, 내게 남은 패턴은 그의 내음에 잠들고 깨어나는 일, 그뿐이었다. 낯선 곳에서 나를 돌보는 익숙한 방식. 그러니 오늘도 나는 여행자보다는 혼자에 더 가깝지 않을까.

얼마나 눈을 감고 있었을까. 이불 밖으로 고개를 내미니 어느새 내 자리까지 밀려온 햇살에 입김이 부딪혔다. 담요 하나를 아무렇게나 두르곤 창가에 섰다. 뻣뻣한 커튼을 힘주어 젖히고 창문을 밀어내자 나무 창이 끄으윽 소리를 내며 힘겹게 열렸다.

구름 한 점 없는 새파란 하늘. 시린 눈을 가늘게 뜨고 긴 숨을 내쉬었다. 마을이 2,000m가 넘는 고도에 자리한 탓에 하루에도 몇 번이나 다른 하늘을 마주해야 하는 곳이지만 모처럼 맑은 아침, 발꿈치를 들고 팔을 힘껏 뻗으면 닿을 것만 같은 푸름이었다. 마당에 서 있는 살구나무 잎이 몇 번이나 창에 톡톡 부딪치자 하나 언니가 몸을 뒤척였다.

"설아, 몇 시야?"

"아, 일곱 시 조금 넘었어요."

"으음, 그럼 깨우지 마. 천천히 일어날게."

언니는 이불을 당겨 머리끝까지 덮어썼다. 웅크린 몸이 꼭 탐스러운 살구 같았다.

6인이 쓸 수 있는 여자 도미토리에 몇 주째 손님은 우리 둘뿐이다. 언니는 늘 나보다 늦게 잠들고 늦게 일어났다. 프리랜서 번역가인 언니는 이곳에서도 틈틈이 일을 하곤 했다. 갈색 피부가 어울리는 맵시 있는 몸매와 화려한 인상과는 다르게 입이 좀 험한 편이지만, 의외로 쿨한 성격이라 불편함은 그다지 없다. 종종 방에서 담배를 피우는 것만 빼자면…….

일찍 잠자리에 들고 담배 연기를 싫어하는 나를 피해 언니는 밤마다 숙소 2층에 있는 식당 겸 휴게실에서 작업을 하곤 했다. 때로는 최 작가님과 함께였다. 새 소설을 집필 중이라는 최 작가님도 골초여서 으레 휴게실은 연기가 가득했다.

이곳은 여유를 찾아 종일 게으르게 보내는 여행자들이 주로 모이는 곳이지만 나는 예외였다. 매일 아침 일찍 눈이 떠졌다. 일상에선 새벽 여섯 시면 일어나 한 시간여 출근 준비를 하고, 다시 한 시간여 지하철을 타고 경기도 한편에 자리한 중학교로 출근을 한다. 그렇게 보낸 시간이 어느새 4년.

몸의 기억이란 놀라워서 어느 날부터인가 알람이 울리기도 전에 자동으로 눈이 떠지기 시작하더니, 한껏 늦잠을 자도 좋을 휴일에도 몸은 눈치 없이 같은 시간에 깨어났다. 이곳에서도 마찬가지였다.

원망스러운 기상 패턴에도 나름 이점은 있는데, 내가 깨어나는 새벽이 유일하게 온수 샤워가 가능한 시간대라는 점이다. 작은 산골 마을답게 이곳은 전기가 귀하다. 주로 저녁 시간부터 전기가 들어와 해가 뜨면 다시 정전이 되는 식이다. 도미토리에 딸린 욕실엔 온수기가 하나 설치되어 있는데, 밤새 끓은 뜨거운 물이 정전이 되며 점점 식어 조금만 늦게 일어나도 온수를 쓸 수 없게 된다. 게다가 지금은 한 달이 넘는 여행에선 어쩔 수 없이 마주해야 하는 생리 기간이어서 더욱 샤워가 간절했다.

누름히 바래버린 욕실 벽엔 수도꼭지 두 개가 불뚝 나와 있다. 빨갛게 칠해진 수도꼭지를 돌려 적당한 통에 펄펄 김이 나는 온수를 담았다. 준비된 두 개의 통에 꼭 맞게 채우니 온수는 마침 동이 났다. 통 하나는 언니를 위해 구석에 밀어두고 내 몫인 온수를 작은 바가지에 담아 찬물을 섞어 조금씩, 조금씩 몸에 뿌리며 샤워를 했다. 처음엔 요령을 몰라 곤란했지만, 이젠 나름 익숙해져 몸을 웅크리고 앉아 머리부터 천천히 물을 끼얹으며 속옷 빨래까지 겸한 샤워를 마쳤다.

휴게실에 올라가 아침을 주문했다. 게스트 하우스를 운영하는 부지런한 세 형제는 아침 같은 미소로 나를 맞아줬다. 그 마음이 깃든 태도가 이 숙소의 가장 좋은 점이었다. 먼저 준비된 짜이 한 잔을 들고 휴게실 밖 계단에 앉았다. 매일 바라봐도 동화처럼 현실감 없는 이곳의 풍경에, 몇 번을 다시 뛰어도 익숙해질 수 없는 번지점프대 앞에 선 듯 가슴이 뛰었다.

시리게 파란 하늘을 찌르듯 맞닿은 설산에 감싸인 작은 마을. 길이라고 부를 만한 것은 한 줄기뿐이니 논과 산길, 집과

마당의 경계가 없이 아이들과 염소들, 양 떼들이 뛰어놀고, 집들 사이로 살구나무, 체리나무, 사과나무, 미루나무들이 빽빽하게 들어선 곳. 야생화들이 뿜어내는 향기를 따라 걷다 보면 친절한 노인이 차를 권하고, 나란히 엄마의 손을 잡은 아이들은 주머니를 가득 채운 살구와 체리를 내미는 곳.

그런 풍경에 홀려 매번 나도 모르게 피곤할 정도로 걷다 보면, '장난기 많은 천사가 천국의 한쪽 벽에 구멍을 뚫어두어 사람들이 그 틈으로 천국 안쪽을 구경할 수 있다면 이런 모습이지 않을까.' 하는 생각이 절로 들곤 했다.

짜이를 비우자 그사이 테이블엔 오믈렛과 토스트가 준비됐다. 휴대폰을 켜고 버터를 발랐다. 숙소 내에 와이파이가 잡히는 곳은 휴게실이 유일하다. 몇 통의 메시지가 와 있었다. 가능하면 매일 연락을 달라는 엄마, 전교조 교사들끼리 만든 대화창의 일상적인 수다. 여전한 그의 메시지.

서울과 훈자의 시차는 네 시간이다. 이곳은 오전 여덟 시니, 서울은 열두 시, 정오. 시차만큼 먼저 잠드는 그는 잠들기 전 내게 메시지를 보내고, 아침 식사를 하며 메시지를 확인한 나는 가끔 늦은 답장을 보낸다. 시차보다 먼 마음의 거리 때문이다.

멀리 왔지만 지금도 이별이라는 굴곡 없는 평행선에 서 있는 나라는 것을 안다. 세상의 반대편에 섰다고 해서 고통의 반대편에 당도하는 건 아니었다. 왜일까? 이별이 가져오는 것들은 왜 이별 전에는 알 수 없는 것일까? 이별은 그저 익숙한 몇 개의 표정을 지우는 일일 뿐이라 짐작했었다. 김이 서린 욕실의 거울을 닦아내듯 단숨에 지워내면 될 것으로 생각했다. 하지만 나의 예상은 간단히 빗나갔다. 손길과 내음이 그립더니, 부재에 걸려 넘어진 나를 멍하니 발견하곤 했다. 홀로 남겨질 나를 두고 볼 수 없어 먼 곳까지 떠나왔지만, 기억마다 그가 걸려 재채기가 나왔다.

휴대폰에 찍힌 단어의 나열이 어지러워 접시를 물렸다. 화면이 꺼진 액정 위로 일그러진 내 표정이 까맣게 비쳤다. 그미운 얼굴이 싫어 창가로 고개를 돌리니 건너 호텔 발코니에서 있는 후가 보였다.

'오후, 오후…….'

후는 나보다 더 희한한 이름을 가지고도 첫날부터 내 이름이 신기하다며 자꾸만 소리 내어 부르며 웃어 보였다. 티 없이 빙긋 웃는 미소와 큰 눈 때문인지 나도 매번 따라 웃음이 나왔다.

'설아, 설아.'

이별 후 누군가 내 이름을 매일 불러주는 일은 오랜만이었다.

망친 아침 식사는 그만두고 밖으로 나섰다. 마치 중독처럼 후의 이름을 소리 내어 부를 때마다 뿌연 입김이 나왔다.

2

번지는 입김을 보며 호텔에 도착하니, 후와 나은이가 테라스에서 식사 중이었다. 나를 발견한 나은이가 일어서며 밝게 인사를 건넸고, 후는 한 박자 늦게 손을 들어 아는 체를 했다. 서늘한 아침 공기에도 후는 웃통을 벗은 채로 식사 중이었다. 한달음에 달려와 내 팔짱을 낀 나은이와 발을 맞춰 걸으며 후에게 말을 건넸다.

"웬일로 일찍 일어나 있네. 근데 안 추워?"

"괜찮아, 광합성 중이야. 귀한 햇볕인데 실컷 받아둬야지."

후가 남은 커피를 한입에 털어 넣고는 말했다. 여행 경력을 말해주듯 드러난 상체는 볶은 원두처럼 그을려 있었다. 담배에 불을 붙이며 일어서자 등을 가득 채운 타투가 보였다.

"어? 너 타투 한 거야? 그거 세계 지도인가?"

"아, 언니 몰랐어요? 오빤 역시 괴짜라니까요. 세계 여행을 하면서 갔던 나라들을 하나씩 등에 표시해 둘 거래요."

나은이가 답했다.

"그렇구나. 그렇게 크게 그렸는데 아프지는 않았어?"

"등은 별로 아픈 부위도 아니에요. 남자가 그 정돈 참아야지. 물론 오빠는 엄살이 심하지만……."

배시시 웃으며 대신하여 말하는 나은이 뒤로 후가 어깨를 으쓱해 보였다.

"저 꼬마도 타투 있어."

후의 말에 나은이가 팔목을 걷어 내보였다. 하얀 손목 위로 꽃과 넝쿨 모양의 타투가 그려져 있었다.

"우와, 나은이도 있었구나. 대단하네. 난 생각도 해본 적이 없어서……."

"그게 나아요. 타투도 은근 중독이거든요."

"그래, 교사가 타투라니, 안 되지. 안 돼. 타투는 나은이처럼 막 나가는 꼬맹이들이나 어울리지."

"뭐래! 오빠가 제일 막살면서."

"그러니까 나도 했잖아. 동지끼리 욱하지 말자. 씻고 올게. 둘이 좀 놀고 있어."

뾰로통한 나은이의 어깨를 토닥이며 후가 방으로 들어갔다. 잠시 후 나은이가 그릇을 치우려고 일어섰고 나는 테라스에 앉아 휴대폰을 꺼냈다. 아직 보내지 못한 답장을 할 생각에서였다. 애써 그의 메시지를 무시하고 다른 이름들만 자꾸 들여다봤다.

[아무리 생각해도 김설 쌤과 파키스탄이라니. 이 부조화는 무엇인가?]

[훈자 사진들 좀 보내봐요. 그렇게 말로만 자랑하지 말고요.]

[여행지에서의 로맨스는 없어요? 어서 연애해야죠!]

전교조 선생님들과의 대화 창에 오랜만에 답장을 쓰기로 했다.

[훈자는 놀라워요. 기대 이상이라서 비행기표도 연장했고요. 좋은 여행자들이랑 신나게 보내고 있어요. 힐링하고 갈 수 있을 것 같아요!]

바로 선생님들의 답장이 이어졌다.

[좋은 여행자들? 혹시 좋은 남자 때문?]

[맞네, 맞아! 설마 여자들끼리만 어울리는 건 아니죠? 어서 털어놔 봐요.]

좋은 남자라든지, 로맨스 같은 말에 괜스레 후가 들어간 방쪽을 살피다 답장을 했다.

[여자들도 있고 남자들도 있고. 로맨스는 아니지만 가까워진 친구는 있어요.]

[오, 누구예요? 어떻게 만난 거예요?]

[아! 그럼 몇 년 만의 핑크빛 기류인가요? 좋겠다, 쌤!]

지난 그와의 시간은 아무에게도 말하지 못했기에 이런 반응은 당연한 것이었다. 그걸 알면서도, 그와 함께 보낸 시간들만 토막 내듯 썰어져 인생에서 내던져진 것처럼 한쪽이 허전했다.

[정말 그냥 친해진 남자예요. 훈자 첫날에 터미널에서 부딪힌 남자라고 해야 하나? 도움받고 어쩌다 보니 같이 여행하고 있어요.]

[오오! 정말인가 보네! 축하, 축하!]

[부딪히다니! 원래 사랑은 사고처럼 부딪히는 거죠. 그렇게 시작되잖아요. 다음 스토리도 기대할게요!]

선생님들의 장난스러운 관심과 응원이 싫지 않았다. 훈자에 도착해 매일같이 일행들과 시간을 보내면서 점점 후가 신경 쓰이는 건 사실이었으니까. 후에게 내가 어떻게 보이는지, 이런 말은 해도 괜찮을지, 왜 가져온 옷들은 하나같이 이 모양인지, 후도 가끔 나와 비슷한 생각을 할는지…….

첫날부터 후를 만난 덕에 훈자에서의 모든 기억은 후와 함께 만든 셈이었다. 그동안 얻은 좋은 기억들을 하나씩 넣다 보니, 감출 수 없을 만큼 불룩해진 주머니처럼 내 마음도 부풀어 있었다. 나도 모르게 "후, 후." 또 이름을 발음해 보다,

문득 “설, 설.” 하며 내 이름도 소리 내어 불러본다. 어쩐지 커플의 키스 장면이 떠오르는 건 발음 때문일까, 입 모양 때문일까.

“좀 걸을까?”

갑작스러운 후의 목소리에 물벼락이라도 맞은 사람처럼 몸을 움츠렸다. 웃음이 터진 후가 머리칼에 물기를 털며 말했다.

“뭘 그리 놀라? 산책이나 다녀오자. 날도 좋은데.”

“응, 좋아. 나은이도 같이?”

“나은이는 낙현 형님이랑 이글 네스트 다녀오기로 했잖아.”

“아, 맞다! 어제 작가님이랑 같이 가기로 했지?”

구름 한 점 없는 파란 하늘에 따뜻한 햇살, 모처럼 후와 둘이 가는 산책까지……. 오늘은 뭐든 내 마음처럼 흐르는 하루 같았다.

후의 제안으로 수로 산책을 떠나기로 했다. 굽이굽이 놓인 수로를 따라 걷다 보면, 밭과 숲을 지나 훈자의 전경은 물론 마을 구석구석까지 둘러볼 수 있는 경로였다. 후가 머무는 호텔 옆 작은 아치문을 넘어서면 바로 수로로 이어졌다. 신발끈을 고쳐 매며 후가 물었다.

“한국의 봄은 어땠어?”

“한국? 참, 후는 봄을 못 보고 떠나왔겠구나?”

"응, 그게 좀 아쉬워. 매년 꽃구경을 갔거든. 벚꽃을 제일 좋아하기도 해서. 설이 너는 벚꽃 놀이 다녀왔어?"

"아, 응. 다녀왔지. 복잡했지만 꽃은 올해도 예뻤어."

후의 물음에 그와의 봄날이 떠올랐다. 조금씩 우리의 균열이 시작되던 시간. 나를 감싸던 그의 손이 나를 찾는 횟수가 줄어들던, 어느 순간 불안해진 내가 그의 손을 찾아도 맞잡은 손에서 아무런 감정도 흘러오지 않던 시기였다.

명징한 권태의 계절이었지만, 나는 봄의 회복력을 믿었다. 꽃이 피고 바람이 설렘처럼 불어오는 계절. 소원해진 그와의 관계를 회복해 보려고 멀리 지방까지 꽃을 보러 갔던 날. 나는 기대를 품고 도시락까지 정성스럽게 챙겨 그날을 맞이했다. 출발 때부터 막히는 도로와 더운 날씨를 탓하며 짜증을 내던 그는, 애써 준비한 도시락을 꺼내자 고마워하기는커녕 미세 먼지 때문에 밖에서 먹는 것은 좋지 않다며 투덜거렸다.

눈물이 흐를 것 같은 순간들을 몇 번이나 꾹 눌러 참아내며 손을 잡고 걸었다. 마주치는 아름다운 풍경 앞에선 남들처럼 사진을 찍고 싶어 발걸음을 멈췄지만, 널린 셀카봉에 질려버렸다며 그는 나를 끌었다. 걸음을 서두르는 그의 손까지 놓친 채 나는 휴대폰만 만지작거렸다. 그의 뒤를 따라 걷다 꽃잎이 다 떨어져 앙상해 보이는 벚나무 한 그루가 보였다. 내버려진 나의 손 같아 마음이 멈췄다. 그날 찍은 유일한 사진이었다.

생각을 떨쳐내고 후에게 물었다.

"후의 봄은 어땠어? 훈자의 꽃은 찬란하기로 유명하잖아?"

"눈부셨지. 첫날엔 눈과 흙뿐이었거든. 점차 녹색이 피어나고 온 세상이 푸르러지더니, 어느 날 갑자기 거짓말처럼 하얗고 붉게 피어나더라. 공기는 여전히 차갑고 고개를 들면 히말라야 봉우리들이 그대론데, 마을엔 온갖 꽃나무들이 흐드러지고 향기가 피어나는 거지. 현실 같지 않았어."

"아, 부럽다. 그때 반해서 이렇게 오래 있는 거야?"

"그럴지도……. 거짓말처럼 좋은 건 무서워. 거짓말처럼 사라질지 모르니까. 찬찬히 꽃이 다 지면 떠나야지 했는데 지금까지 있게 됐네."

"언젠간 나도 꼭 보고 싶다. 직접 보면 그 느낌이 어떤지. 지금도 이렇게 예쁜 곳인데. 아마 영영 보지 못하겠지. 교사를 그만두지 않는 한은……."

"볼 수 있을 거야. 그렇게 생각하자. 갑자기 너도 교사를 그만두고 나 같은 한량으로 살지도 모르잖아."

후의 말에 거짓말처럼 찾아올지 모를 그날을 떠올려 보다, '이미 후는 꿈처럼 살고 있구나.' 하는 생각이 들었다. 언젠가 그런 결심을 하는 날이 온다면, 그땐 너와 함께 오래 여행하고 싶다는 말은 하지 못했다.

걸음이 느려 늘 핀잔을 받는 나였지만 후와 함께라면 문제 없었다. 이미 익숙한 풍경일 텐데도 후는 좁고 낮은 풀 길도 차근히 지났다. 오래된 나무와 담벼락, 풀잎 하나하나 이름이라도 지어주려는 사람 같았다. 걸음마다 자국이 남았다. 보드라운 흙바닥에서 전해지는 감촉에 뿌듯했다. 순한 바람길을 따라 걷다, 분교 아이들에게 손을 올려 인사를 건네고, 마을 청년들의 크리켓 경기도 구경하며 산책을 이어갔다.

후가 어느 낮은 담 안으로 고개를 들이밀더니, 불쑥 문을 열고 들어섰다.

"들어와. 내 친구 집이야."

마당엔 알록달록한 옷들이 빨랫줄 한가득 걸려 있었다. 문소리를 들었는지 이내 여자아이 두 명이 달려 나왔다. 쭈뼛대면서도 후가 내미는 손에 하이파이브를 하더니 언니로 보이는 아이가 엄마를 불러왔다. 엄마가 웃으며 후를 향해 짜이를 권하자 후는 언제나처럼 엄지를 올려 보였다.

"우리 호텔 매니저 사르만 집이야. 전에 본 적 있지? 한국에서 일하고 와서 한국말도 꽤 할 줄 아는……. 지금은 집에 없나 보다. 짜이나 마시고 가자."

아이들은 부끄러운지 서로를 평상으로 밀어대더니 결국 후를 사이에 두고 나란히 앉았다. 자세를 고쳐 앉은 후가 가방을 뒤지더니 화장품 하나를 꺼내, 내게 내밀었다.

"설아, 이거 영양 크림? 뭐 그런 거니까 애들 좀 발라줘."

"아, 애들 주려고 챙겨온 거야?"

"응. 고도가 높으니 혹시 몰라 챙겨온 건데, 나는 이미 단련된 피부라 그런지 이런 거 없이도 충분해서."

이곳 아이들은 대부분 빨갛게 튼 뺨을 가지고 있다. 높은 고도의 강한 햇살과 세찬 바람, 길게 이어지는 겨울 탓일 것이다. 어린 사과 같은 새빨간 볼이 후의 눈에는 짠했던 모양이다. 내가 아이들의 얼굴에 크림을 바르는 동안, 후도 아이들의 까칠한 손에 꼼꼼하게 크림을 발랐다.

아이들의 엄마가 짜이와 쿠키를 내어오자, 후는 짜이 값이라며 화장품을 건넸다. 엄마는 환하게 웃으며 양쪽으로 아이들을 번쩍 안고 방으로 들어갔다.

"여기 사람들은 어쩜 저리 순할까. 우리 학교 애들도 이럼 얼마나 좋아."

"요즘 애들 힘들지?"

짜이를 따르며 후가 물었다.

"말해 뭐 하니. 한국 중학생들은 악마야."

"어른들이 지옥을 만들어둬서 그런지도 모르지. 그러게 왜 교사가 됐어."

"그러게. 남 가르치는 거, 사실 잘 안 맞아. 돌아가신 아버지 때문이지, 뭐. 엄한 아버지였으니까."

"그냥 아버지 뜻대로?"

"말하자면 그렇지. 원서를 준비할 때 몇 가지 내 생각을 말했는데, 날 쳐다보지도 않고 이러시는 거야. '딴말 말고 교사가 돼라. 여자에겐 그것보다 나은 직업도 없다. 젊은것들이 평범하고 지루한 삶이네, 뭐네 말들 하지만 모르는 소리지. 요즘같이 멍청하게 흘러가는 세상에서는 평범함이 승리하는 법이다.'라고. 근데 웃긴 건 반박할 수 있는 말이 없더라? 사실 꼭 되고 싶은 것도 없었고……. 그러다 보니 지금까지 김 선생님으로 살고 있네."

한숨을 내쉬고 후를 바라봤지만, 후는 말이 없었다. 낮고 흐린 빛이 눈썹 아래를 지났다.

"아, 이제 와서 다 헛소리지 뭐……. 한국은 지금 너무 덥겠지? 실감이 안 나네."

재빨리 화제를 바꾸고 실없이 웃어 보였지만, 후는 표정이 없었다. 괜한 소리를 한 것 같았다. 나의 문제였다. 평범, 단조로움, 수동적 같은 단어들을 사용해 스스로를 낮추는 습관이 나를 더 지루하게 만들고 있음을 알았다. 마음이 칼칼해져 짜이를 들이켰다. 청청한 하늘이 날 비웃는 것만 같았다. 흙탕물이라도 뿌리고 싶은 마음에 잔을 꽉 쥐었다.

3

수로 산책은 아랫마을과의 경계에서 마무리된다. 아랫마을은 여행자들을 위한 숙소나 식당 하나 없는 한적한 현지인 마을이어서, 바람마저 느리게 지날 것만 같은 곳이었다. 가파른 비탈길 아래로 정자 같은 휴식처가 있었다. 쉬어 가기 알맞은 장소였다. 후는 외투를 벗어 자리를 털어주더니 다시금 말아 베개처럼 깔고 훌쩍 누워버렸다.

"아, 지친다. 그래도 역시 좋군."

"응, 나도. 이런 풍경에 있다가 곧 한국에 뚝 떨어지면 얼마나 후유증이 길게 갈지 벌써 걱정이야."

"그렇겠네. 네 방학도 곧 끝나가니까. 평소에 스트레스는 어떻게 풀어? 넌 술도 별로 안 하고, 담배도 안 피우고 말이지."

"글쎄, 별거 없지. 지금처럼 방학 기다리다가 여행하고, 그 기억으로 또 한 학기 버티고. 뭐, 그런 식이야."

"그래도 대단하네. 잘 버텨내는 거. 난 그런 쪽엔 전혀 소질이 없더라."

후가 몸을 일으켜 가방에서 작은 찰흙 덩어리 같은 것을 꺼냈다.

"그게 뭐야?"

"해시시."

"아, 정말? 그런 것도 하는 거야?"

"별거 아니야. 담배보다 해롭지도 않고 중독성도 약하다고. 말하자면 이게 내 스트레스 치료제야."

후는 눈을 찡긋하더니 대수롭지 않게 말했다. 곧 그 얇은 갈색 덩어리를 손톱만큼 떼어내더니, 종이 위에 깨알만 한 크기들로 조각을 냈다. 담배 하나를 손가락으로 비벼 속을 빼내곤, 그것들을 서로 섞어 다시 담배에 눌러 넣고는 불을 붙였다. 흐뭇한 흙냄새와 훗훗한 풀 냄새가 번갈아 코에 스몄다.

"후, 너는 무섭지도 않아? 불법이기도 하고……."

"죄책감은 들지만 이걸 태우면서 느끼는 묘한 안정감이 있어."

"흠, 그건 어떻게 구한 거야? 파는 사람이 있어?"

"여기선 쉬워. 질 좋은 대마가 많이 자라잖아. 아, 잠시만."

연기를 내뱉으며 일어난 후가 잠시 주변을 둘러보다, 허리까지 오는 식물 몇 줄기를 꺾어 내 앞에 내밀었다.

"이거야. 이게 대마 풀이야. 아무렇지 않게 길에 피어나 있지. 그래서인지 이곳에선 교사들이나 경찰들까지 공공연하게 피우고 다니더라. 그러니 걱정 마."

"그래도 좋지 않은 건 맞잖아. 그냥 담배만 피우면 안 돼?"

"역시 설이답다. 어쩜 그리 선생님다운 말씀만 하시는지."

눈을 흘기는 나를 피해 다시 몸을 누인 후가 말을 이었다.

"그래, 나 같은 사람 한 명 있으면 너 같은 사람도 하나 있어야지. 그래야 공평하지."

꽁초를 던진 후가 눈을 감았다.

"취한 거야? 잘 거야? 여기서?"

"잠시만 이렇게 누워 있으면 돼. 그럼 기분이 나아져. 잠시만……."

'나 같은 사람 하나, 너 같은 사람 하나.'라는 말이, 우리는 너무 다른 사람이라며 밀쳐내는 것 같아 어딘가가 헛헛해져 왔다. 기분이 좋은 건지 이미 취해버린 건지, 후는 내 속도 모르고 팔자 좋게 누워 빙긋 잘도 웃었다.

나는 초등학교 교사였던 아버지와 그의 아내 역할에 충실한 엄마의 늦둥이 외동딸로 태어났다. 유독 엄마의 내향적 기질만을 물려받은 나는 딱히 사춘기란 것도 모르고 자란 아이였다. 학창 시절의 가장 큰 일탈이라곤, 단짝의 생일날 함께 야자를 도망쳐 나와 백화점 화장실에서 사복으로 갈아입고는 당시에 인기 있었던 청소년 관람 불가 영화를 봤던 것 정도였으니까. 그나마도 영화를 보는 내내 선생님이나 부모님에게서 전화가 올 것 같은 불안감에 영화가 끝날 때까지 휴대폰만 자꾸 확인하곤 했다. 그날 몇 시간 동안 이어졌던 긴장감에 눈이 충혈되고 복통까지 밀려와, 그 후로는 일탈 비스름한 것조차 꿈꾸지 않았다.

틀 안에 스스로 갇힌 채 안정감을 느끼는 사람, 정해진 패턴에 안도하는 나였다. 돌이켜 보자면, 나의 성격이 그런 것은 엄마가 물려주신 기질과 아버지의 엄한 훈육 때문이었던 것 같다.

재직하시던 학교에서 호랑이 선생님으로 유명했던 아버지는 집에서도 별반 다르지 않았다. 집에는 아버지가 사용하는 일명 사랑의 매가 몇 자루씩이나 준비되어 있었다. 왜인지 아버지는 그 막대기 여러 자루를 항상 내 방에 보관케 하셨다. 내 방 붙박이장 아래에 늘 그것들을 보관하게 하셔서, 아버지가 찾을 때마다 나는 막대기를 들고 아버지께 전하곤 했다. 가끔씩 그 사랑의 매는 내 종아리와 엉덩이에도 사용되었다. 내가 교사가 된 지금은 상상할 수 없는 일이지만, 당시에는 훈육이라는 이름하에 폭력과 학대라 볼 수밖에 없는 수준의 체벌이 아무렇지 않게 벌어지던 시절이었으니까.

아버지의 체벌은 주로 예상치 못한 상황에서 시작되곤 했다. '저녁 식사 시간에 하교 후 친구들과 떡볶이를 먹어서 배가 고프지 않다고 말해서, 수학여행 때 짧은 치마를 입은 사진을 아버지가 발견해서, 엄마가 잘못 세탁한 내 옷을 보고 짜증을 내서.' 등과 같은 이유들 때문이었다. 성격에 비해 눈물이 많은 편은 아니어서 모진 체벌을 다 받아내는 동안 나는 한 번도 눈물을 보인 적이 없었다. 항상 눈물을 보인 쪽은 엄마였는데, 아버지가 매를 들 때마다 주위에 서서 아버지를 말리지도 어쩌지도 못한 채, "어서 죄송하다고 말씀드려."라는 말만 글썽이며 반복하곤 했다.

아버지는 결혼과 출산을 통해 우리를 소유했다고 생각하는 사람이었다. 엄마는 스스로 가정의 소중한 일원이라고 믿으며 사셨던 것 같지만, 아버지는 언제나 주인과 같은 태도를 유지했다. 주인은 자기 것을 마음대로 사용했고, 우리는 주인에게 버림을 당할까 안절부절 눈치나 살피며 살아가는 꼴이었다. 내게는 그런 아버지가 너무도 두려운 존재였고, 언제나 벗어나고 싶은 대상이었다. 교사가 되어 월급을 받게 되면 무슨 일이 있어도 독립을 하리라 다짐했지만, 자유는 서둘러 찾아왔다. 교사가 되기도 전에 아버지는 떠났다. 뇌경색이었다.

"으, 어지럽네. 이리 와, 설아."

눈꼬리가 풀린 후가 힘겹게 나를 불렀다. 곁으로 옮겨 앉자 내 허벅지 위로 무릎베개를 했다.

"잠시만 졸게. 이렇게 있자. 십 분 아니, 이십 분만……."

맞닿은 후의 무게에 심장이 뛰었다. 크게 숨을 내쉬니 후에게서 풀 냄새가 났다. 문득 생리 중인 것이 염려됐다. 오늘은 샤워도 하고 보디로션까지 발랐으니 괜찮겠지. 마음을 진정시켰다. 허벅지에 후의 더운 입김이 느껴졌다. 위에서 후를 내려다보다가 깨어난 후에게 붉어진 얼굴을 들킬까 무서웠다. 앉은 자리는 찼지만 내게 더한 후의 무게만큼 몸은 뜨거워졌다. 깊게, 깊게 호흡을 했다. 한쪽 치마를 움켜쥔 손에 땀이 번졌다.

*

교육청의 지시로 시행되는 직업 체험 학습이 있는 날이었다. 직업 체험 학습은 학생들을 위한, 다양한 직업군 강사의 강연이 진행되는 방식이었다. 보컬 강사, 프로그래머, 디자이

너, 작가 등 강사들을 섭외하는 과정부터 프로그램 점검, 커리큘럼 평가까지 혼자 맡아서 해내야 하는 버거운 일이었다. 게다가 오늘은 기존에 프로그램을 맡았던 뮤지컬 선생님의 사정으로 임시로 연극배우분이 오시게 되어 내가 직접 보조 강사로 참여 지원을 맡았다.

학생들 앞에 서는 건 처음이라며 건강한 긴장감을 내보이던 그를 도와 무사히 프로그램을 마칠 수 있었다. 방과 후 프로그램이어서 정리를 서두르는데, 그가 내게 저녁을 사고 싶다고 했다. 혼자 하는 식사보다는 나을 것 같아 흔쾌히 수락하고, 그와 저녁을 함께하며 많은 이야기를 나누었다. 연극배우라는 직업부터 인상과 에너지, 자라온 환경과 사소한 취향까지도 나와는 전혀 다른 그에게 알 수 없는 끌림을 느꼈다. 무엇보다 즐거웠던 건 누구나 단번에 파악할 정도로 무난하고 평범함 자체인 나를, 그는 너무도 흥미로운 사람을 만난 듯 대해주었다는 것이었다. 자유롭게 살아온 그에겐 정형화된 나의 모습이 오히려 신선했던 걸까. 그는 나의 보통의 이야기들에 하나하나 놀라며 웃어주는 사람이었다. 처음 맛본 평범함의 승리였다.

식사 자리에서 이어진 술자리와 몇 번의 웃음소리, 몇 번의 휘청거림이 흐릿하게 지나고, 어느 순간 정신을 차려보니 알

몸인 채였다. 위에서 그의 무게가 느껴지고 아릿한 통증이 밀려왔다. 불빛 하나 없는 방의 어둠과 흐릿한 시야에 불안해져 차라리 눈을 감았다. 순간의 낯선 쾌감이 몇 번 스치더니 지속적인 통증이 일었다. 고통을 잊으려 그의 등을 감은 양손을 떼고 베개 끝을 움켜잡았다.

이토록 어두운 방, 혼자서 자위를 했던 많은 밤을 떠올렸다. 아버지에게 종아리를 맞은 어떤 밤. 다음 날이면 자리 잡을 멍 자국을 감추려 검은 스타킹을 교복 치마 위에 접어놓는데, 문득 나란히 놓여 있는 막대기들이 보였다. 포켓볼 큐처럼 날렵한 그것을 하나 빼어 들어 급히 이불 속에 숨겼다. 속옷만 입은 나는 평소처럼 옆으로 누워 다리 사이에 이불을 끼웠다. 양손으론 베개와 이불을 겹쳐 잡고 허벅지와 발끝에 힘을 주어 몸을 자극했다. 건조해진 입술 틈으로 체온보다 뜨거운 숨이 뿜어져 나왔다. 이마에 땀이 맺히며 익숙한 통증이 섞인 쾌감이 흘렀다. 허벅지 틈에 숨겨둔 막대기를 끼웠다. 딱딱하고 차가운, 낯설지만 깊은 쾌감을 끌고 왔다. 점차 통증이 더해갔지만 나는 멈추지 않았다.

그의 땀방울이 가슴 사이로 떨어졌다. 살며시 눈을 뜨니 그가 축축한 입술로 키스를 했다. 목을 움켜잡은 그의 손이 땀으로 미끄러웠다.

“때려줘요.”

그의 움직임에서 주저함이 느껴졌다.

“때려주세요. 어서요!”

더 큰 소리를 내며 그의 허리를 잡았다. 순간 왼쪽 뺨에 화끈한 통증이 일었다. 홧홧한 열기가 퍼지고 신음이 터졌다. 그의 리듬이 빨라지며 큰 손바닥이 나의 양 볼과 가슴에 통증을 만들었다. 팔을 휘두른 자리마다 그의 땀이 떨어졌다. 커지는 통증과 쾌감에 화약이 터지듯 소리를 질렀다. 옅은 비린내가 나고 그를 밀쳐내고 싶었지만, 내 양손은 그의 허리춤에서 더욱 힘을 주었다. 뜨겁게 흐르는 눈물에 양 볼이 쓰라렸다. 아무리 참으려 해도 눈물은 신음만큼 제멋대로였다.

*

추락이었다. 온몸을 감싸는 한기에 깜짝 놀라 몸을 일으켰다. 후가 잠시 움찔하더니 내 허리를 감고 웅크렸다. 꿈이었다. 지난 그와의 첫 밤의 꿈. 코가 맵고 눈가가 젖어 있었다.

늘 나를 가둬 놓았던 좁은 틀을 벗어나도 괜찮다고 말해준 사람, 내게 숨어 있던 욕망까지도 휘저어 들여다본 사람. 사랑하지 말아야 할 위험한 상대인 걸 알면서도, 죄책감이 곁든 만족감에 나는 중독되어 갔다. 나는 나를 오래도록 내버려 두었었다.

"으음……, 얼마나 잔 거야?"

깨어난 후가 충혈된 눈으로 나를 올려다보았다.

"한 시간 정도 지났네. 나도 따라 잠들어 버렸나 봐."

"쌀쌀하다, 이제. 구름도 많이 끼고. 슬슬 돌아갈까?"

여전히 내 다리를 베고 말하는 후의 긴 머리칼을 조심히 쓰다듬었다. 여행을 떠나오고 한 번도 자르지 않았다고 했다. 자리에서 일어난 후가 담배에 불을 붙였다. 기지개를 켜며 몸을 푸는데 멀리서 누군가가 다가오고 있었다. 복장을 보니 현지인이 아닌 여행자의 모습이었다.

"후야, 누가 온다. 누구지?"

우리가 걸어온 길을 따라 나타난 사람은 일본 여행자 히로미였다. 나와는 몇 마디 나눠본 적 없지만, 내가 도착하기 전부터 이미 훈자에 머물고 있던 장기 여행자여서 후와는 꽤 친해 보이는 사이였다. 몇 번 우리와 어울리며 일행들 앞에서는 수줍은 모습이었는데, 후 앞에선 늘 쾌활한 모습을 보여 신경이 쓰였다.

내게 가볍게 고개 인사를 건넨 히로미가 후의 얼굴에 자기 얼굴을 가깝게 갖다 대더니, "해시시?" 하고는 꿀밤을 놓았다. 빙긋 웃은 후가 서툰 일본어로 히로미와 대화를 이어가자, 나는 괜한 소외감에 옷과 머리의 매무새만 자꾸 고쳤다. 후가 나를 돌아보며 말했다.

“설아, 이제 돌아가자. 나, 히로미랑 갈 데가 있어. 너도 같이 갈래?”

“어? 약속이 있었구나?”

“아니야. 별건 아니고, 근처에 일본인이 세운 학교가 있거든. 거기 같이 가보기로 했는데 잊고 있었네. 같이 가자.”

“아니야, 둘이 다녀와. 난 근처 좀 둘러보다 나중에 숙소로 갈게. 저녁에 봐.”

마음에도 없는 소리가 나와 버렸다. 후는 정말 괜찮겠냐고 묻더니 속없이 환히 웃으며 돌아섰다. 몇 걸음 떼지도 않아 뭐가 좋은지 깔깔 웃어대는 히로미의 웃음소리가 거슬렸다. 분명 뒤 한번 돌아보지 않을 후의 뒷모습을 보기 싫어 평상에 풀썩 누워 버렸다. 구름이 빠르게 흐르며 자꾸만 새롭게 피어나고 있었다. 순간 허벅지가 저릿했다. 시큰한 통증에 몸을 일으켜 허벅지를 조심히 문질렀다. 후가 누웠던 자리, 입김이 닿은 곳이었다.

4

혼자 걷는 일과 함께 걷는 일은 지구만큼의 차이다. 곁에 선 사람, 바라볼 수 있는 등, 보폭을 맞춰 걷는 이가 있다는 것만으로도 주위의 모든 것이 아름다운 노래가 된다. 함께 걷던 후가 없으니 낮은 풀들과 담뿍한 꽃향내, 설산과 푸른 숲, 지저귀듯 흐르는 물줄기도 없는 것이 된다. 감탄도 쉼도 없는 길이었다. 피로가 겹으로 쌓인 종아리가 뻐근했다.

힘겹게 도착한 숙소는 한적했다. 휴게실을 지나 계단에 서니 앞마당에 하나 언니가 보였다. 숙소 형제들과 평상에 앉아 한담을 나누는 것 같았다. 아직 부스스한 모습이었다.

"언니, 뭐 하고 있었어요?"

나의 등장에 대화를 나누던 형제들이 자리에서 일어났다. 자리에 앉자 언니가 웃으며 말했다.

"휴대폰으로 친구들 사진 보여주고 있었어. 갑자기 궁금하더라고. 이 사람들 눈엔 누가 가장 예뻐 보일지."

"아, 그래요? 어때요? 역시 한국 남자들이랑은 달라요?"

"응, 일단 하얗고 수수해 보이는 애들만 예쁘다고 하네. 좀 만 화려한 느낌이면 어색한가 봐. 역시 나보다는 설이가 유리한 곳이랄까?"

"아하, 그래요? 그래도 언니는 여기 남자들이 툭하면 작업 걸잖아요."

"그건 그냥 껄떡대는 거지. 너 예쁘다, 이게 아니라 너랑 자고 싶다, 이쪽인 거라고. 나랑은 한번 자고 싶고, 너랑은 평생 살고 싶을 거야."

언니가 장난스레 옆구리를 찌르며 웃어 보였다. 어깨에 걸친 블랭킷 틈으로 얼핏 언니의 가슴 윤곽이 드러났다.

"참, 아침마다 고마워. 덕분에 간단히 씻었어."

언니의 말에 얼른 시선을 거뒀다.

"그냥 물만 받아두는 건데요, 뭘."

"뭐 하다가 왔어? 일찍 일어났던데 한참 만에 돌아왔네?"

"아, 그냥 혼자 산책하다 왔어요."

히로미와 떠난 후의 뒷모습이 떠올라 그렇게 얼버무리고 말았다.

"좀 이따가 작업하러 카페 갈 건데 같이 갈래?"

"네, 그래요. 저도 떠나기 전에 엽서라도 좀 써야겠어요."

언니와 방으로 들어와 침대에 몸을 뉘었다. 언니는 빈 침대에 널어둔 옷들을 하나둘 들춰 보더니 아무렇지 않게 옷을 벗었다. 이내 아담하고 봉긋한 가슴이 드러났다. 나는 놀라 얼른 몸을 일으켜 창가의 커튼을 쳤다. 도미토리 앞마당까지 외부인이 나오는 경우는 잘 없었지만, 밖에서 훤히 들여다볼 수 있는 구조였다. 매번 언니는 이런 내게 과도하다며 웃었지만, 언니의 자유분방함이 내게는 어색했다.

작년에 이 숙소에 묵었던 한국 여자 여행자가 큰 사고를 당했다고 한다. 그녀는 거침없고 자유로운 성격의 사람이라 이곳에서 현지인들과 자주 술자리를 가졌었다고 한다. 문제가 된 건 파키스탄의 다른 지역에서 온 현지 여행자였다. 그와 한참 술을 마시던 그녀가 휴게실 밖 계단에 앉아 담배를 피우고 있었는데, 그가 따라 나와 뒤에서 그녀의 가슴을 움켜잡은 것이었다. 놀란 그녀는 휴게실과 도미토리로 이어지는 위태로운 계단에서 떨어지며 크게 다쳐 귀국했고, 가해자는 별다른 처벌 없이 풀려났다. 한국 대사관에서 의례적인 항의를 했지만 그뿐이었다.

이 나라에서는 외국에서 홀로 여행 온 여자 여행자를 바라보는 시선 자체가 곱지 않고, 이곳 남성들과 술을 마시는 행위나 현지인들에 비해 가벼운 옷차림마저도 소위 쉬운 여자임을 뜻할 수 있다는 것이었다. 이 이야기를 내게 전해준 이가 하나 언니였고, "이 나라 전체를 계몽할 것 아니면 알아서 조심해야지."라고 말한 것도 언니였다.

내 시선 따위는 개의치 않고 몇 벌의 옷을 입고 벗던 언니가 날 보며 물었다.

"오늘은 해가 좋으니 가볍게 입고 싶은데, 나 티 나니?"

언니는 자신의 가슴을 가리켰다.

"아, 괜찮을 거 같은데요?"

또 보수적이라며 나를 타박할 언니가 귀찮아 얼버무리곤 책을 펼쳤다.

카페로 가는 길목에 자리한 기념품 가게에 들러 엽서를 고르기로 했다. 다양한 엽서는 물론이고, 커다란 카펫부터 온갖 장신구와 식기류, 숄과 전통 옷가지까지 빼곡한 매장은 여행자들을 홀리기 충분했다. 우리가 오랜만에 방문한 손님인 듯 주인아저씨는 잔뜩 들떠 짜이까지 내주었다. 언니는 이전에도 입어봤던 화려한 전통 의상들과 액세서리들을 하나하나 걸쳐보기 시작했다. 비싸 보이는 물건들만 잡는 언니에게 주인아저씨의 관심이 쏠린 덕에 나는 편히 엽서를 살펴볼 수 있었다.

이 여행도 끝이 보였다. 이곳에 가장 오래 머문 후를 비롯한 일행들도 대부분 훈자에서의 여행을 마무리하고 있었다. 오늘 저녁 지역을 정해, 내일 오전 모두 함께 훈자를 벗어나 며칠을 보내고 오기로 했다.

몇 번 이야기가 나왔던 근교의 풍경들이 엽서들에 담겨 있었다. 한 장 한 장 살피며 후와 함께 선 모습을 떠올려 보았다. 단연 아름다운 사진은 역시 꽃이 핀 봄의 훈자 전경이었다. 후는 저 풍경에 반해 매일같이 오래도 걸었겠구나……. 내가 만나기 전의 후 모습을 떠올리다가, 지난봄 그와 걸으며 마주친 앙상한 벚나무가 떠올랐다. 기억을 떨치려 서둘러 엽서를 골랐다. 계산을 마친 내 팔짱을 끼고 언니는 서둘러 가게 밖으로 나를 끌었다.

"저 자식 재수 없어. 들어온 순간부터 계속 내 가슴만 노골적으로 쳐다보잖아. 괜히 붙어 서서 옷도 입혀주고 받아주고. 아, 짜증나!"

팔짱을 끼고 가슴 부위를 가린 언니가 말했다.

"너는 왜 이렇게 엽서를 오래 골라? 으휴, 느끼한 자식! 호두 파이나 빨리 먹고 싶다. 달달한 게 필요해!"

괜한 불똥에다 금세 콧노래를 부르는 언니 때문에 기운이 빠졌다.

언니의 콧노래를 들으며 잠시 걷자 곧 창이 커다란 카페에 도착했다. 훈자에서 카페라고 부를 만한 곳은 이곳 하나뿐이다. 통유리로 탁 트인 훈자 전경을 내다보며 꽤 훌륭한 커피를 마실 수 있어, 짜이에 질린 여행자들에게 사랑을 받는 곳이었다. 커피와 함께 카페가 자랑하는 호두 파이를 주문하곤 나란히 창밖을 바라보고 앉았다. 노트북을 열어 한눈에도 복잡해 보이는 작업 툴을 켠 언니가 기지개를 켰다.

"후아. 이제 좀 달려볼까."

"언니는 정말 부러워요. 자유롭잖아요. 여행하면서 번역도 하고."

"뭐래, 여행 중에도 일까지 해야 하는 거지. 이게 다 먹고사니즘 아니겠니? 난 월급 꼬박꼬박 나오면서 노후까지 보장된 네가 부럽다."

언니의 말에도 불구하고 근사해 보이는 언니에 비해 나는 너무도 초라해 보였다. 내가 클럽에서 눈치를 보며 자리만 지키는 타입이라면, 언니는 막춤을 춰도 누구라도 따라 추고 싶게 만드는 매력을 가진 여자랄까. 매사에 당당하고 자유로운 태도의 언니에 비하면 나는 중세의 성에 갇혀 사는 것과 다름없었다. 이제야 새로운 작은 것들이라도 시도해 보려고 방학마다 여행을 하고 있지만, 나는 안다. 결혼을 하고 아이가 생기면 자연스레 여행도 멈추게 되겠지. 직장과 가정 모든 곳에서 인정을 받으려 학교와 가족의 기대에 맞춰 나를 혹사시킬 미래가 너무도 빤히 보여, 달콤한 호두 파이를 한입 가득 넣어보았지만 자꾸만 씁쓸해졌다.

"그래도 멋져 보여요. 원하는 일을 하고, 또 그 일이 예술에 관련된 일이란 것도요. 여행하며 글 쓰는 최 작가님도 그렇고."

"야, 설아. 인정해 주는 건 고맙지만, 최 작가랑 싸잡아 엮지는 말아줘. 나는 그 아저씨 딱 별로야."

"아, 왜요? 맨날 요리도 해주고 친절하잖아요?"

"그럼 뭐 해. 왕 수다쟁이에다가 음침한 기운도 그렇고 말이지. 자꾸 가슴에 시선을 두고. 네가 신경을 안 써서 그렇지 네 가슴도 훔쳐보고 있을걸? 넌 게다가 글래머잖아."

"언니! 그 단어를 쓰면 어떡해요. 여기 사장도 다 알아들을 텐데!"

"맞네! 어때? 큰 건 맞는데, 뭐. 자랑거리지!"

속삭이는 날 보며 언니는 한참을 깔깔 웃어댔다. '그럼 언니가 노브라로 다니지 않으면 되잖아요. 작가님이 해주는 요리는 늘 맛있게 먹고, 설거지 한번 하지도 않으면서!' 같은 말은 속으로만 삼켰다.

"그래도 저는 작가님이 잘됐으면 좋겠어요. 좋은 작품으로 베스트셀러 작가도 되고, 요리도 잘하고 다정한 분이시니 좋은 아내도 생기고."

"그래, 그럼 좋겠지. 그런데 이미 사십 대잖아. 가능성이 아니라 이미 이룬 것으로 평가받는 나이라고. 아직까지 전성기가 오지 않은 예술가가 갑자기 전성기가 찾아올까? 우리끼리 말이지만 이제 와서 갑자기 다른 일을 찾을 수도 없잖아. 이미 포기 상태일지도 몰라. 성공한 소설가라든지, 어여쁜 여자와 결혼이라든지 하는 것들 말이지. 음, 너무 욕만 했나? 운이 따른다면 잘되겠지, 뭐."

언니는 마지막 남은 호두 파이 조각을 험담만큼이나 크게 입에 털어 넣고는 작업을 시작했다. 나는 테이블에 엽서를 펼쳐 놓았다. 엄마, 혼자 여행 정보를 준 보건 선생님, 대학 친구들을 포함해 엽서를 보내기로 약속한 사람들이 떠올랐지만, 우선 그에게 쓰기로 했다. 조금이라도 빨리 마음의 정리가 필요했다.

언니에게 빈 종이를 한 장 얻었다. 막상 마지막이라 생각하니 늘어놓고 싶은 말이 많은 탓이었다. 마지막 인사마저도 조심스러운, 어쩔 수 없는 내가 싫었다. 서로에게 던진 헤아릴 수 없는 문장의 수를 생각했다. 과한 언어들, 급하게 사랑을 말하며 섞은 단어들, 고민 없이 맹세한 약속들. 그 앞에서 들뜨던 나의 톤과 그의 탁한 운율을 떠올리다, 놀랍게도 간단했던 우리의 작별이 떠올랐다. 나의 짧은 통보와 그의 단순한 수락. 쓰고 잊을 것이다. 내가 보내는 마지막 문장이, 그 끝에 찍을 마침표가 정말 우리의 마지막이 되어야 했다.

당신에게

늘 평범하고 무난한 내가 싫었고, 그런 나에게서 벗어나고 싶을 때 당신을 만났어요. 지루하고 작은 나를 신기해하고 특별한 사람으로 바라봐 준 당신 덕분에 나는 참 들떴어요. 들뜬 아이. 그래요, 당신과 있을 때 나는 아이의 상태였네요.

굳이 애쓰며 나를 바꾸려 하지 않아도 되었고, "난 지금의 네가 좋아."라고 말해준 당신 덕분에 안심이 되기도 했죠. 나는 생각했어요. 내가 변하지 않아 모두를 잃는 것과 내가 열심히 변해 당신을 잃는 것, 무엇이 더 나를 외롭게 할지 말이죠. 그렇게 얻은 답은 간단했어요. 그날부터 난 모두에게 사랑받는 꿈은 꾸지 않아도 됐던 거죠.

그러니까 오늘, 당신께 마지막 인사를 남기려 조금은 쓸쓸한 마음으로 엽서를 쓰다, 내가 누구의 어떤 말에도 외롭지 않았던 날들이 떠올랐어요. 이미 난 그런 마음을 갖게 해준 이를 만났으니, 이제 남은 건 상실뿐이라도, 어쩔 수 없는 거라는 생각도. 그날의 마음 덕분에 나는 나날이 조금씩 더 외로워질 수밖에 없을 테니까. 그러니 오늘의 쓸쓸한 글도 당연한 거라고, 괜찮은 거라고…….

"설아, 엽서 쓴다더니 왜 소설을 쓰고 있어? 그래서 엽서에는 다 어떻게 옮기니?"

언니가 어깨를 주무르며 말했다.

늘어난 문장들에는 우리 관계에 어울리지 않는 감정들과 사랑의 고백인지, 이별의 인사인지도 알 수 없는 말뿐이었다. 카페 창에 멍한 표정의 내가 비쳤다.

"화장실 좀 다녀올게요."

엽서와 종이를 움켜쥐고 급히 일어섰다. 계단 옆 화장실을 지나쳐 카페 옥상으로 올랐다. 속이 메스꺼워 자리에 주저앉았다. 나는 실수였지만, 그도 실수였을까? 내게 준 상처가 차라리 실수이기를, 부딪히듯 시작된 감정에 사고처럼 사랑한 것이기를, 죄책감이 섞인 만족에 떨며 서로를 안은 것이기를, 무감한 그가, 죄의식 없는 그의 무심함이 나를 속인 것이 아니기를…….

무릎을 감은 손을 풀고 고개를 들었다. 귓속말 같은 간지러운 바람이 눈가를 닦아냈다. 흐린 눈으로 내려다본 마을은 태연히 눈부셨다.

"모두 꿈인지도 몰라."

몽유병자처럼 혼잣소리로 중얼거렸다. 그에게 보낼 문장들이 발등을 스치며 뒹굴고 있었다. 움켜잡았다. 길게, 길게 찢었다. 숨을 멈추고 움켜쥔 조각들을 허공에 뿌렸다. 흩날리는 몇몇 조각들은 햇살을 받아 눈처럼 반짝였다. 꽃이 핀 훈자의 풍경이 담긴 엽서였다. 내가 고른 가장 좋은 것이었다.

5

일행들과의 약속 시각이 지나고서야 카페를 나섰다. 해가 짧은 곳답게 밖에는 별이 하나둘 떠오르고 있었다. 하나 언니의 작업을 기다리다 깜빡 잠이 든 탓이다. 서둘러봐야 할 일만 는다며 늦장을 부리는 언니를 끌고 발걸음에 속도를 냈다. 숙소로 이어진 긴 내리막길에 다다르자 휴게실의 큰 창으로 어른어른 일행들의 모습이 비쳤다.

"난 한 대 피우고 들어갈게."

또 게으름을 피우는 하나 언니가 얄미워 대답도 하지 않고 휴게실로 들어섰다. 그곳엔 이미 매콤하고 달짝지근한 냄새로 가득 차 있었다. 안쪽 주방에는 익숙한 풍경이 펼쳐져 있었다. 작가님은 전체적인 지휘를 하며 메인 재료인 닭을 손질 중이었고, 나은이는 각종 야채를 작은 손으로 야무지게 다듬고, 후는 한껏 진지한 얼굴로 유일하게 할 수 있는 마늘 까기에 열중이었다. 숙소의 형제들도 오늘 밤 역시 유일한 손님인 우리를 위해 분주한 모습이었다.

"늦어서 죄송해요!"

"그래, 너만 기다렸다. 이것들은 요리 고자들이라 믿고 맡길 수가 없어."

씩씩하게 사과를 하자, 나를 반긴 최 작가님에게서 이전에 전수받은 특제 양념을 만들라는 지시가 떨어졌다. 얼른 손을 씻고 후의 옆에 자리를 잡았다. 후가 입술을 삐죽하며 한가득 쌓인 마늘을 가리키며 말했다.

"어이, 느림보. 선생이 이렇게 시간 개념이 없어서야……."

"미안. 오늘 요리는 뭐야?"

"콜라 찜닭이랑 치킨 카라이!"

"아, 좋네! 벌써 냄새가 좋아."

서둘러 양념을 만드는데, 어느새 후가 하나 언니를 붙잡아 와서 앉혔다. 잔뜩 귀찮은 표정의 언니 앞에 그릇을 놓더니 수북한 마늘을 반 나눠 담았다. 역시 우린 잘 어울리는 팀이라는 생각에 풋 하고 웃음이 났다.

식탁 두 개를 이어 붙였다. 여행자식의 콜라 찜닭과 파키스탄식 찜닭인 치킨 카라이, 아시아 마켓에서 사 온 찰기 있는 쌀밥, 신선한 샐러드 그리고 빠질 수 없는 훈자 와인까지 한

상 가득한 만찬이었다.

언제나처럼 웃고 떠들며 나누는 식사였다. 내일 아침 모두가 함께 떠날 여행지는 파수로 결정됐다. 각자가 가고 싶은 주변 여행지들을 제안하고 의견을 나눴는데, 결국은 모든 후보지들을 이미 다녀온 후의 설득에 다들 동의했다.

"흐음, 그렇게나 한적하고 조용한 곳이라면 글 작업하기엔 좋겠다."

"저도 좋아요. 후 오빠가 찍어온 파수 사진들 보니까 한 번쯤은 꼭 가봐야 할 것 같더라고요."

"나는 아무 데나 상관없어. 와이파이도 안 된다니 밀린 번역 작업이나 왕창 하고 와야겠네."

모두가 내일 떠날 파수에 대해 한마디씩 보탰다. 거칠고 한적한 풍경, 밤마다 쏟아지는 달빛, 사과나무 숲이 우거진 마을길. 그곳에서 후와 함께 여행을 마무리할 수 있게 되었다.

식사는 과일을 곁들인 술자리로 이어졌다. 아침부터 오래 걷고 많은 일이 있었던 하루였던 탓인지 일찍 취기가 올랐다. 얼굴에 열이 올라 찬 공기라도 쐬려는데, 후가 휴게실 한쪽 벽을 가리켰다. 그곳엔 우리보다 이전에 숙소에 머물렀던 여행자들의 사진들이 게시판 가득 붙어 있었다.

"저 녀석들 표정을 보라고. 다들 저리 행복해 보이잖아. 우리도 지지 말아야지. 이렇게 취하고 떠들면서."

모두가 후의 말에 웃으며 고개를 끄덕이는데, 내겐 그 말이 뻐근하게 다가왔다. 일과 사랑. 어떤 꿈을 품고 살든 우리는 결국 아무런 결과도 내지 못할 수 있다는 사실. 그러니 과정이라도 즐거워야 한다는 삶의 법칙에 나도 조금씩 동의하고 있었으니까.

텁텁한 마음에 달콤 쌉싸름한 훈자 와인의 향을 맡는데 후가 말을 이었다.

"내가 대학 때부터 친구들이랑 종종 하던 게임이 있는데, 한번 해볼래?"

"뭐야, 너 같은 게 대학 때 했던 게임이라면 역시 왕 게임이지. 맞지?"

하나 언니의 말에 모두 웃음이 터졌다.

"대학 때라니 내게는 까마득하군. 궁금하네. 한번 말해봐."

최 작가님이 사뭇 진지한 표정으로 물었다.

"네, 좋아요. 일단 게임 이름은 '외계인 게임'이야. 우리 중에 있는 외계인을 찾는 거지."

"오! 마피아 게임 같은 거예요?"

빨갛게 달아오른 나은이의 볼을 후가 누르며 말을 이었다.

"그런 건 아니고, 종종 우리가 특이한 애나 남들과 다른 관점을 가진 사람을 외계인 같다고 하잖아. 사차원이라고도 하고. 그치? 우리 중에 그런 사람을 찾는 거야. 현실에선 절대 일어날 리 없을 법한 사건 하나를 던져서, 지금 당장 그 일이 일어난다고 상상해 보는 거야. 그 상황에서 나는 어떤 선택을 할지 말이지. 똑같은 하나의 질문에 자신은 어떤 결정을 할지 고민해 보고, 그 선택을 공개하는 거지."

"아, 그럼 그중에서 소수 의견을 낸 사람이 외계인이 되는 거구나?"

"그렇지. 역시 우리 김 쌤은 이해가 빨라요."

후가 웃으며 말했다.

"그럼 다섯 명이 다 다른 대답을 하지. 겹치겠어?"

"하나야, 들어봐. 그러니까 답은 둘 중에 하나로 정해둬야 해. 예를 들면, 지금부터 평생 하나의 음식만 먹을 수 있다. 짜장이냐, 짬뽕이냐? 이렇게 질문했을 때, 무조건 둘 중 하나의 답을 정하는 거야. 우리는 다섯 명이니까 오 대 영이 아닌 이상은 무조건 소수 쪽의 대답이 외계인이 되는 거지. 외계인은 벌칙으로 한 잔 마시고, 혹시나 오 대 영의 선택이 나오면 다 같이 한잔하면 되는 거고."

"그럼 답은 같아도 이유는 각자 다를 수 있겠군? 이유는 상관없이 일단 소수의 선택을 한 쪽이 무조건 외계인이 된다는 거지?"

"네, 형님. 맞아요. 우선 외계인을 찾고 벌주를 마셔요. 그다음엔 한 명씩 왜 그런 선택을 했는지 이유를 들어보는 거죠. 당연히 각자 이유도 다를 테고, 의외로 우리가 예상했던 상대의 성격과는 전혀 다른 선택을 할 수도 있고요. 스스로도 자신의 새로운 면을 발견하기도 하고요. 그 점이 재밌더라고요."

"네가 웬일로 건전하고 신기한 제안을 하네? 우리한테 왕게임보다 어울리네."

하나 언니의 말에 후가 윙크를 찡긋하며 말했다.

"뭐, 그런 셈이지. 특별한 놀거리 하나 없는 이런 곳, 이런 밤에 우리에게 어울리는 게임이랄까?"

"그래, 재밌겠다. 그럼 일단 해보자. 평소에 일어날 리 없는, 상상하기 어려운 질문을 만들어내는 게 어렵겠는데? 짜장이냐, 짬뽕이냐는 식의 질문은 의미가 없을 테니까."

"그렇죠, 형님. 형님의 작가적 상상력이 필요해요. 답을 결정하기 어렵고, 평소에 생각해 본 적 없는 일이여야 집중도도 높아지고 게임이 재밌어지는 거죠."

"흠, 그래. 그럼 후가 먼저 해봐. 일단 뭐든지 해봐야 감이 오잖아? 대학 때부터 이미 많이 해봤을 테니까."

갑작스런 후의 제안에 모두가 흥미로운 표정들이었다. 술

기운에 흐려지던 눈들이 다시 반짝였다. 묘한 이질감이 들었다. 가슴 어딘가에 후에 대한 우묵한 물음표가 늘어갔다. 종종 다른 사람처럼 느껴지던 후의 공기나 분위기가 내 착각이 아니었다는 생각이 들었다. 질문을 고민하는 후를 보며, 어찌 됐건 이 게임이 후에 대해 더 많은 것들을 알게 해줄 거라는 기대가 일었다.

"그럼 이 질문으로 시작해 보죠. 자, 다들 몰입해 봐. 답을 결정하는 순간, 현실에서 바로 실행을 한다는 생각으로."

후의 말에 의자를 당겨 앉았다.

"자신이 가장 사랑하는 사람 단 한 명만 떠올려 봐. 꼭 한 명이어야 해. 가족이건 친구건 간에 가장 사랑하는 단 한 명."

"흐음, 뭐야? 이것부터가 어렵다, 나는."

하나 언니의 말에 모두가 고개를 끄덕였다. 나 역시 쉽지 않았다. 몇 달 전이라면 지체 없이 그를 떠올렸겠지만……. 아니 어쩌면 며칠 전만 해도…….

"자, 다들 떠올렸어?"

후의 말에 모두가 끄덕여, 나도 우선 오케이 사인을 보냈다.

"지금 떠올린 사랑하는 사람 말이지. 사실 그 사람은 사이코패스 성향의 연쇄 살인마였어. 그 사실을 지금 나만 알게 됐고, 내가 신고하지 않으면 그 사람은 살인을 멈추지 않을 거야. 그렇다면 나는 신고할 것인가, 아니면 신고하지 않을 것인가. 자, 이제 다들 선택해 봐."

"아, 미쳤어! 뭐야 이거? 상상이 어려운데."

"하나, 너 말고도 누구에게나 어려운 일이지. 그러니까 더 진지하게 선택해 보라고. 단순히 게임이라고 가볍게 생각하지 말고. 신고한다고 결정하면 지금 바로 현실에서 그 사랑하는 사람을 신고해야 하고, 아니라면 그 사람이 바로 누군가를 살해한다고 이입을 해보라는 거지."

"흠, 다들 그럼 조용히 고민해 보자고."

최 작가님은 미간에 주름까지 만들며 오래도록 고민을 했다. 나는 아직도 그를 가장 사랑하는 이로 선택해야 할지, 아니라면 엄마를 선택해야 할지를 고민하고 있었다. 후, 하나 언니, 나은이, 최 작가님 순으로 결정을 마쳤다. 후가 다시 게임을 리드했다.

"그럼 다들 엄지손가락만 올리고 주먹을 앞으로 내밀어 봐. 신고한다는 사람은 엄지를 아래로 내리고, 신고하지 않는다는 사람은 그대로 있고. 다들 알겠지? 자! 그럼 한다? 하나, 둘, 셋!"

"와! 이렇게 나오네."

"뭐야? 내 예상과 전혀 다르네!"

"역시 설이. 딴사람은 몰라도 설이는 이럴 줄 알았어. 이 언니는 다 느끼고 있었지."

"자, 거의 반응이 이렇다니까. 사 대 일로 '신고한다'가 많으니 설이 혼자 외계인이네. 그럼 설이 한 잔 마시고, 왜 그렇게 선택했는지 들어보자."

"아……. 안 그래도 게임에 약하지만 이런 게임이라면 괜찮겠지 했는데. 처음부터 나 혼자 외계인이라니, 절망이다."

훈자 와인을 털어 넣는 동안 네 사람은 서로 낄낄대고 신기해하며 나를 주목했다. 후가 망고 조각을 내 입에 넣어주곤 물었다.

"설아, 그럼 말해봐. 일단 누구를 떠올렸어? 신고 안 하는 이유는 뭐고?"

"일단 떠올린 사람은 엄마야."

"거봐, 내가 뭐랬어. 설이는 엄마일 거라고 했지?"

"하나야, 일단 좀 들어보자. 그래서 이유는?"

"내가 엄마를 직접 신고하진 못할 것 같아. 신고 못 한 나 때문에 엄마가 계속 살인을 이어간다면 난 몰래 울며 무서워하고 아파하겠지만, 그렇게 계속 시간이 가고 반복되다가 결국엔 내가 미쳐버릴지도 모르겠지만……. 그래도 당장 신고하지는 못할 것 같아. 엄마는 아무래도 무리야."

다들 탄성을 내며 고개를 저었다. 한참이나 내 생각에 대한 질타를 받아낸 후, 일행들의 이유도 들을 수 있었다.

"난 꼬마 때부터 단짝인 친구를 생각했어. 감추는 거 없이 서로의 모든 걸 공유한 20년 지기지. 그래도 물론 신고할 거야. 꼭 그래야 한다고 생각해. 사이코패스라면 내가 가진 우정도, 우리가 공유한 그 모든 감정도 그 사람은 사실 느끼지 못하는 거잖아? 내가 속고 있었던 거지. 감정도 공감 능력도 없는 살인자라는 걸 이제라도 알게 됐으면 깨끗하게 정리하고 물론 처벌받도록 해야지."

언니의 답변에 나은이가 바로 말을 이었다.

"저는 첫사랑이었던 남자를 떠올렸어요. 아무래도 제일 오래 좋아했으니까. 그래도 신고할 것 같아요. 살인보다 더 나쁜 게 또 있겠어요? 상처 입고 고통을 느끼는 사람이 피해자라고 한다면 피해 당사자뿐 아니라 가족과 주변 사람들까지 피해자가 되는 건데……. 신고하지 않으면 내가 공범과 다르지 않다는 생각에 못 견딜 것 같아요. 음, 신고하는 죄책감도 크겠지만…… 에이! 그래도 신고해야지. 신고할래요!"

"형님은요?"

후의 물음에 최 작가님이 머리를 쓸어 넘겼다.

"사랑하는 사람은 비밀로 하지. 그게 본질은 아닌 것 같으니까. 어쨌든 나도 신고할 것 같아. 난 누군가의 결핍이나 상처에 위로가 될 수 있는 사람이기를 꿈꿔. 글로써 그걸 이루고 싶은 거고. 결국 작가는 자신이 가진 진심의 폭만큼 깊은 글을 얻게 되는데, 내가 사랑하는 이를 신고해서 감당해야 하는 상처를 수많은 피해자를 비롯한 타인들의 상처와 저울질할 수는 없지. 게다가 작가는 본래 상처 입고, 감싸고, 감내해야 하는 사람이거든. 신고를 하고도 내가 가진 사랑 때문에 나도 아프겠지만, 견뎌야지. 나의 상실보다 우선해야 할 타자의 상처를 위해서……."

"그래서? 후, 너는 왜 신고하는데?"

긴 답변을 이어가려는 작가님의 말을 끊듯이 하나 언니가 물었다.

"어, 나는 사랑했던 여자를 떠올렸어. 신고해야 할 이유도, 신고하지 말아야 할 이유도 많지만, 결국 신고할 것 같아. 가장 큰 이유는 내가 살기 위해서지. 내가 사랑하고 있는 대상이라면 자신의 정체를 내가 알고 있다는 걸 결국엔 알아챌 것 같아. 그럼 그 사람은 이렇게 생각하겠지. 후만 없어진다면 아무도 이 사실을 모르겠구나. 그 사람은 철저히 자신의 안전을 우선할 테니까."

"으, 무서워. 상상인데도 무섭다."

나은이는 그런 일이 진짜로 생기면 제발 언니도 신고하라며 당장이라도 울 것 같은 표정을 지어 보였다. 얼굴 전체에 돌던 혈색이 이제는 볼에만 남아, 꼭 훈자 아이들의 그것처럼 귀여웠다.

일행들에게 말할 수 없었지만, 사실 떠올린 사람은 후였다. 나는 지난 그와 엄마. 자꾸 둘을 떠올리다, '후라면 어떻게 할까? 오후가 내 남자라면…….' 하고 문득 생각이 스쳤고, 망설였다. 단 한 사람, 사랑의 자리에 후를 놓고 나니 가슴이 뛰었다. 박동을 느끼자 생각이 멈췄다. 가장 좋은 단 하나를 숨겨두고 여태 그저 좋은 전부를 찾고 있었는지도 모를 일이었다. 후에 대해서도, 내가 가진 감정이 사랑인지도, 사랑이라는 이름 앞에 '가장'이라는 말을 붙여도 되는지조차도 알 수 없었지만, 자꾸만 심장이 후드득거렸다.

한 번도 생각해 본 적 없는 무서운 질문이, 깜깜해서 들여다볼 수 없던 마음을 환히 비춰 답을 보여준 것만 같았다. 나의 감정에 대한 답을 써넣어야 하는 시간에 늘 질문지만 반복해서 읽는 아이, 느리고 우유부단한 내가 처음으로 손에 힘을 주어 사각사각 답을 채워 넣은 기분이었다.

일행들은 자꾸만 질문을 만들어냈고, 서로에게 호들갑스레 놀라며 게임을 이어갔다. 나도 열심히 분위기를 맞춰보려

했지만, 첫 질문에서 확인한 후에 대한 감정이 쉬이 가라앉지 않았다. 마주 앉은 후의 얼굴만 자꾸 바라보았다. 연거푸 마신 훈자 와인으로 일찍부터 붉어진 얼굴빛 덕에 발그레한 마음을 숨길 수 있어서 다행이었다. 그는 떠나갔고, 후는 내 앞에 있다. 밀려오는 죄책감에 몇 번이나 그를 떠나려 애썼던 나였지만, 그가 부를 때마다 제자리를 찾듯 곁으로 돌아가곤 했다. 같은 자리만 맴도는 회전목마에서 내려와, 패턴 밖으로 나아가야 할 시간이었다.

혼자만의 생각을 거듭하다 보니 어느새 꽤 늦은 시간이었다. 커진 웃음소리만큼 모두가 취한 듯 보였다. 내일을 위해 그만 일어나자는 후의 말에 자리를 정리했다. 호텔로 돌아가야 하는 후와 나은이를 따라 배웅을 나섰다. 꽤 취해버린 나은이의 양쪽 팔짱을 후와 나눠 끼고는 발걸음을 맞췄다. 거리에 곱게 내려앉은 밤안개와 서로가 만들어내는 입김이 섞이며 몽롱한 꿈속을 걷는 것 같았다.

침대 위에 나은이를 눕히고 후와 밖으로 나섰다. 담배에 불을 붙이는 후의 눈이 어둠 속에서 잠시 반짝였다.

"후야, 파수에서도 오늘처럼 둘이 산책하자."

"응, 그래. 너 이제 며칠 남지도 않았잖아."

어서 돌아가 자라며 후가 등을 쓰다듬었다. 취기 탓일까. 걸음보다 심장이 먼저 뛰었다.

방으로 돌아와 먼저 보인 건 베개 옆에 개어둔 그 사람의 티셔츠 두 장이었다. 마당으로 나가서 평상 아래 놓인 나무 상자를 끌어냈다. 안에 깔린 낡은 천 뭉치를 빼내고, 그 자리에 티셔츠를 포개어 두었다. 숙소 형제들이 종종 찾아오는 고양이들을 위해 만든 집이었다.

'괜찮아. 괜찮아. 아무도 날 지탄하지 않아.'

몸에 달라붙은 젖은 셔츠를 벗어낸 듯 후련한 서늘함이 감돌았다. 긴 작별 인사를 마치는 순간이었다. 울렁거리는 마음에 평상에 누워 밤하늘을 응시했다. 후와의 첫 밤이 떠올랐다. 찼지만 뜨거웠던, 부드러운 접촉과 연대의 시작. 그 밤 이후 기억의 절벽에 설 때마다 후를 찾았다.

시리게 빛나는 별들을 보며 차가워진 손에 입김을 후후 불어 넣는데, 순간 별똥별이 떨어졌다. 얼른 눈을 감고 소원을 빌었다. 입술에 닿은 손까지 간절히 모아 기도를 했다. 오랫동안 감은 눈을 뜨지 않았다. 별똥별이 하얗고 긴 포물선을 그리며 내 위로 떨어진 듯 파동이 일었다.

남하나

32세 여성

영상 번역가

6

창밖은 언제나 나보다 밝았다. 젖혀진 커튼의 곡선을 따라 담배 연기가 흩어졌다. 눈을 뜨자마자 천장을 보며 휘발하는 입김을 내뱉다 보면 자꾸만 담배가 당겼다. 아침의 좋은 점은 눈을 뜨고 나서 첫 담배를 피울 수 있다는 것뿐이다. 그 몇 분을 제외하면, 나머지 일들은 모두 최악이다. 분주히 걷는 건널목의 사람들을 보는 일, 밤새 아무것도 오지 않은 메시지함을 확인하는 일, 어둠 속에서 내 몸을 탐했던 남자가 누웠던 자리의 우묵함, 오피스텔에서 수압이 가장 약한 시간대라는 점까지……. 역시 최악이다.

최악의 아침을 보내고 나면 하루는 더욱 길어지고, 인간은 왜 잠을 자야 해서 아침을 맞이해야 하는지를 생각하다가, 아니 '왜 자야 하는가'보다는 '왜 깨어나야 하는가'를 고민해 보다가, 그 큰 몸을 가진 기린은 어떻게 하루에 두 시간만 자는 걸까 걱정하다, 내일 아침이 없다면 좋겠다는 생각까지 번지다, 사고 정지. 그마저도 그만두고 만다. 다행히 최악을 피하는 방법은 간단한데 아침이 지나고 느긋하게 일어나 버리면 그만이다. 진탕 마셔대거나, 지치도록 즐기거나, 그마저도 할 수 없을 땐 버티듯 새벽이 지나 침대에 누우면 인생에서 아침은 가뿐히 사라지고 만다.

창밖으로 꽁초를 던지곤 바로 새 담배를 물었다. 요즘 이상하리만큼 반복되는 기분 나쁜 꿈 때문이다. 꿈속에서 나는 벌거벗은 남자의 위에 올라 있었다. 너무도 캄캄해 그의 얼굴은 보이지 않지만, 애정이 있는 남자란 생각이 들었다. 단지 몸을 위한 섹스를 나눌 때, 나는 언제나 가만히 누워 시트에 발끝을 붙인 채 한결같은 자세를 유지했다. 내가 가장 예민하게 느끼는 자세이면서 음부가 상하지 않는다는 이유에서다. 격렬하고 뜨거운 사랑을 마치고는 나란히 누운 그를 바라봤지만, 칠흑이었다. 불을 켜보려 몸을 일으키려는데 가위라도 눌린 듯 옴짝달싹할 수 없었다. 기묘한 소리가 온몸을 간지럽혔다. 한참을 몸부림치려 애쓰다 흠뻑 젖어 깨어나서는 안도의 한숨을 내쉬곤 했다. 어쩜 나 같은 여자에게 꼭 맞는 꿈이라는 생각에 연거푸 부서지는 담배 연기를 바라봤다.

사랑은 아침에 깨닫는다. 내가 사랑하는 남자인지, 아니라면 사랑할 수라도 있는 존재인지. 우리는 늘 깨어나 알게 된다. 밤은 우리를 이상한 존재로 만들어버려 단지 취했거나, 혹은 성탄이 다가온다거나, 심지어 그의 손가락이 길고 굵다는 사실만으로도 사랑이라는 착각을 불러일으킨다. 밤 동안 둘이 나눌 수 있는 모든 것을 나누고 삼켜버려 어떤 욕심과 욕망도 남지 않은 아침, 진실은 찾아온다. 벗은 그를 남겨두고 서둘러 자리를 벗어나고 싶다면 그건 사랑이 아니다. 아직 깨어나지 않은 퉁퉁 부은 그의 얼굴이 귀엽게 느껴지거나, 살그미 먼저 욕실에 들어가 양치를 하곤 다시 그의 곁에 누울 때, 그를 깨워 재잘재잘 나누고 싶은 이야기들이 넘칠 때 우리는 사랑을 발견한다. 그러니 역사는 밤에 이루어질지 몰라도 관계는 아침에 매듭지어진다. 그런 면에서 직업여성들은 사랑에 대해 가장 민감한 감수성을 지닌 여자들일지도 모른다. 섹스는 관계의 일부일 뿐, 전부가 아님을 누구보다 잘 알고 있으니까. 누구나 잠자리를 원하지만, 정말 잠까지 원하는 상대는 적은 법이니까.

몇 년이나 된 걸까. 제대로 된 연애, 제대로 된 감정을 가져본 게. 친구들을 불러 모아, '이 사람이 내 남자야.' 하고 하하호호 웃으며 선뜻 팔짱을 끼고 싶은 남자를 만난 지가…….

기억이 나질 않는다. 그러니 이 거지 같은 꿈이 자꾸 반복되는 것도 이상한 일은 아니다. 오늘도 아침을 생략한 채 깨어났지만, 이놈의 숙소는 이 시간에도 입김이 나올 정도로 부실하다. 숙소를 운영하는 삼 형제가 대강 뚝딱뚝딱 지은 건 아닐까 의심될 정도로 웃풍이 심한 숙소였다. 두 번째 담배도 창밖으로 던지고는 부스스한 머리를 질끈 묶었다. 바람은 차지만 햇살은 좋은 날. 해는 이미 머리 위로 높게 떠 있으니 대강 점심 즈음이겠군, 생각한다. 매번 비슷한 때에 자동으로 눈을 뜨니 규칙적인 게으름이랄까.

찬바람을 피해 다시 이불 속으로 숨었다. 언제 돌아올지 모르는 설이 때문이다. 며칠 전 담배 냄새에 기겁을 하며 울 것 같은 표정으로 창문을 열어젖히던 모습이 떠올라 창문을 닫을 수가 없다. 도미토리를 혼자서 쓰던 때가 좋았다. 좋은 룸메이트란 방에 잘 들어오지 않는 룸메이트뿐이니까.

설이가 등장하고 난 후로는 꼼짝없이 기숙사 사감과 한 방을 쓰는 꼴이 되어버렸다. 오늘 아침만 해도 그렇다. 어젯밤에도 일행들과 다 같이 잔뜩 술을 마시고는 자정이 넘어 잠이 들었다. 그럼에도 새벽처럼 깨어나 부지런을 떠는 설이 탓에 나까지 잠을 설쳐버렸다. "아무 정보 없이 마냥 쉬러 왔어요." 라고 이곳에 나타난 설이가 첫날 말한 것치고는, 그녀는 너무도 열심히, 열정적으로, 무리하게 쉬고 있었다.

막상 기숙사 사감에 빗대자니 순한 설이와는 잘 어울리지 않는 느낌이다. 그래, 설이는 차라리 신부님들이 뽑은 올해의 수녀님 같은 느낌이랄까? 어떤 말도 좋게 받아들이고, 조금만 야한 농담을 해도 양 볼에서 피가 날 듯 빨갛게 익는 여자. 와일드하고 광활한 훈자의 풍광과 가장 어울리지 않는 여행자임은 분명하다. 어쩜 직업마저도 교사라니, 역시 빈틈이 없는 여자다. 아마도 버거울 나의 룸메이트 역을 설이는 잘 수행하고 있다. 서로 나름의 평화를 유지하며 큰 문제 없이 지내고 있는 편이랄까? 설이의 생각은 모르겠지만…….

설이가 신경 쓰이기 시작한 건, 며칠 전 취한 설이가 내뱉은 말들 때문이었다. 그날따라 무리하게 마셔대는 것 같더니, 결국 밤새 몇 번이나 화장실에서 토악질을 하며 잠들지 못하던 밤이었다. 애인과 이별하고 떠나왔다는 설이는 그에 대해 묻지도 않은 이야기들을 늘어놓기 시작했다. 배우라며 설이가 이야기를 시작한 그의 정체는 연극배우에서 다시 무명 연극배우를 거쳐, 최종적으로는 유부남 무명 연극배우로 귀결됐다. 만취한 순간에도 그를 조금이라도 좋게 말하려 애쓰는 태도에 어쩐지 나까지 찡해져 결국 그가 유부남이라고 소리치듯 말하며 울 때, 설이의 등을 쓸어주며 맺히는 눈물을 감추려 애써야 했다.

더 듣지 않아도 착한 여자 역 설이와 나쁜 남자 역 유부남 무명 연극배우가 만들어낸 치정극 한 편이 빤히 그려졌다. 재능이 없고, 또래보다 가난하며, 성적 매력까지 평균 이하임에도 늘 자신보다 어리고 나은 여자를 만나는 놈들은 주로 예술가라는 명찰을 단 사내들이다. 이젠 놀랍지도 않다. 왜 바르고 착한 여자들이 형편없는 나쁜 놈을 만나 그렇게도 자신을 희생시키고 마는 걸까. 탄탄한 교육자 집안에, 안정적인 교사이고, 나보다 한참이나 어린 이십 대 여자아이를 딱하게 바라보고 있자니 내가 남의 걱정을 대신 해줄 때가 아닌 것 같다만……. 게다가 설이는 잘 사용하지 않아서인지 별로 감사한 줄 모르는 풍만한 가슴까지 있지 않은가. 그래도 어째서인지 그 밤 이후로는 설이가 하얗게 웃을 때마다 나도 모르게 시선을 떨구곤 했다.

일행들은 아픈 이별을 하고 떠나온 여린 김설 선생님으로 생각하고 있지만, 설이의 지난 남자가 유부남이었다는 걸 알면 어떤 반응을 보일까. 역시 사람은 겉만 봐서는 알 수 없다는 말부터, 포장을 잘하는 여자의 위험함, 소위 얌전한 고양이에 얽힌 사례들을 무한정 꺼내며 설이를 비웃겠지. 나는 비밀을 꼭 지키겠다는 다짐으로 왜인지 혼자 주먹까지 불끈 쥐어 보였다.

욕실로 들어서 거울 앞에 섰다. 머리 위부터 무릎까지 비치는, 중고로 가져왔는지 벗겨지지 않는 얼룩이 가득한 전신 거울이었다. 어느새 찾아온 서른둘. 외국에 나왔으니 후하게 만으로 따진다 해도 피할 수 없는 삼십 대의 시작이다. 서른이 오는 일은 스물이 올 때와는 차원이 다르다. 콜라와 다이어트 콜라만큼의 차이가 아니라는 말이다.

스물이 시작될 때의 키워드가 기대라면, 서른의 키워드는 불안이다. 스무 살이 되어 그렸던 대학 생활과 성인으로의 시작, 사회인으로서의 막내 생활, 자유의 보장 같은 허상의 터널을 지나 서른에 진입하면, 실망과 합리화라는 막다른 길에 다다른다. 이 구간에서는 소화 능력, 목의 주름, 있을지 모르는 미래의 가족, 허전한 통장 잔고, 내밀기도 애매한 커리어 따위의 것들을 고민하게 된다. 스무 살에는 막연히 나의 서른은 대단치는 않아도 인생에서 무언가 하나쯤은 이루고, 주위 사람들에게 제법 어른으로 대우받으며, 당당한 사회인으로 살고 있겠구나 했지만, 막상 서른이 찾아왔을 때의 찝찝함이란……. 요즘 무엇보다 무서운 건 언젠가는 마흔도 오겠구나 하는 자각이었다.

거울에 비친 몸을 가만히 들여다보았다. 그래도 아직은 꽤 괜찮은 몸매였다. 크기는 조금 아쉽지만 봉긋하게 잘 솟은 가슴, 작은 골반을 보완하기 위해 힙 운동에 투자한 시간만큼 탄탄한 힙라인까지……. 이십 대 때의 몸에 비해 딱히 부족한 점은 없지만, 불안감만큼 늘어난 운동 시간을 생각하면 앞으로 언제까지 이 몸을 지킬 수 있을지 답답해진다.

스물의 나였다면 서른 정도의 성인이라면 외모가 아닌 능력과 커리어만으로 승부를 봐야 한다는 말을 믿었겠지만, 내가 목격한 세상은 그렇게 간단히 트로피를 안겨주지 않았다. 오히려 서른은 곧은 몸가짐을 넘어 취향과 스타일까지 점검해야 할 때이다. 외모를 가꾸지 않으면 그 안에 뭐가 들었는지 궁금해하지도 않는다고 코코 샤넬 언니가 진작에 말했던 것처럼, 성별을 떠나 매력은 여전히 하나의 권력으로 작용하고 있었다. 그나저나 여행을 떠나온 지 석 달이 넘어가, 왁싱을 받지 못해 거뭇해진 음부가 답답했다.

설이가 한가득 받아둔 온수는 이미 식어 있었다. 매번 늦게 일어나는 걸 알면서도 매일 이런 식이니 종종 답답하더라도 미워할 수가 없다. 파키스탄은 늘 부족한 전기가 문제인데, 훈자는 말할 것도 없고 수도 이슬라마바드나 경제 도시 라호르에서도 매일 같은 정전은 당연한 일이란다. 핵무기까지 보유한 나라이면서 막상 핵 발전소는 짓지 않는 것도 이해가 되지 않을뿐더러, 선진국에서도 최근에야 늘리고 있는 태양 에너지와 수력 에너지만으로 전기를 생산한다는 것도 신기한 일이다.

문제는 매년 우기 때마다 진흙이 쓸려와 댐이 고장 나버려 전력난이 발생한다는 사실인데, 훈자에 도착한 초기에는 무려 십 일 내내 전기가 들어오지 않았다. 그러니 하루 이틀 샤워를 못 하는 일 정도는 이제 담담히 받아들이곤 한다. 꼭 샤워가 필요할 때는 후의 방으로 간다. 그 녀석은 나보다 어린 게 분명하지만, 처음 보자마자 아무렇지 않게 친구 하자며 다가온, 보통 이상의 넉살을 가진 녀석이다. 괴짜 같은 면이 있어 무슨 생각과 계획을 가지고 사는 놈인지 종잡을 수 없지만, 그나마 가장 말이 잘 통하는 녀석이다.

밀린 빨래를 마치고 나오니 설이가 한편에 널어둔 속옷들이 보였다. 갑자기 궁금한 마음에 설이의 속옷을 살펴보니, 붙어 있는 상표는 유니클로. 과연 설이다운 초이스였다. 유니클로가 어울리는 글로벌 스탠더드한 여자. 그러고 보니 설이가 자주 입는 집업 후드도 유니클로였지. 유니클로 후드를 벗고 유니클로 속옷까지 벗은 뒤 취향이 배제된 스탠더드한 섹스를 하는 설이를 떠올렸다. 그런 설이가 유부남을 만났다니…….

괜한 상상을 떨치고 마당으로 나섰다. 평상 옆으로 길게 이어진 빨랫줄에 셔츠를 너는데, 숙소 형제들 중 막내인 아민이 식당에서 내려왔다. 눈이 마주치자 특유의 쑥스러운 듯 웃는 얼굴로 인사를 건넸다. 햇살이 좋은 날이니 평상에서 식사를 하려고 즐겨 먹는 치킨 볶음밥과 스크램블드에그를 주문했다. 잠시 후 둘째 아슬람이 주문하지 않은 히말라야 티를 평상으로 가져다줬다. 아슬람은 특유의 섬세함으로 우리의 취향까지 기억해 매번 이렇게 공짜 차를 내어주곤 했다. 추운 방도 잊을 만큼 따뜻한 사람들이다.

풍경을 감상하며 우아하게 차를 마시고 싶었지만 자꾸 콧물이 흘렀다. 어젯밤엔 과음으로 감기약을 먹지 못한 탓인가 싶어 방에 돌아가 약을 챙겨 나왔다. 삶에는 우리를 고민하게 만드는 수많은 문제가 있는 법인데, 대부분의 문제는 대강 넘겨버리면 그만이다. 분명 그 문제가 해결되기도 전에 기어코 다른 문제가 터지곤 하니까. 진짜 문제는 영원히 해결되지 않고 남아 있는 문제다. 이를테면 알약을 삼키는 문제 같은…….

어릴 적 부모님을 시작으로 보건 선생님, 친구들까지 자신만의 여러 비법을 동원해 내가 알약을 삼킬 수 있도록 시도해 봤지만, 나는 늘 구역질을 하거나 물만 몇 리터씩 마시다 불룩한 배를 내보이며 포기하곤 했다. 종종 포도알에 알약을 밀어 넣곤 삼키는 방법을 쓰곤 했지만, 그보다 주로 쓰는 방법은 역시 그냥 씹어 먹는 방식이다. 그 탓에 웬만하면 약을 먹지 않고 버티는 편이지만, 떨며 깨어나고 다시 떨며 잠드는 이곳의 추위에 감기가 떨어지지 않고 있었다. 밤에는 그나마 혼자 와인으로 몸을 덥혀 잠에 들지만, 활동 시간엔 별수가 없었다.

정체를 알 수 없는 현지 감기약 세 알을 들고 심호흡을 했다. 커다란 알맹이들을 노려보며 툭하면 감기에 걸리는 삼십 대의 못난 면역력을 탓하다, 나를 따라다니는 리노바이러스를 저주하다, 눈을 질끈 감고 알약을 털어 넣었다. 오도독. 우드득. 으깨진 알약의 씁쌀함과 차의 뜨끈 미묘한 향이 섞인 지독한 약미가 온몸에 퍼졌다. 몸서리를 치며 차라리 정액을 삼키는 게 나을 것 같다는 생각이 들었다. 최악이다.

7

밥을 다 먹고도 입 안이 텁텁했다. 달달한 짜이라도 한잔 마셔야 할 것 같았다. 마침 빈 그릇을 가지러 온 아슬람에게 짜이를 주문했다. 아슬람은 순한 미소로 가슴에 손을 얹고 주문을 받았다. 참 다정하고 부드러운 사람. 이전엔 한 번도 생각 못 한 일이지만, 가슴에 손을 얹고 상대를 마주하는 것만으로도 한없는 존중감을 느끼게 할 수 있음을 알았다. 그런 남자는 꼭 잡아야 한다는 공식을 입력해 두었다.

혼자서 파키스탄을 여행하는 일은 물론 쉽지 않다. 의외로 마주치는 모두가 친절을 베풀지만, 누군가는 목적을 가진 친절을 베풀기도 하니까. 그렇다고 무작정 모두를 의심하기 시작하면, 사람에 대한 기대를 놓게 되면, 여행은 사라진다. 숙소의 삼 형제는 그런 면에서 나를 안심시킨다. 저렴한 숙박비를 빼고라도 내가 다른 게스트 하우스로 옮기지 않는 큰 이유이기도 했다.

작년, 한 한국 여자 여행자가 현지 여행자에게 사고를 당한 이후로 형제들은 더욱 게스트들에게 관심을 기울인다. 최근 훈자에 넘치는 현지 여행자들을 받으면 수익도 늘어날 테고, 이들의 기준에서는 잦은 컴플레인과 무리한 요구에 익숙한 한국 여행자들을 상대할 필요도 없어질 텐데, 이들은 오히려 사건 이후 현지 여행자들을 받지 않는다. 현저히 줄어버린 외국 여행자들을 상대로 두 개의 도미토리와 작은 식당만 운영하며 한 집안이 살아간다. 낙원 같은 자연을 정원으로 두고, 세상에서 가장 친절한 사람들끼리 어울려 살아가면 돈은 문제가 되지 않는 걸까? 모르겠다.

훈자 여행을 준비하면서 파키스탄과 무슬림 문화권의 여성들에 대한 정보와 기사들로 충격을 받았다. 이미 비자를 받아두고도 이 여행을 해도 괜찮을까 고민할 정도로 역겨운 거부감이 밀려왔다. 무슬림 여자들은 히잡은 물론이고, 때로는 손과 눈만 빼고는 온몸을 가리고 다녀야 한다. 집 밖을 나서거나 낯선 이를 만나야 할 때는 주로 남편과 동행해야 하고, 향수를 뿌리는 것조차 금지돼 있다. 코란에는 "그대의 아내들과 딸들과 믿는 여성들에게 베일을 쓰라고 이르라. 그때는 외출할 때라. 그렇게 함이 가장 편리한 것으로 간음 되지 않도록

함이라."라고 쓰여 있었는데, 그 거룩한 어투에 침을 뱉고 싶었다.

나는 외부인이니 옷차림이나 주의하면 되는 정도였지만, 이웃 나라 이란에서는 공항에 착륙하는 순간 기장의 안내 방송에 따라 모든 여자 여행자들도 히잡을 의무적으로 착용하고, 온몸을 꽁꽁 감싸야 입국이 허용된다고 한다. 여행 중 히잡을 벗고 다니면 경찰에 잡혀가기까지 한다나. 본래는 훈자를 여행한 후에 이란 여행도 계획했지만, 그 사실을 안 순간 이란을 버렸다. 끊이지 않는 연관 기사 중에는 노벨 평화상을 탄 인권 운동가 시린 에바디에 대한 글도 실려 있었는데, 여성은 판사가 될 수 없다는 1,400년 전으로 회귀하는 듯한 개정법으로 인해 판사에서 법원 비서로 강등됐다고 하니 말 다 했다.

밥맛이 떨어지는 기사들에 분노의 클릭을 계속했다. 하나 같이 어처구니가 없는 내용이었는데, 여성은 똑같은 교통사고를 당해도 보상금을 남성의 절반밖에 받지 못하게 되어 있다든가, 집에 남자 손님이 오면 가정 내의 여자들은 손님이 지나간 길을 피해서 걸어 다녀야 한다지 않나, 여성이 성폭행을 당하면 네 명 이상의 무슬림 남성 목격자를 스스로 찾아와야 한다는 것들 따위가 있었다.

말문이 막혔다. 왜 훈자라는 천국은 하필이면 이따위 문화권에 있어 나를 힘들게 할까 생각하곤 몇 번이나 여행을 망설인 것이다. 여성이 대통령이 되고, 페미니즘이 문화계 대표 키워드가 된 우리나라는 다행인 걸까. 모르겠다.

훈자에 도착한 초기에 이런 주제로 후에게 열변을 토한 적이 있었다. 후는 한참이나 내 말을 들으며 고개를 끄덕이더니, 알 수 없는 표정으로 이야기를 꺼냈다.

"하나야, 젠더 감수성 없는 법률이나 관습은 끝도 없고, 대신 남녀 공평하게 엄중히 지키는 이상한 문화가 있어."

"응? 그게 뭔데?"

"바로 브라질리언 왁싱 문화지."

"응? 난 지금 진지하다고 인마! 장난치지 마."

"진짜라니까 그러네. 코란에 청결과 경건함을 유지하는 방법으로 제모가 나와 있어서 무슬림 남녀는 필수적으로 꼭 지킨대."

"에이, 말도 안 돼."

"정말이야. 율법에 따라 겨드랑이랑 음부까지 모두 완벽하게 제모를 한다니까? 여기 훈자 사람들도 그건 모두 지킨대."

"악! 훈자 사람들도? 이 사람들은 라마단도 대강대강 보내고, 술도 마시고, 히잡도 거의 안 하는데?"

"그렇다니까. 필수래 필수! 이미 우리 호텔 직원들한테 물어봤다고. 물어본 사람마다 당연히 자기도 했다고 하더라니까?"

"뭐지? 역시 희한한 민족이네. 파키스탄에서 왁싱 숍을 열면 대박이겠군. 그럼 우리 숙소 주인 형제들도 다 했을까?"

내 말을 듣던 후가 급히 주방으로 뛰어 들어가 삼 형제를 모두 끌고 나왔다. 형제들은 웃으며 자기들은 물론, 다른 훈자 사람들 역시 남녀 모두가 제모를 한다며 당연한 일이라고 했다. 내가 걸으며 마주하는 훈자 사람들이 모두 브라질리언 왁싱 상태의 음부를 가지고 있다고 생각하니 기분이 묘했다. 그 후로는 진지하고 차분한 마을의 노인들이나 멋스러운 수염을 기른 청년들을 마주해도, 지금 이곳에 거뭇거뭇한 음부를 가진 사람은 나 하나뿐이란 생각에 킥킥하고 웃음이 새어 나왔다. 훈자는 사실 보들보들하고 민둥민둥한 낙원인 것이다.

8

왜인지 아침부터 눈이 떠진 날이었다. 복층 오피스텔 거실로 내려가 창문을 열고, 남아 있는 담배의 개수를 헤아렸다. 담배에 불을 붙이곤 휴대폰의 메시지 함을 열었다. 역시나 광고뿐이다. 어플로 통장 잔고를 확인했다. 빤한 숫자가 찍혀 있음을 알면서도 매일 깨어나 반복하는 행위였다. 창틀에 내려앉은 담뱃재를 엄지로 찍어내며, 나는 부족함을 느낄 때마다 자꾸만 남은 수를 확인한다는 생각이 들었다.

내가 사는 오피스텔을 선택한 첫 번째 이유는 거실에서 볼 수 있는 전망 때문이었다. 17층 거실에서 내려다보이는 시티 뷰를 그 시간에 보는 일은 드문 일이었다. 분주히 출근하는 사람들, 전국에서 가장 교통사고가 많이 난다는 교차로에 들어찬 차들, 햇살에 반짝이는 빽빽한 빌딩들, 밤새 반짝이는 빛을 잃은 재미없는 간판들까지……. 저 많은 사람들의 출근

길에 나는 섞이지 못하고, 저 많은 차들 중에 내 차는 없고, 저 많은 건물들이 모두 주인이 있다는 사실이 놀랍다가, 내가 종종 출근하는 곳은 간판도 없는 가게라는 사실에 맥이 빠졌다.

'역시 아침에 깨어나는 일은 최악이군.'이라는 생각이 들자 별안간 어떤 오기가 생겨 사장에게 메시지를 보냈다.

[오늘은 점심에 출근할게요. 예약 올려주세요.]

이 오피스텔을 선택한 두 번째 이유는 유흥가의 중심에 자리하고 있어서였다. 출퇴근에 택시비를 낭비하지 않아도 되고, 유흥가답게 한적하고 조용한 낮엔 집에서 번역에 몰두할 수 있다.

내가 일하는 곳은 집에서 가깝게 자리한 상가 3층에 있는 키스방이다. 이전엔 DVD 방이 있었던 곳이었는데, 사장은 DVD 방 간판을 그대로 방치한 채 키스방을 운영하고 있었다. 직설적이고 심플한 키스방이란 이름답게 나의 일은 쉽고 간단하다. 손님들은 삼십 분이나 한 시간 단위로 요금을 내고 들어서지만, 막상 중요한 일은 오 분 남짓이면 해결이 되곤 한다.

섹스 없이 상대적으로 저렴한 돈으로 욕구를 해결하는 곳이니만큼 다양한 손님들이 오는 곳이다. 호기심에 오는 대학생들이나 점심시간에 햄버거나 샌드위치로 급하게 점심을 때우고는 삼십 분이라도 사정을 위해 찾아오는 회사원들이 최고의 손님들이다. 그나마 부끄러움을 아는 부류랄까.

계산을 한 손님이 의무적인 양치질을 서둘러 마치고 작은 방 소파에 앉아 기다리면, 나는 타이머를 맞춘 알람 시계를 들고 들어가 나의 일을 시작한다. 더럽거나, 귀찮거나, 징징대거나, 불편한 손님들도 있지만, 어찌 되었든 출근을 하면 늘 목표한 20만 원의 현금을 채워 퇴근을 했다. 내가 원하는 날, 내가 원하는 시간대에 자유롭게 출근을 할 수 있고, 매일 현금으로 나의 몫을 가져올 수 있다는 간편함에 벌써 몇 년째 이 일을 하고 있다.

그동안 내가 만진 성기의 수는 얼마나 될까. 한번은 휴게실에서 다이어리 한편에 손님의 성기 모양을 그린 적이 있었다. 어릴 땐 똑같아 보였던 남성의 성기들도 저마다 다르게 생겼다는 게 당연하면서도 신기했다. 그 일을 반복하다 보니 나를 지목해 다시 찾은 손님의 얼굴이 가물가물하다가도, 팬티를 내리는 순간 '아, 이 녀석이었구나.' 하고 기억이 날 정도였다.

낮엔 손님이 적어 근 두 시간 만에 맞은 손님이었다. 첫인상은 말쑥한 회사원 느낌의 남자였다. 처음 방문을 열었을 때만 하더라도 '무난하겠군.' 하고 생각했지만, 그놈은 내가 소파에 앉자마자 팬티를 내리더니 브라질리언 왁싱을 자랑하기 시작했다. 자기는 늘 깔끔하게 전신 제모를 하는데 자신의 것이 탐스럽지 않느냐는 둥, 대부분이 감촉이 좋다며 오래 만져준다는 둥, 추잡한 소리들로 기분을 잡치게 했다.

그러다 꽤 많은 팁을 주며 입으로 애무를 원했다. 한참이나 시간을 허비한 후에 맞은 손님이니 참고 시작했는데, 미처 몰랐던 문제가 발생했다. 왁싱을 한 지 좀 되었는지 성기 주변에 까칠까칠한 체모가 올라와 있었다. 입술 주변에 따끔따끔 통증이 일었다. 못 하겠다며 받은 팁을 돌려주려는데, 그놈이 갑자기 나의 머리칼을 움켜잡더니 사타구니로 얼굴을 밀어 넣었다. 입술과 볼이 까칠한 체모에 쓸리며 나는 버둥거리다 악을 질렀다. 놀라 달려온 사장을 두고 휴게실로 도망치듯 들어갔다. 휴게실의 열린 문틈으로 히죽거리는 그놈의 표정이 보였다. 거울을 보니 번진 립스틱과 부푼 입 주변이 흉했다.

그 자식이 떠난 후 사장은 휴게실에 있는 아가씨들에게 마인드 교육이랍시고 되지도 않는 헛소리를 한참이나 늘어놨다. 같잖은 설교를 해대는 저 주둥이를 한 대 쳐버리고 다른 가게로 옮겨버리고 싶었지만, 그것도 쉽지 않았다. 이놈들끼리의 끈끈한 네트워크가 존재하기 때문이다. 소위 사고를 친 직원들은 어느 가게에서도 일할 수 없게 만들어버리는 것을 몇 번이나 보아왔다. 그러니 늘 마인드, 마인드를 외치는 이

양아치 집단의 마인드란 상당히 폐쇄적인 셈이다.

*

제모에 대해 생각할 때마다 그날이 떠올랐다.

'재수 없는 자식.'

아슬람이 짜이를 가져다주었다. 찝찝한 생각을 떨치고 짜이를 홀짝였다. 아직 어금니에 감기약이 남았는지 비릿한 냄새가 훅 올라왔다. 도저히 안 되겠다 싶어 힘주어 양치를 하고, 어젯밤에 남겨둔 훈자 와인을 한입 들이켰다. 특별히 할 것도 없어 후에게 얻은 마리화나나 한 대 피우려는데, 어젯밤 피운 것이 마지막이었는지 보이지가 않았다. 젠장.

터덜터덜 마당으로 돌아와 기지개를 켰다. 눈 앞에 펼쳐진 먹먹한 풍경들을 보니 또다시 생각들이 뭉게뭉게 피어났다. 왜 내가 이렇게 되었는지, 어디서부터 되돌려야 할지, 어쩌면 되돌리는 건 이미 불가능한 것인지, 차라리 이곳에서 라면 장사나 하면서 훈자 와인과 마리화나나 잔뜩 즐기며 여생을 보낼지……. 그러다 괜히 욱하는 기분이 들어, '이미 벌어진 인생 지금처럼 낭비하듯 청춘을 써버리자. 관망하듯 살아버리자.' 하고 다짐하다가 결국엔 사고 정지.

삼십 대가 되니 삶에 기적이란 없다는 사실을 받아들이게 된다. 번역을 하면 그럭저럭 월세는 낼 수 있고, 편의점 알바라도 하면 예쁜 옷들도 몇 벌 살 수 있고, 키스방에 나가면 종종 여행도 할 수 있다. 패턴을 벗어난 로또 같은 기적은 없다. 실력과 수고에 비해 적은 번역비를 받고, 실력보단 마인드가 중요하다는 곳에서 수고보다 많은 봉사비를 받는다.

그뿐이다. 무려 기적이라며 내가 떠올릴 수 있는 게 기껏 로또라니……. 적나라한 현실에 실소를 터뜨리며 비현실적인 풍경을 바라봤다. 아무 계획도 없이 멋대로 생겨난 자연은 어찌 이토록 아름다운지. 봉우리 너머 빙하가 녹아 만들어진 계곡을 따라 에메랄드 빛깔의 물줄기가 차란차란 흐르고, 탄식 같은 바람이 자꾸만 나를 일으켰다. 온몸을 비틀며 읏차 읏차 스트레칭을 하는데, 물가로 염소를 끌고 오는 아이들이 보였다.

"야! 얘들아!"

아이들을 향해 양팔을 흔들며 있는 힘껏 소리를 쳤다. 주위를 두리번거리던 아이들이 나를 발견하고는 따라 손을 흔든다. 왠지 눈물이 날 것만 같았다.

"누구한테 인사하는 거야?"

갑자기 뒤에서 나타난 최 작가 때문에 몸을 급하게 움츠렸다. 음침한 자식. 또 아무렇지 않게 내 가슴을 힐끗 쳐다봐, 얼른 평상에 둔 담요를 둘렀다.

“지금 나은이랑 이글 네스트 갈 건데 같이 갈래?”

“아니요, 전에 풀 문 보려고 후랑 거기서 이틀이나 있었잖아요. 그걸로 충분해요.”

“그래, 그럼. 심심해 보여서.”

“이제 곧 작업해야죠. 많이 밀렸어요. 아, 설이는 어디 갔는지 아세요?”

“아침에 보니 후네 호텔로 가는 것 같던데. 후랑 나은이랑 같이 있으려나.”

“아, 그래요? 그럼 우리 나은이 맛있는 것 좀 사주고 오세요. 거기 참치 샌드위치랑 핑거 칩 맛있어요.”

느릿느릿 계단을 오르는 최 작가의 등을 보며, 새벽같이 일어나 후에게 달려가는 설이의 뒷모습을 그려봤다. 역시 후인 건가. 그나저나 후가 유니클로 속옷을 입는 여자를 견딜 수 있을까. 내가 쓰는 보디로션 브랜드까지 맞추는 남자인데. 왜 착한 여자들은 이리도 나쁜 남자를 알아보지 못하는지……. 아니, 오히려 나쁜 남자를 기가 막히게 찾아내는 걸까? 모르겠다.

손을 흔들던 아이들은 술래잡기라도 하는지 신발이 젖는 것도 상관없이 맑게도 웃었다. 이런 풍경 속 뛰노는 아이들을 바라보다 보면, 삶이란 건 신이 준 선물이라는 말에 나 역시 고개를 끄덕이게 된다. 하지만 뜻하지 않게 받은 삶이라는 선물 꾸러미를 풀고 나면, 그 후의 일들은 이미 준 선물을 한 조각씩 도로 빼앗는 과정이 아니던가. 정말 신이 있다면 지독한 악취미를 가졌다는 생각이 들었다.

9

전기가 없다는 건 놀라우리만치 사람을 무료하게 만들었다. 어젯밤엔 휴대폰도, 랩톱도 충전을 하지 못했다. 감기 기운이 있는 몸에 혼자 와인을 들이붓고는, 해시시까지 피워대고 침대에 쓰러진 탓이다. 그나마 할 수 있는 것들을 떠올려본다. 휴게실로 올라가 여행자들이 두고 간 취향 없는 책을 하나 골라 읽는 일, 어제와 똑같은 풍경에 시선을 두고 멍하니 바람을 맞는 일, 아무 곳이나 방향을 정해 걷다 친절한 아주머니의 초대에 응해 짜이를 얻어 마시며 그 집 아이들의 코를 닦아주는 일. 그쯤이다.

하릴없이 평상 오른편에 누워 구름이 생성되는 순간을 목격하다, 왼편으로 데구루루 몸을 옮기다, 차를 마시러 내려온 숙소의 형제들과 시답잖은 농담 따먹기를 하다 보니 설이가 돌아왔다.

"뭐 하다 왔어?"

"아, 그냥 혼자 걷다 왔어요."

역시 후를 좋아하는 걸까. 잘하지도 못하는 거짓말을 하는 걸 보면……. 모든 거짓말엔 이유가 있는 법이다. 거짓은 진실의 그림자인 셈이니, 거짓의 반대편을 응시하면 때론 실체가 보이곤 한다.

마냥 전기가 돌아오길 기다릴 수 없어 카페로 향했다. 작업이 너무 밀려버려 기한 내에 넘길 수나 있을지 염려가 됐다. 카페는 굉음을 내는 제너레이터를 사용해 늘 전기가 들어왔다. 오븐과 커피 머신 같은 것들 때문이겠지만 덕분에 충전과 와이파이 사용도 가능해, 자연히 나의 단골집이 되어버렸다. 이곳의 물가를 생각하면 상당히 비싼 커피지만, 훈자에서 유일하게 인스턴트가 아닌 진짜 커피를 내놓는 데다가 충전 값까지 생각하면 그런대로 괜찮았다.

주문을 마친 설이가 자리에 앉자마자 후의 이야기를 꺼냈다. 딱한 소녀여.

"언니, 알고 있었어요? 후가 대마초를 피우더라고요. 아니, 대마초가 아니라 해시시라고 했나? 뭐가 다른 건진 몰라도요."

"응, 알고 있었지. 뭐 어때? 여긴 혼자잖아."

"아, 그래도……. 혹시 언니도 피워요?"

"음, 종종. 별거 아냐. 첫 경험 같은 거라고. 해보기 전에는 엄청난 일 같지만 막상 대단치도 않아."

"아, 언니도 해봤구나. 그래도 걱정돼요. 눈도 풀리고 바로 잠들고 막 그러더라고요. 언니는 안 무서워요? 그래도 환각 물질인 건데."

"우리나라에서 워낙 불법으로 각인되어서 그렇지, 사실 풀이잖아. 흔히 은어로 풀 피운다고 하고. 환각 물질이라는 게 대마처럼 식물이나 버섯, 어류에서도 나와. 다 자연이 주는 거라고. 어찌 보면 자연스러운 거 아닌가?"

"아, 그래요? 그래도 후를 보니까 위험해 보이던데."

"왜? 그 자식 취해서 너한테 뭔 짓이라도 한 거야?"

"아니요. 그냥 힘이 없고 몸 컨트롤이 안 되고……."

"그러니까 그냥 정신이 어지럽고 시야가 좀 흐려지고 그 정도인 거야. 심할 때는 형태나 색채까지 지각이 바뀔 수도 있고, 공감각적 현상도 종종 일어나긴 한다더라. 오히려 그런 현상들 때문에 명상이나 종교계에서도 대마를 활용하기도 하잖아. 정신을 열어주니까. 너도 인도에 가봤으니 많이 봤을 거 아냐?"

"그렇긴 해요. 사두들이 아무렇지 않게 피우더라고요. 그래도 담배면 몰라도 몸에는 더 안 좋을 것 같은데. 또 한국에 가서도 피우고 싶을 텐데 그러다 큰일 날 수 있잖아요."

"재밌는 게…… 우리는 환각제에 대해 아는 게 별로 없어. 왜 환각 작용이 일어나는지도 잘 모르고. 일부 과학자들은 환각 작용은 인간 뇌만이 가진 복잡함과 고등함에만 적용되는 것일지도 모른다고 할 정도니까. 그저 우리는 만드는 법이나 아는 거지. LSD(lysergic acid diethylamide 강력한 마약의 일종)도 실수로 만들어진 거라잖아. 후나 내가 피우는 정도로는 큰 해도 없고, 육체적, 정신적 의존성도 없어. 담배가 오히려 중독성도 더 강하고 해로운 거라니까?"

"아, 후도 비슷한 말은 하던데."

"웃긴 건 코카인보다 중독성이 높고, 몇 배 많은 사망자를 내는 설탕은 합법이라는 거지. 또 술은 어떠니? 취해서 진상부리고, 때리고, 강간하고. 그런 데 비하면 오히려 낫다고 봐. 풀에 취하면 기껏해야 배고픔을 느끼거나, 웃음을 주체 못 하거나, 너무 감정에 몰입되거나 뭐 그 정도인 거야. 그러다 결국 취해 잠드는 거지."

"흐음, 그렇기는 하네요. 그런데 언니, 늘 느끼는 거지만 언니는 왜 모르는 게 없어요? 뭘 물어도 다 알잖아요. 뭔가 퀴즈

왕 느낌이랄까?"

"뭐, 그런 건 아니고. 그냥 너보다 오래 살았으니 그만큼 더 아는 거 아닐까?"

"그렇게 말하기엔 백과사전 수준인데요? 진짜 부러워요. 언니는 늘 자유롭게 살고, 모르는 것도 없고, 경험도 많고요."

할 수 있는 말이 없어 호두 파이를 한입 크게 떠먹었다. 설이의 부드러운 말이 나를 찔렀다.

키스방에 오는 남자들은 자신감이 결여된 타입이 많다. 키스방에 입장하면 적은 돈으로 자신들이 가장 두려워하는 거절의 공포에서 해방될 수 있다. 작은 방 안에서 나와 보내는 한 시간은 그들에겐 너무도 긴 시간이다. 욕구를 해소하는 데는 오 분이면 충분하니까. 그 오 분을 제외한 나머지 시간들은 의외일지 모르지만 대부분 대화로 가득 차곤 한다. 대화의 유형도 다양한 편인데, 시답잖은 스토리를 쏟아놓는 고해 성사형, 끊임없이 질문을 반복하는 인터뷰형 등이 있고, 가장 많은 타입은 자신이 이런 곳에나 올 만한 쓸모없는 남자가 아니라는 어필을 하는 지식 자랑형이다.

많은 손님을 만나는 만큼 그들의 관심사도 다양하다 보니 자연스레 많은 걸 습득하게 돼버렸다. 물론 도움이 될 만한 상식보다는, 역사 이래 잘려나간 포피들의 총 길이가 화성까지 왕복으로 닿는다든가, 인간은 본래 유아기에 온갖 종류의 성도착을 가지고 있다가 유년기를 통해 그것들을 줄이거나 없애는 거라는 프로이트의 주장 같은 이상한 이야기들이 주였지만…….

그런 연유는 상상도 못 한 채 모든 것을 좋게 보려고 하는 설이가 신경 쓰였다. 저 아이가 부서질까 두려웠다. 맑을수록 쉽게 더러워지고 투명할수록 잘 깨어지니까. 나는 언제부터 나를 잃고 살게 된 걸까. 설이처럼 자기답게, 의심 없이 살았던 때는 언제가 마지막이었을까.

밴쿠버에서의 날들이 떠오른다. 다니던 대학을 그만두고, 꿈꾸었던 유학을 떠났던 시기. 어찌어찌 교외의 작은 예술 대학교에 입학했고, 영화과에 가고 싶었지만 가진 돈과 성적에 맞춰 음향 전공을 하게 됐다. 의외로 나와 잘 맞는 일이어서 공부도 즐거웠고, 특히 시골과 소도시를 오가며 그곳만의 특별한 소리들을 발견하고 저장하는 일에 매료되었다.

학과에 소속된 유일한 동양인. 낯선 땅 한국에서 온 이방인의 입장과 느낌이 좋았다. 그들에겐 낯선 존재인 내게 전해지는 주저함과 조심스러움, 서서히 열리는 그들의 마음과 배려, 주변인의 위치에 만족했다. 이제는 아득한 기억이 되어버렸지만, 그곳에서 난 나답게 존재했고 존중받았다.

혼자로 떠나온 일도 비슷한 이유에서였다. 아무도 나를 모르는 곳. 절대 우연히라도 나를 아는 사람은 마주치지 않을 것 같은 곳. 한 명의 여자도, 한 명의 아가씨도 아닌 낯선 이로 스치듯 멀어질 여행자. 이방인의 적절한 거리감을 가지고, 여행자에게 쏟아지는 적당한 호의와 관심을 받는 곳. 그것으로 충분했다.

경력 단절을 염려하며 힘겹게 번역 일을 이어나가고, 쉬운 일을 하며 쓸쓸히 돈을 버는 일상. 이제는 적당히 나를 놓아버린, 하지만 아직 깊은 곳 어딘가 남아 있을 진짜 나를 위한 선물. 욕구뿐인 나를 그곳에 내버려 둔 채, 작은 나를 건져 이렇게 멀고 아득한 곳에 내려놓으면 작게나마 다시 숨 쉴 수 있을 것 같았다.

*

2년간의 유학 후, 내가 할 수 있는 일이 별로 없다는 사실에 놀랐다. 어릴 적 내가 가장 잘하는 줄 알았던 일에 대한 내 실력이, 사실은 형편없다는 것을 깨달은 날처럼 무력했다. 동시통역이나 책을 번역하는 일은 내 수준보다 더 높은 단계를 요구했고, 소질이 없는 강사 따위의 일은 하고 싶지 않았다. 그렇다고 돈과 시간을 들인 영어라는 수단을 놓을 수 없어 선택한 일이 영상 번역이었다. 낯선 일은 고되고 정당한 보상마저 따르지 않았다. 하지만 어떻게든 돈을 벌어야 했다.

시작은 바텐더 일이었다. 가게엔 열 명이 넘는 바텐더들이 함께 일했다. 바텐더로만 10년이 넘게 일했다는 사장님을 통해 간단한 교육들을 받았는데, 내 예상과는 전혀 다른 일이었다. 칵테일 제조법이나 기본적인 손님 응대에 대한 것들을 배울 거라 생각했지만, 중요한 교육은 따로 있었다. 말하자면 유혹의 기술이랄까. 바의 운영 원리는 바텐더의 마음을 파는 일에서 시작한다. 바텐더의 수가 많은 만큼 어떤 남자 손님이 오더라도 자기 스타일의 여자는 존재했다. 모두 예쁜 바텐더들보다는 모든 타입의 바텐더를 갖추는 게 성공하는 바의 기본 요건이었다. 이 손님은 어떤 취향의 바텐더를 좋아할까. 그것을 캐치해 그의 앞에 적절한 바텐더를 세우는 일. 그게 사장의 일이었다. 내가 겪은 사람 중에 가장 날카롭고 눈치가 빠른 사람. 사장의 안목은 틀림없었다. 그게 언제나 무서웠다.

한 명의 손님이 새로 왔다. 지적으로 보이지만 찌든 피로가 묻어나는 남자였다. 주문을 받으며 잠시 대화를 나누던 사장은 그의 앞으로 나를 보냈다. 도도해 보이고 까무잡잡한, 이국적인 내 스타일에 그는 별다른 흥미를 느끼지 못하는 것 같았다. 맥주를 몇 병 비우는 동안 내가 영화에 대해 잘 알고, 유학

생활을 거쳐 영어도 유창한 것을 알게 된 그는 몸을 바에 기댄 채 관심을 보이기 시작했다. 사장의 직감은 빗나가지 않았다.

다음은 매뉴얼대로 연기하면 그만이었다. 술을 잘 못하는 척 미루고, 담배는 피우지 않는다고 말한다. 나는 아직 학생이고, 낮에는 학교에, 밤에는 이곳에서 아르바이트를 하고 있다. 물론 학비 때문이다. 내게 관심을 보이던 그는 나를 찾아 자주 가게에 오게 되고, 종종 나는 다른 손님 앞에 선다. 그는 내가 자신의 앞에 있을 수 있도록 비싼 양주를 시킨다. 몇 번의 패턴이 반복된 어느 날, 그는 나와 밖에서 만나기를 원했다. 하지만 그럴 수 없다. 그가 이미 알다시피 낮엔 학교에, 밤엔 이곳에 있어야 하니까. 나도 그가 싫지 않지만 이런 사정 때문에 데이트는 불가능하다. 별수 없이 그는 나를 만나기 위해 출근하듯 찾아와 비싼 양주를 마셔댄다.

나는 영영 그와 따로 만날 수 없다. 한 번이라도 개인적으로 손님을 만나면 월급도 받지 못하고 그만둬야 했다. 면접을 본 날, 사장과의 유일한 약속이었다. 그가 밖에서 나를 만날 수 있다면 바에 올 이유는 사라지니까.

전반적으로 이런 메커니즘이 반복된다. 놀라운 건 이런 뻔한 상술에 남자들은 반응하고, 흔들리다, 결국 걸려든다는 것이다.

죄책감은 없었다. 나는 몸을 팔지 않는다. 내 몸을 원하는 남자들에게 마음만 팔 뿐, 나는 매뉴얼대로 움직였다. 마시고 연기하며, 내가 자기 앞에 서기를 원하는 남자들이 늘수록 나는 더 많이 벌었다. 성취감과 자기만족 따위는 틈틈이 하는 번역 일로 얻으면 그만이었다. 배운 것으론 푼돈을, 거짓으론 쉽게 버는 일에 익숙해졌다.

그렇게 어느덧 1년이 넘는 시간이 흘러 있었다. 나는 점점 손님들의 눈을 피해갔다. 나를 찾는 사람이 늘수록, 나를 좋아한다고 말하는 사람이 늘수록, 자꾸만 시선이 헤맸다. 내가 거짓을 말할수록 상대는 진심을 다하고 있음을 자명하게 알 수 있었다. 온전한 거짓의 세계. 나는 그곳에 있었다.

어느 날, 내 앞에 앉은 손님에게 퇴근까지 나를 기다려달라고 말했다. 나를 찾는 가장 오래된 손님이었다. 그의 차를 타고 모텔로 가자고 했다. 몇 번이나 땀에 젖고 식기를 반복하곤, 그에게 말했다. 전부 거짓이었다고. 그저 가게의 방침이며 운영 원리라고. 쉬이 믿기지 않는 듯 허탈하게 웃으며 그는 말했다. 자신은 진심이었다고. 물론 나는 알고 있었다.

다음 날 출근한 나는 사장에게 말했다. 손님을 만났고, 섹스도 했다고. 사장은 모든 걸 알겠다는 눈빛으로 담담히 말했다.

"하나야, 돈이 최고다. 아니 전부야. 절실히 필요해 본 사람은 그걸 알아. 어차피 서로 속고 속이는 거야. 우리만 나쁜 게 아니야."

눈을 맞추지 못했다. 약속대로라면 월급도 받지 못한 채 쫓겨나야 맞지만, 사장은 날짜를 계산해 내 몫의 봉투를 내밀었다. 그걸 움켜쥐고 가게를 나왔다. 집까지 오는 내내 자꾸 몸이 떨렸다. 며칠을 앓아누웠다. 몇 달이 지나, 나는 키스방에 나가기 시작했다. 바텐더보다 쉬운 일이었다.

많은 여자들이 섹스 후에 어땠냐는 질문을 하는 남자를 최악으로 꼽지만, 난 그 말을 그리워하는 하루들을 보냈다. 똑같이 사정하지만, 누구도 나의 기분을 묻거나 염려하지 않는다. 사정을 마치면 현실로 돌아오고, 서둘러 빛을 찾아 어두운 방을 나간다. 급하게 지퍼를 올리고, 도망치듯 사라진다. 서운함을 느낀다는 말은 아니다. 그게 편했다. 원하는 것을 서로 알고 있으니 연기는 필요 없다. 거짓된 이해와 꾸며낸 공감도, 눈을 맞출 이유도 없다. 가슴을 내보이고, 그의 것을 쥔다. 그뿐이다. 나는 작은 방 안에서 무엇도 해석하지 않는다.

10

내가 밀린 작업에 열을 내는 동안, 설이는 엽서를 쓴다며 말이 없었다. 무연한 얼굴. 눈과 표정으로 모든 걸 드러내는 아이니, 아마도 힘든 이야기를 담는 중일 것이다. 그 남자일까. 아니라면 오후일까. 어쩌면 둘 모두일지도. 오히려 우리 중에 가장 모험적인 사람은 설이일지도 모른다는 생각이 들었다. 자신을 언제나 위반의 장에 놓고 마니까. 사랑은 이어달리기가 아니라거나, 우리가 할 수 있는 가장 용감한 행동은 자신의 행복만을 생각하는 거라고 한마디 해줄까 하다, 그만두었다. 답안지를 엿볼까 염려하는 초등학생처럼 꼭꼭 감춘 채 한 글자씩 꾹꾹 써 내려가는 모습에 맥이 풀렸다.

모니터로 시선을 집중했다. 한숨이 새어 나왔다. 좋아하는 것을 직업으로 삼으면 안 된다는 이유를 실감 중이다. 지금은 새로 생긴 케이블 채널에서 의뢰받은 영화 번역을 하고 있다.

여행 중이니 할 수 있는 만큼, 조금씩 벌며 회사와 관계는 유지할 만큼, 꾹꾹 자막을 찍어냈다.

우디 앨런 감독의 영화들이다. 몇 년째 유지한 에이전시와의 관계 덕분에 우선적으로 영화를 선택할 수 있다는 점은 고마운 일이지만, 늘 좋아하는 영화를 선택하게 되는 내가 문제였다. 내가 태어나기도 전에 개봉한 '애니 홀'을 우연히 본 이후로 우디 앨런은 내가 오래도록 사랑하는 감독이다. 그의 영화 세 편 '블루 재스민', '환상의 그대', '미드나잇 인 파리'의 마감 날짜가 얼마 남지 않았다.

이왕이면 좋아하는 감독의 영화를 번역하고 싶은 욕심은 당연한 것이지만, 랩톱으로, 그 안에서도 번역 툴을 통해 영화를 보는 일은 최악이다. 그 작은 화면으로는 그의 낭만적인 시선은커녕, 숏 하나에도 집중할 수 없었다. 내가 신경 쓰는 거라곤 대사의 정해진 글자 수나 맞춤법 정도뿐이다. 그가 만들어낸 엄청난 화술은 엄청나게 많이 번역해야 할 일거리로 전락한다. 그토록 좋아했던 그의 대사들이 보이질 않고, 어마어마한 대사량과 그의 예술성이 버무려진 전문 용어부터 노래나 시까지, 한 문장 한 문장마다 체크해야 할 것들이 넘쳐난다. 다음번엔 기필코 비명과 암전이 절반인 공포 영화나 받아야겠다고 다짐했다.

엽서를 쓰다 말고 번잡하게 왔다 갔다 하던 설이를 참아내고, 한 편의 영화 번역 작업을 간신히 마쳤다. 기지개를 켜며 고개를 돌리니 설이는 어느새 테이블에 기대 졸고 있었다. 어둑해진 창밖을 보며 '약속 시간이 다 되어가는군.' 하고 생각하는데, 창밖으로 오후가 히로미와 함께 지나가고 있었다. 자기 그룹에서 벗어나 툭하면 후를 찾아오는 히로미였다. 설이가 보지 못해 다행이라는 생각이 들었다.

내가 후와 잤다는 사실을 알면 설이는 어떤 표정을 지을까. 아무 표정도 짓지 못한 채 울기라도 할까. 모르겠다. 해프닝이었다. 본래 섹스는 해프닝처럼 벌어지니까. 계획대로 약속을 잡고 나누는 섹스는 교환일 뿐이다. 후는 그저 편한 친구, 멀고 낯선 이곳에서 그나마 믿고 의지할 수 있는 동료의 느낌이랄까. 그건 후도 마찬가지일 것이었다. 나는 성욕에 굶주린 눈은 얼마든지 알아볼 수 있으니까.

후는 다른 눈을 가지고 있다. 아무것도 담지 않은 듯 공허한 눈. 과장된 태도와 헤픈 웃음 탓에 그 눈을 읽기는 쉽지 않지만, 언제부턴가 욕망의 눈을 피하며 살게 된 나는 알 수 있었다.

시작은 나로부터였다. 초저녁부터 도미토리에서 풀을 피우기 시작했다. 후와 함께였다. 둘 다 만취해 잠이 들었고, 먼저 깨어난 방은 적막했다. 전기조차 들어오지 않았다. 손을 더듬어 잠든 후의 곁에 앉았다. 취기 때문이었을까. 한참이나 털어놓았다. 내 삶은 표류기이면서 이 여행조차 동기 불순이라고. 네가 몇 살이고, 후라는 이름이 진짜인지, 네가 게이인지, 어쩌면 너도 비슷한 비밀이 있는지 모르겠지만, 그게 나의 추악한 점이라고. 긴 혼잣말이었다.

목이 말라 몸을 일으키는데 후가 따라 움직였다. 그제야 깨어난 것 같았다. 생수병을 후에게 건넸지만, 후는 취기에 팔을 뻗기도 힘겨워했다. 입에 물을 머금었다. 누워 있는 후에게 다가가 입을 맞췄다. 후의 입술이 열리고, 한 모금 물을 조금씩 흘려보냈다. 화한 풀 맛이 났다.

후는 빙긋 웃을 뿐 말이 없었다. 후의 바지를 풀었다. 차가워진 손으로 뜨거운 후의 성기를 잡는데, 후가 내 몸을 당겨 입을 맞췄다. 키스였다. 아득하고 깊은, 칠흑 같은 키스였다. 취기에 서로의 몸엔 힘이 없었지만, 부드럽게 엉키다가 고요히 풀어졌다. 내내 달빛이 보유스름하게 비쳤다.

아침에 다시 눈을 떴을 땐 후의 가슴팍에 기댄 채였다. 먼저 깨어나 말없이 내려다보던 후의 눈을 기억한다. 해석할 수 없는, 거짓말 같았던 눈을……. 다행히 그 밤 후로도 우리는 어색하지 않았다. 일행이 한 명씩 늘어나도 부담을 가질 이유가 없었다. 그저 해프닝이었다.

문제는 설이가 훈자에 도착한 날부터였다. 설이는 하필이면 그 밤, 후와 누웠던 침대에 짐을 풀었다. 그게 마음에 걸렸다. 어쩌면 설이도 후와 잤을까. 내가 후와 누웠던 침대에서였을까. 모르겠다. 시작의 이유가 무엇이었든지 설이는 둘만의 세계로 들어설 것이다. 어떤 영화에서는 사랑은 다쳐도 아프지 않은 것, 다치지 않고도 아픈 것이라 했다. 설이도 동감할까. '당신은 날 아프게 하지 않아.'라는 마음으로 시작해, '당신만 날 아프게 할 수 있어.'라며 스스로를 달랠 것이다. 그렇다 해도, 상관없겠지. 빛나는 이런 풍경을 두고도 더 찬란한 사람을 발견했다며 뛰어들겠지. 그게 아프도록 부러웠다.

한쪽 팔에 머리를 대고 곤히 잠든 설이를 바라보았다. 테이블에 가슴 한쪽이 눌려 가슴 윗부분이 봉긋 나와 있었다. 풍만한 가슴 위로 푸른 핏줄이 눈에 띄었다. 너무도 하얀 가슴. 멍이라도 맺힌 듯 상처가 물든 것 같아 고개를 돌렸다.

11

나를 원망하는 설이의 뒤를 따라 발걸음을 재촉했다. 잠든 설이가 고단해 보여 깨어나기를 한참 기다린 탓이다. 약속하지 않아도 누구나 마주치게 되는 작은 마을에서 누군가를 향해 저리 서두르는 사람은 설이 하나뿐일 것이다. 종료 휘슬 직전 골대를 향해 드리블이라도 하는 사람 같아 보였다. 어두운 거리에서 발밑도 살피지 않을 정도로 앞서는 마음 때문이다. 보고 싶은 사람이 있는 이의 뒷모습은 언제나 애달프다.

담배를 꺼내는 나를 남기고 설이는 급히 주방으로 들어섰다. 쓸쓸히 담배에 불을 붙이자, 이내 후가 밖으로 나왔다.

"여어, 뭐 하다 왔어? 작업?"

"응, 설이랑 카페에서. 너는 히로미랑 뭐 했어?"

"어? 어떻게 알았어?"

"카페에서 봤지. 둘이 지나가는 거."

“그랬군. 그냥 거닐다 온 거지, 뭐.”

“요리는?”

“시작했지. 들어가서 나랑 마늘이나 까자. 적당히 눈치도 좀 보라고.”

능글맞게 윙크를 하는 후를 따라 주방으로 들어섰다. 생글생글 웃으며 뭐든 즐거워 보이는 나은이, 착한 남자 콤플렉스인지 늘 맛있는 걸 해주려 애쓰는 최 작가, 그새 팔까지 걷어붙이고 열심인 설이 그리고 그녀의 그놈 후까지. 역시 희한한 조합이라는 생각에 피식 웃음이 나왔다.

오늘 밤도 익숙한 일상의 반복이다. 내일부터 며칠간 함께 떠날 소풍 장소를 논의한 것을 제외하면, 역시나 먹고 마시며 떠드는 밤이다. 훈자의 밤은 이토록 대화뿐이다. 이미 서로가 쏟아놓은 이야기들로 초등학교 동창생들이라도 되는 양 서로에 대해 뭐든지 알고 있는 기분이다. 물론 서로가 꺼내놓은 그 정도까지지만 말이다. 우리는 여행자란 이름으로 누구보다 솔직해질 수도 있고 자신이 말하는 누구라도 될 수 있다. 서로가 가슴께가 뻥 뚫린 도넛 같은 상태로 마주하고 있는지도 모를 일이었다. 꼭 그게 나쁜지도 모르겠다. 자신이 원하는 모습 그대로 온전히 받아들여지는 것만으로 누군가에겐 구원

일 수 있으니…….

끝나지 않을 것 같던 대화가 꼬리에 꼬리를 물다, 흥미가 생기는 주제가 나왔다. 후가 만들었다는 '외계인 게임'. 매일 반복되는 수다에 지쳐갔는데, 모처럼 할 만한 재미있는 제안이었다. 후가 시작한 질문에 답을 선택하는 일도 어려웠지만, 막상 더 어려운 건 문제를 만들어내는 일이었다. 이전엔 생각해 본 적 없는, 현실에서 좀처럼 일어날 리 없는 질문을 만드는 일. 현실에서 숱하게 마주치는 사소한 문제들을 해결하기에도 빠듯하게 살아왔으니 당연한 일이다. 어쩌면 한 사람이 택한 답보다, 스스로 만든 질문이 더 많은 걸 말해주지 않을까. 모든 거짓말엔 이유가 있듯, 질문에도 탄생의 이유가 있을 것이다. 그러니 질문을 던진다는 건 자신이 딛고 선 장을, 발 아래를 내보이는 일인지도 모른다.

질문을 떠올려 볼수록 후에게 오싹함을 느꼈다. 후를 살피다, 후만 응시하는 설이가 보였다. 피곤한 생각을 떨치고 입을 떼었다.

"그럼 이번엔 내가 해볼게. 떠오른 게 있어."

"오! 하나가 적극적인 건 처음 보네. 어서 말해봐, 그럼."

"그래요, 언니. 뭔가 기대돼."

최 작가와 설이가 차례로 거들었다.

"음, 심플한 질문이야. 지금 나는 누군가와 섹스를 하게 돼. 그런데 어떤 사람들이 그 모습을 지켜보게 되는 거야. 그렇다면 내가 아는 사람 열 명 앞에서 섹스를 할래, 아니면 나를 전혀 모르는 사람 백 명 앞에서 할래? 두 상황 중에 결정해 봐."

"하핫. 오, 대단한 질문인데?"

"언니, 너무 어려워요. 둘 다 너무 싫을 것 같은데."

웃으며 감탄하는 후와는 달리, 설이는 금방이라도 울 것 같은 표정이었다.

"그렇긴 하지. 그래도 선택해야지? 어려운 질문은 맞나 보네. 다들 결정해 봐."

"어렵군, 정말. 아는 사람과 모르는 사람. 열 명과 백 명이라……."

"으, 작가님도 어렵죠? 난, 후 오빠 질문보다 더 어려운 것 같은데."

난색을 보이는 모두를 보며 생각했다. 거짓으로 답을 할 순 있지만, 자기를 완전히 지운 질문을 만들 수는 없다고.

"자, 그럼 다들 정한 거지? 다들 손 올리고. 하나, 둘, 셋!"

"아! 이번엔 안 걸렸네. 조마조마했는데!"

"나도 살았네요! 나는 이거 오 대 영 나오나 했는데."

"흠, 이렇게 나오는군. 그럼 둘이 러브 샷이라도 해."

외계인이 된 나와 후를 제외한 셋 모두 감탄을 내질렀다.

"이야, 이상한 사람들이네. 짠 하자. 잔 들어, 외계인 남하나 씨."

후와 함께 벌주를 쭉 들이켰다. 취기가 올랐다. 다수가 나와 같은 선택을 할 줄 알았지만, 역시 사람을 예상하는 일은 무리다. 각자가 얼마나 솔직한 답변을 하는지도 알 수 없었다. 설이부터 이유를 말하기 시작했다. 그저 자기 생각을 나누는 게임일 뿐인데, 전투에서 승리를 얻은 전사처럼 들떠 있었다.

"부끄러운 주제이긴 하지만 솔직히 얘기해 보자면요. 모르는 사람 백 명도 물론 너무 부끄럽고 수치스럽겠지만, 그래도 아는 사람 열 명보다는 나을 것 같아요. 불특정하게 모인 모르는 사람들은 마치 야동을 소비하듯이, 뭐 그렇게 보고 넘길 수 있을 것 같지만 나를 아는 사람들은 뇌리에 박히겠죠. 잊으려 해도 쉽게 잊을 수 없을 테고. 개인적인 이야기를 더 하자면, 저는 원래 대중탕도 친한 친구랑은 오히려 못 가겠더라고요. 게다가 이 경우는 그냥 나체를 보는 것도 아니고 섹스니까요……."

말끝을 흐리는 설이의 설명에 나은이가 말을 이었다.

"저도요, 언니. 전혀 모르는 사람이면 백 명이나 천 명이어도 별 상관없을 것 같은데요? 그런데 지인 열 명이라니! 절대 보여주고 싶지 않은 사람들 얼굴이 너무 떠오르는 거예요. 엄마, 아빠, 내가 엄청 미워하는 친구도 그렇고. 그 사람들이 본다고 생각하면 역시 끔찍해요."

일행들의 시선이 자신을 향하자, 최 작가는 어깨를 으쓱해 보이며 말했다.

"동의해. 나은이 말처럼 절대 보여주고 싶지 않은 사람들 쪽에 무게가 실리네. 어쨌든 나를 아는 지인이라면 그중 하나는 분명 소문을 낼 거라고. 어떤 체위를 즐기더라, 성기 크기가 어떻고 등등, 별별 더러운 소문까지 날 수 있잖아. 혹시나 출판계나 문단에 소문이 퍼진다면……. 아, 생각도 하기 싫군. 소설가가 책보다 섹스로 알려지는 건 안 될 일이지. 알다시피 대중은 작품보다 평판을 더 중요시한다고. 아무리 생각해도 그런 일은 소설에서나 일어났으면 좋겠군."

"아, 그러네요? 날 보는 사람이 우리 학교 동료 교사일 수도 있잖아요. 아, 정말 최악이야! 어떻게 후랑 언니는 지인 열 명이 낫다는 거예요? 말도 안 돼!"

주먹을 쥐고 목소리까지 높아진 설이를 보며 입을 열었다.

"음, 나는 질문을 떠올리곤 금방 답을 정했어. 그래도 아는 사람 열 명이 낫겠다고. 나은이 말처럼 부모님이 본다면 수치스럽겠지. 그런데 생각해 봐. 부모님은 최소한 휴대폰을 들어 그 장면을 찍지는 않으시겠지? 혹여나 열 명 중에 누군가 찍었다고 생각해 봐. 그래도 아는 사람이니까 사정하고, 울고불고, 최후의 방법까지 무언가 해볼 수 있잖아. 그런데도 유포가 된다면 최소한 처벌할 수는 있고. 그런데 모르는 사람 백 명? 분명 많은 수가 그 장면을 찍을 거야. 한두 명이 찍기 시작하면 군중 심리로 또 여러 명이 휴대폰을 꺼낼 테고. 그럼 어떻게 될까? 인터넷에 내 섹스 장면이 올라가고 결국엔 모두가 보게 되지 않겠어? 내가 아는 사람 열 명이 아닌 백 명? 아니, 내 주변 모두에게 보여주는 꼴이 될 것 같은데?"

"아, 그러네요. 끔찍해. 지금 바로 그런 일이 있다면 훈자녀라든지, 여행녀 같은 별명으로 영원히 인터넷에 떠돌아다닐지도 모르겠네요. 망했다, 진짜 그러면."

순진한 눈으로 한껏 진지한 얼굴을 한 나은이가 말했다.

"그럼 후 너는? 왜 그렇게 결정했어?"

자기와는 다른 답변으로 자꾸 엇갈리는 게 불안한 건지, 오히려 안심하는 건지 후의 대답을 재촉하는 설이의 눈이 반짝였다.

"어, 나는 말할 게 별로 없네. 하나의 생각이랑 완전 같거든. 그래도 좀 더 얘기해 보자면, 지금 당장 그런 일이 벌어진다고 상상해 보는 거잖아? 그럼 우리를 포함해서 숙소의 형제들, 내가 친해진 여행자나 다른 현지인 몇몇이 봐주는 게 나을 거라 생각했어. 그렇다면 여행자들의 재밌는 에피소드나 훈자의 전설처럼 남을 수 있을지도? 아무래도 그게 낫지, 전 세계 사람들에게 모니터로 보여주게 되는 것보다는."

"아…… 역시 언니랑 후 얘기 들어보니 나는 생각을 바꿔야겠어."

"그렇다니까. 벌주는 벌써 마셨는데 억울하군."

각자의 이유를 듣고도 꼬리를 무는 이야기는 멈출 줄 몰랐다. 게임은 고약한 질문들과 의외의 답변들로 한참이나 계속됐다. 손목시계에서 열 시를 알리는 알람이 울렸다. 초조했다. 오늘 밤은 꼭 해야 할 일이 있었다. 계획한 일을 마치고, 후련한 마음으로 일행들과의 마지막을 보내고 싶었다. 내일 떠날 파수는 이곳보다 전기 사정도 좋지 않고, 인터넷은 아예 포기해야 하는 오지라 했다. 오늘 밤이 적기였다.

긴장감에 담배를 물고 자리에서 일어났다. 후가 따라나섰다. 후도 제법 취했는지 눈가가 검붉었다.

"후야, 설이가 너 관심 있는 거 알지?"

"뭐, 대강. 저리 티가 나는데 모를 수가 없잖아."

"어떻게 하려고, 그래서?"

"뭘 어떻게 해. 나는 계속 여행할 거고 설이는 곧 돌아가는데. 자연스레 지나가겠지."

"상처 주지 마. 너무 여려, 쟤는."

후는 대꾸 없이 내 머리를 쓰다듬었다. 연기를 내뱉으며 슬며시 후의 눈을 살폈지만, 여전히 아무것도 읽히지 않았다. 해석할 수 없는 필터라도 장착한 사람 같았다. 밤이 오래 남지 않았다.

12

열한 시가 다 되어서야 자리를 파했다. 이 밤, 일을 마쳐야 했다. 취기를 떨치려 얼음장 같은 물로 세수를 하곤 휴게실로 올랐다. 요즘은 거의 밤새 전기가 들어왔지만, 혹시 모른다는 생각에 조바심이 일었다. 오래도록 계획한 일이었다. 후를 따라나섰던 설이도 돌아왔고, 숙소의 형제들도 잠이 들었을 것이다.

노트북 전원을 켰다. 각오와는 다르게 가슴이 멋대로 뛰었다. 검은 부팅 화면에 굳은 얼굴이 비쳤다. 주먹을 쥐었다. 내가 하려는 일은 외계인 게임과 다르지 않았다. 답을 정하고, 선택을 했으니, 바로 실행해야 한다. 외계인 게임은 상상 게임일 뿐이지만 현실은 다를 것이다. 이 밤이 지나면 나의 선택은 되돌릴 수 없을 테니까.

*

브라질리언 왁싱을 자랑하던 손님이 내 머리채를 잡았던 날, 사건은 터졌다. 입 주변이 부풀어 올랐지만 집으로 갈 수는 없었다. 출근을 했으니 목표한 만큼의 현금을 쥐고 돌아가야 했다. 그래야 다시 번역 일을 따고, 시간을 벌 수 있었다. 파우치를 챙겼다. 우리가 대기하는 휴게실엔 화장실이 따로 없어, 손님들이 이용하는 화장실로 나갔다. 나를 만졌던 남자들이 서서 바라봤을 세면대 거울 앞에서 화장을 고쳤다. 남자들은 거울에 비친 자신의 얼굴을 보며 양치를 하는 순간 어떤 생각을 했을까. 모르겠다.

부은 자리를 퍼프로 두드릴 때마다 피부가 따끔했다. 참을 만한 통증, 견뎌야 할 과정이었다. 화장을 마쳐갈 때 즈음, 계단으로 우당탕탕 거칠게 뛰어오르는 소리가 들렸다. 립스틱을 바르며, 뛰어오는 사람들과 눈이 마주쳤다. 건장한 남자 세 명이었다. 한 명이 화장실 문 앞에 서고, 다른 두 명은 가게 안으로 들어갔다.

단속이었다. 내 팔을 우악스럽게 움켜쥔 남자가 가게 안으로 나를 끌었다. 가장 먼저 보인 건 사색이 된 사장의 표정이었다. 비굴함과 두려움이 절묘하게 섞인 형편없는 얼굴이었다. 이윽고 두 명의 남자들이 방마다 문을 열어젖히며 직원들을 끌어냈다. 손님이 위험한 짓을 할 때를 대비해 안에서는 잠글 수 없는 문이었다. 직원 중 몇은 옷도 추스르지 못해 가슴을 드러낸 채로 끌려 나왔다. 짧은 비명이 몇 차례 천장을 찔렀다. 뒤이어 바지를 추스른 남자들이 하나둘씩 복도를 기웃대며 나오기 시작했다. 그제야 경찰들이 직원들만 끌어낸 것을 알았다. 그들은 경찰들에게 꾸벅 인사를 하며 씁쓰레한 얼굴로 가게를 빠져나갔다. 경찰들과 그들 중 누구도 따져 묻거나 눈을 맞추지 않았다.

경찰들은 우리를 휴게실로 몰아넣었다. 한 직원이 훌쩍이기 시작했다. 시키지도 않았는데 꿇어앉은 채였다. 자세히 보니 아가씨라기엔 너무도 앳되어 보였다. 화장은 진했지만, 아이의 눈은 감출 수 없었다. 사장이 난처한 얼굴로 경찰들을 문밖으로 밀어냈다. 적절한 애원과 공손함이 깃든 태도였다. 경찰들은 못 이기는 척 휴게실 밖으로 나갔다.

"아시잖아요. 제가 관리를……. 따로 다시 인사를……. 요즘 사정이……." 정도의 말들이 지났고, "알아서 좀…… 씨발, 우리도 거 바쁜데 말이지." 따위의 말들이 문틈에서 간헐적으로 새어 들어왔다.

휴게실에 갇힌 이들 중 누구도 입을 열지 않았다. 그 흔한 욕 한마디 혼잣말로 뱉는 사람 하나 없었다. 무릎을 꿇은 소녀는 그대로 옴짝달싹하지 않았다. 그 모습에 담배가 당겼다. 소녀 옆으로 다가갔다. 소녀의 무릎을 잡고 괜찮으니 편히 앉으라고 했다. 소녀는 주저하다 자세를 고쳐 앉았다. 스물이라 했다.

몇 분이나 지났을까. 금세 경찰들과 사장은 킥킥대며 추잡한 농담들을 주고받았고, 곧 사장이 들어왔다. 경찰들은 떠난 것 같았다. 우리 앞에 선 사장은 경찰들 앞에서와는 다른 표정이었다. 사장은 직원 하나하나에게 사과를 하고 위로를 건네더니 집으로 돌려보냈다. 오늘은 일을 할 수 없다고 했다. 결산을 해주며 유독 글썽이던 소녀에겐 몇만 원을 더 넣어주었다. 어찌 됐든 그녀들이 사장을 먹여 살리는 거였다. 내가 20만 원을 가져갈 때 사장도 10만 원을 챙겼다. 직원을 달래는 일은 사장에겐 생존의 문제였다.

직원들을 차례로 내보낸 사장이 담배를 권했다. 낮은 휴게실 천장으로 둘이 내뿜는 담배 연기가 차올랐다.

"걔네들 왜 온 거예요? 사업자 등록도 되어 있잖아요. 합법적으로 키스방 허가 내줄 때 받아서 문제없다면서요?"

"그렇긴 한데, 사업자를 줄 때 웃기겠지만 룰이 있거든. 사정은 남자들 스스로 해야 돼. 자기 손으로. 그런데 너희가 해주잖아. 그럼 유사 성행위가 되면서 불법 업소가 되는 거야.

저놈들도 쉽게 증거를 잡을 수는 없지만, 그렇다고 우리도 당당할 수는 없는 거지. 그러니 내가 뒷돈을 먹이는 거고."

"돈도 처먹으면서 왜 왔는데요?"

"그게 좀…… 아까 소란 피운 손님 있잖아. 그놈이 경찰이랑 연이 있나 봐. 좀 높은 사람이랑."

"그래서요? 지금 나 때문이란 거예요?"

"아니, 꼭 그런 건 아니지만, 그래도 네가 조금만 좋은 마인드로 대했으면 이런 일이 없긴 했겠지. 안 그래? 안 그래도 매번 돈 먹이는 것도 힘든데, 오늘 또 밥값은 줘서 보낸 거잖아. 좋은 게 좋은 거라고."

"얼마 줬는데요? 그 돈 제가 돌려드릴게요. 그럼 되죠?"

내가 흥분하자 태도를 바꿔 나를 달래던 사장은 가게 문을 닫고 굳이 집까지 나를 태워다 줬다. 집 앞 슈퍼에서 딸기도 한 소쿠리 사서 내 손에 쥐여줬다. 나도 가게에 필요한 직원이었다.

집에 들어와 그대로 누워 긴 잠을 잤다. 씻지도, 휴대폰을 켜지도, 먹지도 않은 채. 눈물도 나지 않았다. 혼란스러운 잔상들이 스쳐 지나갔다. 하트 모양의 라임 나무 잎을 내밀며 고백을 했던 첫사랑, 밴쿠버 대학에서 첫인사를 하던 순간, 바 사장이 건네던 월급 봉투, 첫 번역 일을 받고 몇 번이나 재검수를 하던 밤. 잊었던 기억들이 믹서에 넣은 것처럼 분쇄되어 섞이고 있었다. 잔상의 마지막 조각은 멋쩍게 가게를 뜨던 남자들이었다. 부러 그들과 눈을 맞추지 않던 경찰들의 어색한 시선과 내 머리채를 움켜잡았던, 브라질리언 왁싱을 한 남자의 눈빛이 떠올랐다. 몸을 일으켰다. 힘이 돌지 않았다. 시들해진 딸기를 씹으며 몸을 추슬렀다.

며칠 후 나는 다시 출근했다. 수없이 연락을 해대던 사장이 날 반갑게 맞았다. 안도의 얼굴이었다. 휴게실에 스무 살 아이가 보이지 않았다. 사장에게 물으니 아무래도 다시 나올 것 같지 않다고 했다. 다행이었다. 사건 이후로 출근을 하지 않는 아가씨는 그 아이뿐이었다. 아이는 떠났고, 아가씨들만 남았다.

나는 언제나처럼 20만 원을 채울 때까지 일을 했다. 번역일을 놓지는 않았지만, 더 자주 출근했다. 이전보다 나를 지목하는 단골이 늘어갔다. 마인드가 변해서였다. 손님들에게 나를 더 허락했다. 다른 직원들처럼 팁을 요구하지도 않았다. 나를 거친 손님들은 다른 직원들에게 나와 비교를 해댔고, 직원들은 휴게실에서 나를 따돌리고 싸구려 취급을 했다. 괜찮았다. 직원들의 비난은 내게 어떤 위력도 없었다. 그들도 나도 아이가 아니었다.

일찍이 바 사장에게 배운 것이었다. 나는 다시 연기의 세계로 돌입했다. 작은 방에서 난 남자들의 애인 역할에 충실했다. 오빠가 좋아. 아저씨가 좋아요. 팁도 필요 없어요. 섹스는 안 되지만 입으로 해줄게요. 나는 연기했다. 그들은 자신의 손에 젖는 음부를 보며 진짜 자신을 좋아한다고 믿었다. 몸은 어떤 거짓도 없다고 믿는 부류들이었다.

*

구름 사이로 조각달이 이지러져 있었다. 훈자의 달은 유난히 밝게 느껴졌다. 이어폰을 꼈다. 폴더 속 파일 하나를 클릭했다. 영상은 좁은 소파에서 시작된다. 남과 여는 담배를 피우거나 농담들을 나눈다. 그것도 잠시, 남자는 여자의 셔츠를 풀어 가슴을 만지기 시작한다. 이내 자신의 바지와 팬티를 수월히 벗길 수 있도록 친절히 엉덩이를 들어준다. 남자가 여자의 가슴을 만지는 동안 여자는 남자의 성기를 쥐고 흔든다. 여자의 속도에 맞춰 남자의 신음이 거칠어지고, 남자는 여자의 가슴과 입술을 빨거나 엉덩이를 움켜쥐기도 한다. 남자는 여자의 머리를 잡고 자신의 아래로 끌어내린다. 여자는 순순히 짧은 시간을 견뎌낸다.

평범한 몰카형 포르노와 다를 바 없는 영상이다. 차이가 있다면 모자이크가 되어 있다는 점이다. 좀 더 자세히 말하자면 여자의 얼굴엔 모자이크가 되어 있고, 남자의 얼굴과 성기는 선명히 찍혀 있다는 점이다. 또 다른 점은 남자가 여자와 나누는 대화가 선명한 자막으로 찍혀 적나라하게 담겨 있다는 것이다. 자신의 은밀한 성적 취향에 관한 말이나, 사정 직전에 던지는 더러운 말들, 애인의 빈약한 가슴에 대한 빈정거림, 아내의 어설픈 오랄 기술에 대한 짜증과 같은 말들이 친절한 자막으로 하나하나 박혀 있다. 한 명당 채 오 분이 넘지 않는 영상들은 주인공인 남자의 명함이나 SNS를 비추며 마무리된다. 내가 찍고, 내가 출연하고, 내가 편집한 영상들이었다.

초소형 카메라를 구하는 일은 생각보다 간단했다. 구글링만으로 수십 개의 업체가 나열됐다. 내가 고른 건 하얀 알람시계 모양의 카메라였다. 시침과 분침이 겹치는 가운데 부분에 렌즈가 숨겨져 있었다. 삼십 분이나 한 시간 단위의 시간을 체크하기 위해 직원이 들고 가는 알람 시계를 의심하는 남자는 없었다. 자신의 남은 시간을 체크하기 위해 수없이 시선을 줬지만, 카메라를 눈치채는 남자는 없었다.

모두 나의 단골이었다. 나를 지목하고, 내가 자신을 좋아한다고 믿는, 나의 연기에 속아 넘어간 남자들이었다. 멋대로 나를 믿기 시작한 남자들은 아무렇지 않게 진심을 말하기 시작했다. 내 앞에서 더 이상 연기가 필요 없는 사람이 됐다. 욕구를 말하고, 직업에 대해 이야기하더니, 이름을 밝혔다. 내가 거짓으로 최선을 다할수록 그들은 진실을 꺼냈다. 명함을 주었고, SNS 친구 맺기를 원했다. 나는 찍었고, 편집했다. 자막까지 입힌, 한 명당 하나의 영상이 차곡차곡 완성되었다.

하나씩 영상을 체크하다 보니 꽤 시간이 흘러 있었다. 드디어 훈자에서 만든 가짜 계정으로 로그인을 했다. 영상을 전송하기로 한 곳들은 다양했다. 각종 카페, 남성 혐오 커뮤니티와 폭로 사이트 운영자의 메일 등. 세상으로의 배포는 간단한 일이었다. 딸칵 딸칵. 몇 번의 클릭만으로 내일이면 한국의 곳곳에선 모니터와 휴대폰을 통해 내가 만든 영화가 상영될 것이다.

올해 상반기에만 리벤지 포르노 신고 접수가 천이백 건을 넘어섰다고 했다. 리벤지 포르노라니…… 무엇에 대한 복수이며 어찌 포르노라고 부를 수 있을까. 내 영상은 무어라 불릴까. 모르겠다. 분명 내 영상 때문에 한동안 떠들썩하다가 결국은 반응이 사그라들겠지만, 비록 남자 주인공들과 상관없는 백 명의 사람들은 영상을 곧 잊겠지만, 남자들을 아는 열 명의 사람들은 영영 그 장면을 기억할 것이다.

"얼레, 아직도 작업 중이야?"

갑자기 휴게실로 최 작가가 올라왔다. 이 시간에 작업이라도 하려는지 랩톱과 담배를 끼고서 물었다. 나는 급히 이어폰을 빼내고 뻣뻣하게 고개를 끄덕였다.

마우스에서 손을 떼니 손바닥이 흥건히 젖어 있었다. 조급함이 일었지만 누군가가 있는 앞에서 전송을 하는 건 부담이었다. 툭하면 내게 다가와 농을 건네고, 작업 툴을 보며 아는 체를 하는 그였다. 예상치 못했던 최 작가의 등장으로 어쩌면 며칠 일을 미뤄야 할지도 모르겠다는 생각이 들자, 분노 뒤편으로 미묘한 안도감이 따랐다. 더 이상 가슴이 뛰지도, 손끝이 떨리지도 않았다.

꽤 술을 마셨고 한도 이상의 언어를 쏟아낸 날이었지만, 쉬이 잠이 올 것 같지 않았다. 최 작가의 시선을 피해 도미토리로 이어진 계단에 앉았다. 출처 모를 자장이 머리칼을 간지럽혔다. 인공적인 빛들이 사라진 마을엔 별만이 주인처럼 빛나고 있었다. 도시에 두고 온 나를 떠올렸다. 별과 나의 거리만큼 아득한 시차가 느껴졌다. 어쩌면 신은 멀리서만 우릴 지켜보는지도 모르겠다. 별은 보지 않고 은하수만을……. 파도가 보이지 않는 높은 곳에서 대양만 바라보듯. 그곳의 나와 이곳의 내가 메아리치듯 영영 분리된 채 존재할 것만 같았다. 나의 영혼은 엇갈린 차원 그 사이에서 방황하고 있는지도 모를 일이었다.

'그래……. 파수에서 돌아와 마무리하자. 한 명씩 일행들을 배웅하고, 혼자 남은 그때 정말 다 끝내버리자.'

생각을 정리하자 눈이 시려왔다. 눈가를 닦는데 왜인지 오늘 작업한 앨런의 대사가 떠올랐다.

'여기 머물면 여기가 현재가 되고, 그러면 또 다른 시대를 황금시대라며 동경하게 되겠죠. 현재란 그런 거예요. 늘 불만스럽죠. 인생이라는 게 본래 불만족스러운 거니까요.'

최낙현

40세 남성

소설가

13

탈칵. 탈칵. 멋대로 튕겨져 나가는 손톱 조각들을 바라본다. 차가운 바닥 위 파편처럼 흩어진 그것들을 내버려 두기로 한다. 나의 공간이 아니기에 누릴 수 있는 자유다. 이 숙소의 몇 안 되는 장점이기도 했다.

훈자에 온 지 한 달이 넘었지만, 이놈의 괴괴한 공기는 영 익숙해지지 않는다. 왜 이런 곳을 배낭 여행자들의 3대 블랙홀이나 여행자들의 천국이라 부르는지. 툭하면 그럴싸한 타이틀 붙이길 좋아하는 허세 넘치는 놈들에게 속아 넘어간 기분이다. 지옥은 본래 천국을 약속한 이들로부터 오는 게 아니던가.

긴 여행이라면 일반적으로 두근대는 가슴으로 매일 다른 천장을 바라보며 깨어나는 낭만적인 아침을 떠올리겠지만, 나는 오늘도 숙소의 낡은 천장을 바라보며 한숨으로 하루를 시작했다. 집필을 위해 숙소에 박혀 대부분의 시간을 보내고, 여기서 만난 한량들과 적당히 떠들며 하루를 마감한다. 그런 대단치 않은 하루를 반복 중이다.

한때는 소문처럼 여행자들이 내뿜는 역동적인 에너지로 가득 찬 마을이었을지 모르겠지만, 지금은 특유의 쓸쓸함만 재처럼 남아 있다. 낮게 깔린 분위기의 기저에는 몸을 으슬으슬 떨게 하는 추위가 있다. 왜 이 사람들은 온돌방 하나 만들지 못하고 그저 견디며 사는 삶을 받아들인 걸까. 이곳에서 가장 날이 좋다는 여름이라는 이름이 무색했다. 바람은 만년설을 머금고 사람을 얼릴 듯이 불어대고, 세계의 구름 공장이라도 세워진 마을인 듯 해를 보는 일도 쉽지 않다. 가끔씩 반갑게 퍼지는 햇살을 받으며 걸을라치면, 이내 따갑게 몸이 달아올라 새삼 이곳이 2,000m가 넘는 고도임을 실감하게 해주곤 했다. 단 하루에 여름과 겨울을 넘나드는 이곳의 날씨는 그야말로 탄탄히 압축한 재난 영화의 예고편 같은 느낌이다.

애초에 나는 추위에 민감한 사람이다. 한여름에도 온수로 샤워를 하는 건 물론이고, 집필 중에는 늘 손난로를 곁에 둔다. 깨어나 잠들 때까지 몸 한번 나른하게 녹일 수 없어 떨어지지 않는 감기로 고생 중이다. 한국에서 챙겨온 핫팩과 감기약은 동이 난 지 오래였고, 숙소 직원들이 구해준 믿을 수 없는 현지 약에 의존하고 있다.

한국에서나 타국에서나 혼자서 아픈 일만큼 서러운 건 없다. 어두운 방 안에 누워 스스로 이마에 손을 얹고는 홀로 밤을 지새우는 일은 최악 중의 최악이다. 그럴 때면 따뜻한 죽이라도 하나 사 들고 와, 잠들 때까지 찬 수건을 갈아주며 간병을 해주는 알바라도 있었으면 좋겠다는 생각을 하곤 했다.

*

한번은 현관에 붙어있던 심부름센터 광고지가 떠올랐다. 심부름센터라면 건달과 일반인 사이쯤에 위치한 남자들이 남편의 불륜 현장을 뒤쫓거나, 찾을 길 없는 첫사랑의 주소를 찾아주거나, 가출한 사춘기의 딸을 추적해 주는 사립 탐정과 일반인 사이쯤에 위치한 일이라고 생각했다. 어찌 된 일인지 광고지에는 반려견 산책, 약 배달, 장 봐주기, 형광등 갈기, 야간 귀가 서비스 따위의 것들이 적혀 있었다. 다정한 애인과 성실한 노예 사이에 위치한 신종 직업인 듯 보였다. 요즘 일본에서는 잠을 잘 때 뒤에서 껴안아 주는 스너글러라는 직업까지 생겨났다고 하니, 괜찮을 것 같다는 생각에 광고지를 만지작거리다 전화를 걸었다.

젊은 여자의 밝고 높은 음성이 들려왔다.

"'무엇이든 부탁하세요' 심부름센터입니다."

"아, 안녕하세요. 광고지를 보고 전화 드렸는데요."

"네, 고객님. 어떤 서비스를 원하시나요?"

"광고지에 나오지 않은 서비스도 가능한가요?"

"네, 고객님. 말씀해 주시면 확인 후 답변드리겠습니다."

"저…… 감기에 걸려서요. 일단 누군가 죽을 사 들고 와서 물수건을 갈아주고, 잠들 때까지 옆에서 간호를 해줄 수 있나 해서요. 가능하면 여자분이 오셨으면 좋겠고요."

"아, 네, 그러시군요. 제가 확인해 보고 바로 다시 연락을 드려도 될까요?"

몇 분이 지나지 않아 다시 전화를 건 직원은 죽 배달은 가능하지만 그 이상은 곤란하다고 했다. 처음 인사말처럼 무엇이든 부탁할 수는 없는 모양이었다.

이전 생각을 하다, 손톱깎이를 정리하곤 다시 침대에 벌러덩 누웠다. 역시 나는 여행 체질이 아니라는 생각이 들었다. 이런 장기 여행이라면 더더욱.

나는 익숙한 공간에 안정을 느끼는 사람이다. 한국에서도 낯익고 편안한 대상만 찾는 나 같은 사람이 긴 여행을 떠나온 것 자체가 애초에 무리였는지도 모르겠다. 생낯인 사람들과 함께 방을 쓰고, 말이 통하지 않는 현지인들에게 도움을 청해야 하는 상황이 다반사인 여행. 그나마 이곳은 제법 익숙해졌지만, 그렇다고 마음에 든다는 뜻은 아니다.

거무튀튀한 곰팡이 자국이 벽과 천장 틈에서 자라나고 있었다. 몇 달간 일했던 기숙사 사감실 천장이 떠올랐다. 오래된 베이지 벽지가 말려 내려와 보이던 곰팡이 자국. 침대에 누울 때마다 그 자리가 마음에 걸렸지만, 생각만일 뿐 내버려 두었다. 나의 공간, 내가 있을 자리가 아니었다.

그러고 보니 내가 가장 좋아했던 공간이 떠오른다. 어릴 적 자주 갔던 외갓집의 안채. 외갓집은 시골에 자리한 넉넉하고 기품 있는 기와집이었다. 바둑이가 뛰놀고 여물 냄새가 퍼지는 커다란 마당이 있는 풍채 좋은 공간이었는데, 내 관심은 오로지 드높고 번들대는 기둥을 낀 안채에 있었다. 외할아버지가 홀로 쓰시던 안채는 어린 나에게 진귀하고 이상한 보물들이 가득한 보물 창고였다. 다른 곳에선 한 번도 본 적 없었던 곰방대와 자기로 만든 요강, 한 글자도 읽을 수 없는 미꾸라지 글씨로 쓰여 있는 고서적, 종이와 흙으로 만든 온갖 동물 모양의 탈까지……. 온통 신세계였다.

안채의 모든 것을 뒤져보고 만지며 놀다, 방 안을 휘도는 묘한 종이여물 냄새와 사향 냄새에 취해 잠이 들면, 꿈속에서 나는 보물섬을 찾아 떠나는 해적 왕이 되곤 했다. 얼마나 그곳이 좋았던지 집으로 가야 할 시간이 되면 안채의 쪽마루에 매달려 펑펑 울기까지 했던 기억이 난다. 시간이 지나 외할아버지와 외할머니가 차례로 돌아가시고, 외갓집은 팔렸다. 마을 전체에 유행처럼 번진 붕어찜 식당이 되었다.

몸을 일으켜 소파로 자리를 옮겼다. 몸을 움직일 때마다 끽끽대는 스프링 소리가 거슬리는 싸구려 소파였다. 몸을 축 늘어뜨리곤 발끝을 꼼지락거렸다. 제법 자란 발톱도 거슬렸지만 내버려 두기로 했다. 배낭 주머니에 정리해 둔 손톱깎이를 다시 꺼내는 것도, 몸을 접고 웅크리는 과정마저도 다 귀찮았다.

잠에서 깨어나 멍하니 소파에 앉아 있는 것은 오래된 습관이다. 매일 아침 먼저 깨어나 출근 준비를 마친 아내는 늘 소파에 앉아 아침을 먹곤 했다. 내 몫의 따뜻한 밥과 국을 하루도 빼놓지 않고 식탁에 차려두고는, 정작 자신은 커피와 함께 사과 한 알이나 샐러드로 아침을 해결하곤 했다. 나는 그즈음 깨어나 아내와 나란히 소파에 앉아 있다가 출근하는 아내를 보곤 아침을 먹었다. 때로 소파에 앉아 있던 아내는 길어진 내 손톱을 보고 직접 손톱을 깎아주기도 했다. 섬세한 여자였다. 조금만 손톱이 자라면 타이핑에 방해가 됐다. 짧게 다듬어진 손톱을 보며, “이제 소설가의 손 같네요.” 하고 뿌듯하게 웃곤 했다.

자꾸만 기침이 나고 콧물이 흘렀다. 아내와 함께라면 지금쯤 직접 만든 뜨거운 진저 레몬 티와 달달한 곶감까지 가져다주었겠지. 허전한 소파 테이블엔 식어버린 차이니즈 티뿐이다. 감기약을 삼키곤 책상에 앉았다. 이 책상은 방에서 그나마 마음에 드는 부분이다. 체크인 당시 나는 유일한 게스트였다. 덕분에 비어 있는 남녀 도미토리와 식당까지 모두 둘러보며 내 몸에 맞는 책상과 의자를 고를 수 있었다. 높이와 질감, 의자와의 각도까지 고려해 그나마 내게 맞는 작은 작업실을 만들었다.

반듯하게 놓인 노트북을 켰다. 오늘은 출판사에 한 꼭지라도 원고를 보내야 했다. 습관처럼 내 이름이 찍힌 폴더를 열었다. 폴더 속엔 나와 이전 작품들에 대한 기사를 캡처해 둔 이미지들이 가득하다. 하나를 골라 찬찬히 읽었다. 글을 쓰기 전, 반복하는 의식과도 같은 일이다. 몇 년째 나에 대한 새로운 기사나 인터뷰 요청은 없었다. 발표한 작품도, 이렇다 할 활동도 없으니 당연한 일이었다. 매일 아침 검색창에 자기 이름을 찍어 넣는 에고 서핑에 중독된 작가들에 비하면 안전한 루틴인 셈이다. 수백 번은 더 읽었을 기사를 재차 읽었다. 지난날, 평론가들과 동료 소설가들의 긍정적인 평가와 의견이 달린 기사였다.

폴더를 닫고 이제는 정말 작업에 돌입한다. 다짐했지만, 반짝이는 커서만 자꾸 노려보고 있었다. 이렇게 글이 풀리지 않을 때는 나만의 극복 비법이 있다. 미리 수상 소감을 써두는 것이다. 수상 소감이라 해도 남이 볼 글이니 솔직한 마음만 담을 수는 없지만, 한결 기분이 나아졌다. 문제는 그 비법을 이미 오래전에 써먹었다는 데에 있었다. 글이 풀리지 않는 게 오늘이 처음일 리가 없지 않은가.

눈을 감는다. 마음을 가다듬고 호흡을 길게 했다. 젠장. 막혀버린 코 때문에 호흡도 고르지 않았다. 최후의 수단을 써야 할 것 같았다. 이토록 자판이 두드려지지 않는 날에 남은 방법은 하나뿐이다. 문학상을 받아 상금이 들어오면 무엇을 할지 리스트를 작성하는 일. 이건 수상 소감을 적는 일보다 늘 효과가 좋았다. 해야 할 일들과 하고 싶은 일들, 필요한 것들과 원하는 것들을 써 내려갔다. 막힘이 없었다. 숫자를 매기고 중요도에 따라 리스트를 채워 넣었다. 숫자를 넘어서는 일들은 아쉬움을 머금고 지워버렸다.

곧 하나의 완성된 리스트를 만들었다. 막상 완성을 하니 큰 문제가 보였다. 타이틀은 상금을 받고 할 일 리스트였지만, 실상은 상금을 받고 갚아야 할 채무 리스트와 다를 바 없었다.

우선적으로 갚아야 할 돈을 제하고 나면, 망가진 허리와 어깨 치료를 받거나 임플란트를 하고 나면 사라지는 돈이었다.

후우. 자동으로 긴 한숨이 나왔다. 담배를 물었다. 오늘은 한 꼭지라도 출판사에 보내야 했다.

커서만 소란스레 반짝이고 있었다.

14

한 시간도 지나지 않아 어깨가 쑤셨다. 팔을 돌리자 귀 뒤로 우두두둑 부서지는 소리가 들려왔다. 자리에서 일어나 어깨 통증 완화에 도움이 되는 스트레칭을 시작했다. 허리 뒤로 손깍지를 끼고는 아래로 길게 민 채 십 초만 버티면 되는 간단한 동작이다. 조금만 복잡한 순서를 거치면 이내 잊고 마니, 이 정도가 내게 꼭 맞는 운동 수준이다.

이왕 몸을 푼 김에 허리 근육을 위한 플랭크 운동까지 시도했다. 요가 매트 따위는 없으니 빈 침대에 놓인 이불 하나를 대충 바닥에 깔았다. 양손을 주먹 쥐고 머리와 발끝이 일자가 되도록 누워 무릎을 바닥에서 띄운다. 허리와 엉덩이, 허벅지에 강한 힘이 들어갔다. 휴대폰 타이머가 일 분을 알리기도 전에 다리와 팔이 후들거렸다. 안간힘을 썼지만 이 분도 채 버티지 못하고 무릎을 꿇었다. 호흡이 거칠고 팔이 떨렸다. 깔아둔 이불을 걷다 배를 내려다봤다. 소설가라는 이름으로 살아온 10년. 글은 점점 나를 굶주리게 하는데 몸은 둥글게 망가져 있었다.

내게 있어 서른의 시작은 소설가로서의 시작이기도 했다. 입상을 하며 나름 성공적인 등단을 한 셈이었지만, 지금의 나는 누가 봐도 실패한 무명작가의 꼴이 아닌가. 서른엔 상상치도 못했던 모습이었다. 10년간 기어이 활자만 보며 살아내 얻은 거라곤 비루하게 망가진 몸뚱이뿐이라니……. 크게 코를 풀었다. 젠장. 눈물이라도 흐르면 차라리 좋으련만, 찔찔거리며 코나 닦고 있다니…….

어깨와 허리의 통증은 최근에 쓴 소설 작업에서 비롯됐다. 3년 만에 받은 출판사의 제안이었다. 등단작과 다음 작품까지 이어지던 호평과 독자들의 사랑은 내 바람과는 달리 거기까지였다. 그 이후로 상투적인 캐릭터, 돌발적인 이야기의 흐름, 운율의 어색함 따위의 평가들이 작품에 따라붙었다. 이전 작품들에 비해 기대에 못 미치는 수준이라는 비평부터, 다음 작품을 기대할 수 없을 정도의 졸작이라고 혹평하는 젊은 비평가도 있었다. 평에 지배받지 않고 소문에 연연하지 않는 인간이 있다면, 그는 분명 창작자가 아니다. 새로운 모습을 보여줘야 할 때였다.

제안을 한 출판사는 역사가 깊은 유수의 출판사는 아니었지만, 최근 트렌드를 주도하는 젊은 작가들의 작품을 연이어 출간하며 높은 의욕을 보이는 신진 출판사였다. 무엇보다 잊히지 않고 글을 쓸 수 있다는 기쁨이 먼저였다. 평소라면 피했을 마감이 정해진 글쓰기였지만, 조건이나 환경보다는 재기가 중요했다. 유명 포털 사이트에 순차적으로 연재를 하고 이후에 출간을 하는 방식이었다.

석 달간의 성공적인 연재를 마치고 출간을 앞둔 어느 날, 출판사 직원에게 메일이 한 통 와 있었다. 출판사의 문을 닫아야 할 것 같다는 연락이었다. 계약금은 돌려주지 않아도 되니 양해와 이해를 부탁한다고 했다. 그게 전부였다. 대표의 휴대폰은 연락이 되지 않았다. 여기저기 수소문을 했다. 알고 보니 어처구니가 없는 일이 벌어진 상황이었다. 그 출판사에서 첫 책을 낸 신인 작가가 출판사에서 판매량을 속인 걸 알아채고는, 증거 자료를 만들어 같은 출판사에서 책을 낸 모든 작가들에게 연락을 취했단다. 지인들에게 모은 구매 내역서와 출판사의 결산서, 판매량을 공개해 준 인터넷 서점의 자료를 비교해 판매량을 속였다는 게 분명히 드러난 자료였다.

반 가까운 작가들은 시큰둥하거나 주저했지만, 나머지 반은 분노했다. 당연한 일이었다. 한 명의 작가에게만, 그것도 신인 작가 한 권의 책만 판매량을 속였을 리 만무한 일이었다. 작가 여럿이 출판사에 찾아갔다. 변호사도 대동했다. 꼼수를 부린 출판사 대표는 당황했고, 잘못을 인정했다. 출고 내역을 공개하고 결산을 새롭게 했다. 모든 계약을 파기하고 위로금을 전하기로 했다.

대표가 속인 판매 권수는 크지 않았다. 독자보다 작가가 많은 시대. 소위, 팔리는 책이 몇 없었기 때문이다. 작가들도 그걸 알았다. 1쇄로 천 권을 찍겠다고 계약서를 쓰고는, 천오백 권이나 이천 권을 찍어내는 방식이었다. 그 차이만큼 결산서의 숫자를 줄인 얕은 수였다.

그놈의 신인 작가에게도 화가 났다. 어린 작가의 치기가 부른 결과였다. 좋은 게 좋은 거였다. 코딱지만큼의 위로금을 끝으로, 그의 책은 세상에서 사라지고 말았다. 출판사가 사라진다는 건 자신의 책도 사라지는 걸 뜻했다. 다른 작가들의 사정 또한 마찬가지였다. 많은 작가들의 최신작이 허공으로 사라졌다. 베스트셀러이거나 스테디셀러라면 다른 출판사에서 기회를 놓치지 않고 표지와 제목을 살짝 손봐 재출간하겠지만, 그럴 가능성이 있는 책들은 보이지 않았다.

출판사 대표는 말할 것도 없었다. 이 판엔 이미 문화적 소양을 갖추거나 문학을 아는 이들은 사라지고 장사꾼들만 남았다. 글다운 글보다는 돈 되는 글을 찾아 유행을 좇는 기획서들만 판치는 건 당연한 일이었다. 신인은 더욱 기회를 얻기 힘들어지고, 문화적 허세에 길들여진 작가들은 자신이 믿는 글을 쓰지 않는다. 그들은 실제로 마케팅 회의에 더 긴 시간을 보낸다.

변할 기미가 보이지 않는 구조의 문제였다. 어렵사리 책을 출간하고도 저자는 막상 판매량을 스스로 알 수가 없다. 동네 편의점도 담배 한 갑이 팔리면 그대로 전산화가 되는 시대지만, 작가는 시대를 비껴 사는 사람이 된다. 저자가 할 수 있는 건 출판사의 결산서 한 장에 찍힌 숫자를 믿는 일이다. 그것도 출판사가 꼬박꼬박 결산서를 보내줬을 때나 가능한 일이지만……. 그들은 말한다. 우리는 장사꾼이 아니라고. 작가들은 결국 믿고 간다. 본래 순진한 자들이니까. 남의 이야기를 믿지 않고서 어찌 이야기를 만들겠는가. 확고히 짜인 프레임. 결국 이런 사고가 터진다. 병을 노린 을의 사기. 가난한 자들과 못 가진 자들의 싸움이었다.

작가들은 최신작을 잃었고, 나는 기회를 잃었다. 마감에 맞춰 무리를 하느라 어깨와 허리를 망가뜨렸다. 시트가 조금 휘어버린 의자에 앉아 몇 달을 무리한 탓이었다. 아내와 함께

간 가구점에 탐나는 사다리형 책상 세트가 있었지만, 적은 계약금을 낭비할 수는 없었다. 그렇게 완성한 글이었다. 출간을 포기할 수는 없었다. 대형 출판사들과 중견 출판사들은 물론, 작은 문학 출판사들까지 선별해 원고를 돌렸다. 신중히 작성한 기획안도 첨부했다. 소설은 이미 완성되어 있었다. 사이트에 연재 당시 함께 연재했던 다른 여섯 명의 작가들보다 인기가 좋았다. 배가 넘는 클릭 수였고, 그만큼 댓글이 달렸다.

기대와 달리 반려 메일이 쏟아졌다. 메일에 달린 서명을 클릭해 링크된 블로그에 들어가면, 애인과 손잡고 찾아간 맛집 포스팅이 대부분이었다. 편집장이나 편집자가 아닌 인턴이나 될 법한 젊은 직원들이 보낸 메일이었다. 건조한 답장엔 맞춤법도 틀린 성의 없는 글자들이 찍혀 있었다. 답변이 없는 출판사도 꽤 있었다. 나는 무시당하고 있었다.

주목받지 못한 긴 시간이 흘렀다. 나의 보물섬 외갓집을 잃었고, 소설가라는 이름마저 잃어가고 있었다. 그리고 아내를 잃었다. 아내는 최낙현이라는 내 이름보다 소설가라는 다른 이름을 더 사랑했는지도 모른다. 내가 유망한 소설가에서 책도 내지 못하는 소설가로 추락하는 동안, 아내는 서서히 나의 손을 놓았다. 깍지를 풀었다. 갓 등단을 했던 나에게, 우리가 아이일 때는 모두의 꿈이 예술가였다며 지지의 눈물을 보이던 그녀였다. 나의 미래와 재능을 믿어준 지음, 나의 첫 독자. 나의 손톱을 살피고, 내가 좋아하는 진저 레몬 티와 곶감을 직접 만들던 사람.

나는 진실을 추구하지 않는 소설가는 소설가가 아니라고 생각했다. 틀렸다. 더는 책을 낼 수 없는 소설가야말로, 소설가가 아니었다. 소설가를 사랑한 아내는, 소설가가 아닌 나를 떠났다. 등단 10년 차 그리고 결혼 10년 차 때였다.

15

생각이 풍선껌처럼 부풀었다. 글과는 상관없는 잡념뿐이다. 잡념과 한담. 나의 하루를 압축한 말이다. 눈이 끈적하고 머리가 지끈거렸다. 뜨거운 차라도 한잔해야 할 것 같았다. 앞마당 평상에 앉아 있는 하나의 뒷모습이 보였다. 말을 걸까 하다 발걸음을 멈추고 하나의 등을 응시했다. 고개를 돌릴까 염려가 돼 자연스레 담배도 물었다.

내가 훈자에 도착한 지 며칠 지나지 않아 하나도 이곳에 짐을 풀었다. 지독한 몸살에 단단히 시달릴 때였다. 하나는 낮에 도착했다지만, 이불을 뒤집어쓰고 종일 방에만 틀어박혀 있느라 저녁을 먹으러 올라간 휴게실에서 하나를 처음 마주할 수 있었다. 숙소에 둘뿐인 게스트였기에 통성명을 하고 함께 식사를 했다. 첫 만남부터 여성적인 매력을 느꼈다. 아내와 닮은 점이 많은 여자여서였다. 까무잡잡한 피부와 곧은 몸, 말의 운율, 의자에 양반다리를 하고 앉는 습관, 브래지어를 불편해하는 성향까지.

아내는 퇴근 후 집에 돌아와 브래지어부터 풀었었다. 브래지어를 풀고는 목줄이 풀린 강아지처럼 폴짝폴짝 가볍게 집 안을 돌아다녔다. 아내의 몸에서 뿜어져 나오는 에너지가 좋았다. 아내는 마르고 곧은 라인과 작은 엉덩이가 예쁜 여자였다. 아담한 가슴에 비해 큰 유륜과 유두는 늘 나를 감탄하게 했다. 순면 티셔츠 위로 볼록 솟은 그 모습이 탐스러웠다.

하나는 새침한 첫인상과 달리 대화가 통하는 친절한 여행자였다. 오랜만에 만난 여행자와의 대화가 즐거웠지만, 내 상태론 추운 휴게실을 견디기 어려웠다. 좀 누워야 할 것 같다는 말에 하나는 간호를 해주겠다고 나섰다. 새로 내린 티폿을 들고 함께 남자 도미토리로 향했다. 의자를 침대 옆에 놓아주고 나는 침대에 기대앉았다. 오랜만에 나누는 정다운 이야기들과 담배를 함께 태울 사람이 생겼다는 점도 좋았다. 나의 방에 온기가 들어선 기분이었다.

마저 배낭 정리를 하고 오겠다며 하나가 잠시 나간 사이, 약 기운에 깜빡 잠이 든 것 같았다. 눈을 떠보니 하나는 내가 쓰는 책상에 앉아 노트북을 보고 있었다. 여자 도미토리에는 여분의 책상이 없었다. 여행을 하면서도 작업을 한다는 사실에 어떤 동지애마저 느꼈다.

하나는 깨어난 나를 위해 새로 받아온 차를 들고 다가와 앉았다. 건네준 찻잔을 받아들 때 하나의 가슴이 눈에 들어왔다. 갈아입은 헐렁한 니트 위로 선명한 윤곽이 드러났다. 한국말이 그리웠다며 하나가 재잘재잘 이야기를 만드는 동안, 입김과 찻잔의 김이 몽롱하게 섞였다. 아내의 가슴이 떠올랐다. 풍실한 촉감과 따듯한 살냄새가 그리웠다. 손을 뻗었다. 안개를 휘젓듯 허연 김이 꿈처럼 흩어졌다.

"아……."

고개를 들어 하나의 표정을 살폈다. 입을 벌린 채 내 손목을 꼭 붙든 채였다. 손바닥이 바로 가슴 앞에 있었다. 말없이 찻잔을 내려놓은 하나가 느닷없이 내 명치 위로 주먹을 날렸다.

"컥, 커억!"

순간적으로 숨이 멈추고 가슴이 콱 메어 소리조차 제대로 나오지 않았다.

"작가 아저씨, 진짜 한 번만 봐주는 거예요! 아우, 사내새끼들은 진짜!"

펼쳐둔 노트북을 챙겨 돌아가는 하나의 뒷모습을 보며 내가 한 짓에 어처구니가 없었다. 약 기운도 핑계가 될 수 없었다. 하나의 펀치 한 방에 정신이 번쩍 들었다.

다음 날, 그다음 날도 하나는 아무렇지 않게 나를 대했다. 나는 대뜸 이상한 타이밍에 사과를 반복했고, 그때마다 하나는 말없이 눈을 흘겼지만, 그뿐이었다. 어쩌면 이미 사내로의 유통 기한을 넘긴 불쌍한 아저씨에 대한 마지막 자비였을지도 모르겠다. 한 명씩 일행이 늘어나며 둘이 보내는 시간은 자연히 줄어들었다. 아내를 떠올리게 하는 여자이니 다행한 일이었다.

*

연거푸 잔을 비웠다. 아내는 말이 없었다. 출간이 좌절되어 웃을 터수는 아니었지만, 적막이 불안했다. 눈을 가늘게 떴고 빛을 잃어 보였다. 잘 풀릴 거라는 바람 섞인 말도, 오빠의 타이핑 소리가 날 편안하게 한다는 내가 좋아하는 말도 없었다. 가장 두려운 건 평단의 외면이나 영화의 별점 한 줄 평이 문학의 세계까지 침범하는 일 따위가 아니었다. 염려하던 것이 끝내 찾아오는 것 같았다.

10년이었다. 아내는 성실했다. 일한 만큼 돈을 벌었다. 나는 쓰고 또 썼지만, 그뿐이었다. 나의 글은 돈으로 환원되지 않았다. 나만이 쓸 수 있는 글이 있고, 결과에 따라 큰 성과가 따를 수 있는 일이라며 스스로를 추슬렀지만, 나조차도 이미 지쳐 있었다.

술집에서 돌아와 샤워를 하고 침대에 누워서까지, 아내는 말이 없었다. 불안감에 돌아누운 아내를 뒤에서 안았다. 언젠가부터 우리의 섹스는 그렇게 시작됐다. 뒤에서 아내를 감싸 안고 가슴을 만지다, 성기를 밀어 넣었다. 눈을 맞추지 않아도 되는, 죄책감이 덜한 체위였다.

아이러니하게도 아내와 처음 섹스를 나눈 날도 그랬다. 어둡고 습했던 여름날의 자취방에서였다. 아직은 한자리에 누울 만한 사이가 아니었다. 맞잡은 손에서 미세한 떨림이 느껴지고, 눈도 오래 맞추지 못하던 시기였다. 불을 끄고 누웠지만 서로 잠들지 않았음을 느끼고 있었다. 서로의 호흡에 맞춰 숨을 골랐다. 뒤에서 돌아누운 그녀를 안았다. 옷 속으로 손을 넣자 거친 박동이 느껴졌다. 심장은 빠르게 뛰었지만 그녀는 죽은 듯이 조용했다. 더욱 깊게 가슴을 쓰다듬고 속옷 위를 압박했다. 서둘러 아랫도리를 벗고는 그녀의 바지와 속옷을 동시에 끌어 내렸다. 쉽게 벗길 수 있도록 그녀는 몸을 틀었다. 작은 엉덩이가 드러났다.

눈을 감고 그 밤을 떠올렸다. 힘이 빠지던 성기가 빳빳이 기운을 차렸다. 아내의 큰 유두도 단단해지고 있었다. 허벅지가 아내의 엉덩이를 치며 얇은 파열음을 만들었다. 베개와 아내의 목덜미 틈으로 팔을 넣어 아내의 손을 잡았다. 아내는 불덩이라도 닿은 듯이 급히 손을 빼냈다. 순간 아내의 몸이 움츠러드는 걸 느꼈다. 신음조차 내지 않고 있었다. 맥이 풀리며 사정을 했다. 한동안 아내를 안고 있고 싶었다. 이대로 아내의 살냄새를 맡으며 잠들고 싶었다. 그러면 모든 게 괜찮아질 것만 같았다. 이내 아내는 몸을 틀어 나의 성기를 빼냈다. 씻지도 않은 채 아내는 그대로 잠이 들었다. 그날 밤은 잠이 오지 않았다. 밤새 비릿한 땀 냄새가 났다.

다음 날 아침, 아내는 여전히 소파에 앉아 아침을 먹고 있었다. 동네 빵집에서 파는 시저 샐러드였다. 할인된 가격표가 덧붙여 있었다. 아내의 옆에 슬며시 앉아 입을 열었다.

"전에 말한 기숙사 사감 일 한번 해보려고. 아직 가능한가?"

"아, 정말요? 괜찮겠어요?"

"뭐, 밤에 잠시 일하고 새벽엔 글도 볼 수 있다니까."

"아! 그래요. 그럼 오빠한테 물어볼게요."

"그래, 방도 따로 있다고 했지?"

"네, 전에 오빠랑 가서 봤는데 아담해도 꽤 괜찮아요. 글 쓸 수 있는 책상도 있고요."

그날 저녁 학교에서 돌아온 아내는 들떠 있었다. 장을 봐온 아내가 만든 푸짐한 저녁상이 차려졌다. 술도 함께였다.

다음 날 저녁부터 바로 출근을 해야 했다. 결혼 후 종종 출판사의 편집 일이나 문화센터 강좌 따위를 소일거리로 한 적은 있지만, 정식 출근을 하는 것은 처음이었다. 아내가 계약직 교사로 근무하고, 형님이 학생 부장으로 있는 교외의 사립 학교였다.

일찍 자리에 누웠다. 이틀 연속으로 섹스를 나누는 건 드문 일이었다. 아내가 먼저 나를 간지럽혔다. 그게 좋으면서도 어딘가 헛헛했다. 작게 코까지 골며 잠든 아내의 몸을 보며 한 번 더 자위를 했다. 내일부터는 함께 누울 수 없는 자리였다. 물티슈로 묽은 정액을 닦아내는데, 손톱이 꽤 자라 있었다. 욕실로 들어가 손톱을 자르고 면도를 했다. 몇 년째 고수하던 수염이었다. 형님은 아내를 통해 말을 전하고도 염려가 됐는지 내게 따로 메시지를 보냈다. 첫날은 몇 분께 인사를 드려야 하니, 수염을 밀고 정장을 입고 와달라고 했다. 기숙사 사감이 정장이라니, 씁쓸한 웃음이 나왔다.

형님은 동생이 소설가와 결혼하려는 걸 이해하지 못했다. 국문과를 졸업한 낭만적인 문학 청년이었지만, 장손이 글을 쓰며 살 수는 없다며 스스로 교사가 된 남자였다. 부모님과 형님의 반대는 당연한 일이었다. 하지만 아내는 확고했다. 내게 어떤 내색도 없이 혼자서 가족을 설득했다. 나는 처가의 의중도 모른 채 빤빤히 결혼했다.

다음 날 형님을 따라 교장과 교감에게 차례로 인사를 드렸다. 형님은 나보다 더 긴장한 얼굴로 나를 소설가라고 소개했다. 교장과 교감의 어색한 웃음이 불편했다. 집안의 장손은 노력하는 남자였다. 여동생이 기간제 교사로 일할 수 있도록 힘을 썼고, 이제는 변변찮은 매제의 일자리까지 만든 것이다.

사감의 일은 단순했다. 단지 밤을 포기하면 누구나 할 수 있는 일이었다. 기숙사는 3층짜리 낮고 긴 건물이었는데, 기숙사에 사는 백여 명의 학생 중 절반인 오십여 명의 남학생들을 관리하면 되는 일이었다. 중앙 계단을 기준으로 왼편과 오른편을 나누어 남녀를 구분하는 방식이었다. 밤 아홉 시까지 기숙사로 출근해 다음 날 오전 아홉 시면 퇴근을 했다. 야간 자습을 마치고 기숙사로 입실하는 학생들의 인원 체크를 한 후, 한 시간의 면학 시간 동안 복도를 거닐며 정숙한 분위기를 유지시킨다. 열한 시부터는 학생들의 휴대폰을 수거해 보관함에 넣어두고, 열두 시에 맞춰 점호 소등을 했다. 소등부터 기상 시간까지는 자유 시간이었다.

사감실에서 밤을 보냈다. 틈틈이 아내가 쓸고 닦아 깔끔한 공간이었다. 애초 계획은 새벽 시간을 이용해 글을 쓰려는 것이었지만, 매일 밤 잡념이 번졌다. 처음엔 주위 선생님들의 시선이 신경 쓰였다. 교장과 교감을 비롯해 학교 내 모든 교사들이 알고 있을 터였다. 동료 교사의 무능한 남편이 기숙사 사감으로 일한다는 소문이 퍼지지 않을 리 없었다. 새 책이 나올 때마다 모두에게 선물을 했던 아내였다. 사실, 밤 시간에 근무하는 일이었기에 막상 다른 교사들을 마주치는 일은 드물었다. 종종 수리나 기타 문제로 행정실 직원들을 마주하는 정도가 전부였다. 아이들도 순한 편이었다. 문제라고 할 만한 것들도 면학 시간에 가끔 소란을 피우거나, 휴대폰 반납 시간을 늦추려고 꾀를 부리는 정도였다.

달마다 200만 원 남짓한 돈이 들어왔다. 인세만으로 월 200만 원을 벌려면 책 이천 권은 팔아야 했다. 내겐 꿈같은 일이었다. 감지덕지해야 할 일이었지만, 하루하루가 견딜 수 없었다. 글을 쓸 수도 없었고, 잠도 오지 않았다. 내가 있어야 할 곳이 아닌 느낌이었다. 그렇다고 그만둘 수도 없었다. 아내가 홀로 짊어졌던 무게를 떠올렸다.

한 계절을 보냈다. 쉬운 일이니 적응할 특별한 사항도 없었다. 문제라면 모두가 잠든 새벽 시간이었다. 작은 사감실에 갇혀 천장만 바라보며 아침을 기다렸다. 늘 눈이 벌게져 집으로 돌아갔다. 비어 있는 집에서 간신히 눈을 감았다. 아내가 퇴근

할 시간, 나는 깨어나 출근을 준비했다. 스치듯 엇갈리는 일정이었다. 아내와 누워 긴 잠을 자고 싶었다.

어느 날, 아침부터 기숙사에 큰 소란이 일었다. 샤워실 수도관이 터져버려 넘친 물이 어느새 복도까지 흘러들고 있었다. 등교를 준비하던 시간이어서 몰려든 아이들로 더욱 정신이 없었다. 다행히 다친 아이들은 없었지만 어떻게든 수도관을 막아야 했다. 급하게 달려온 경비실 아저씨와 둘이서 양동이와 테이프를 사용해 파이프의 벌어진 틈을 막으려 애를 썼다. 몸이 밀릴 정도의 강한 수압에 온몸을 써서 맞서야 했다. 정신이 없었다. 얼마 후 행정실 직원들까지 몰려와 가까스로 상황이 정리됐다.

온몸이 젖어 있었다. 수건으로 몸을 닦는데 팔뚝에서 후끈한 통증이 일었다. 그제야 살펴보니 팔뚝이 붉게 부풀어 있었다. 터진 파이프를 막고 서 있다가 달궈진 온수 파이프에 데었는지 수포까지 올라오고 있었다. 보건실에서 간단한 드레싱을 받고, 형님이 건네준 트레이닝복으로 갈아입고 집으로 돌아왔다.

빈집의 욕실로 들어섰다. 거울 속 나는 어김없이 붉게 충혈되어 있었다. 잠시 팔의 통증이 서럽더니, 울화가 쿡 치밀었다. 비명 같은 소리를 질렀다. 거울이라도 깰 듯 울부짖는 고함이었다. 밟힌 뱀처럼 몸이 비틀렸고 고막이 얼얼했다. 떨리던 몸이 헛구역질까지 불러왔다. 세면대를 움켜잡고 거울을 보고 섰다. 허연 세면대 위로 빨간 도트들이 어지러이 찍혔다. 눈발에 선 핏빛 빗금이 면으로 번져 흐르는 것 같았다. 코피를 닦아내며, 글 말고는 무엇으로도 돈벌이를 하지 않겠다고 중얼거렸다.

그 밤, 나는 출근하지 않았다. 잠도 자지 않고 소파에 앉아 퇴근하는 아내를 기다렸다. 아내는 말이 없었다. 형님에게 메시지가 왔다. 그동안 고생이 많았다고, 서둘러 다른 사람을 찾으면 된다며 마음 쓰지 말라고 했다.

오랜만에 아내와 술잔을 둔 저녁 식사였다. 좋은 글감이 떠올랐다. 상금이 걸린 장편 공모전에 낼 생각이다. 기성 작가가 공모전에 작품을 내는 게 당연한 시대다. 이번만은 확실한 것 같다. 허풍을 섞어 끝없이 늘어놓는 내 말에도, 아내는 답이 없었다. 애써 웃었다. 아내의 마음을 모르는 게 아니었다.

불고기를 올린 쌈을 아내의 입가로 내밀었다. 싱긋 미소까지 지은 채였다. 아내는 젓가락을 든 손으로 나의 손을 물렸다. 그러지 말고 먹어보라며 재차 입 앞에 쌈을 갖다 댔다. 아내가 손을 신경질적으로 쳤고, 이내 울음을 터뜨렸다. 한 번도 보지 못한 아이 같은 울음이었다. 엉엉 소리를 내고 발까지 구르며 악을 썼다. 내가 어깨를 감싸자 감전이라도 된 사람처럼 픽픽거리며 몸을 떨었다. 어찌할지 몰라 한참을 보고만 있었다.

무릎에 얼굴을 파묻은 아내를 내버려 두고 밖으로 나섰다. 공원에 앉아 남은 담배를 다 피웠다. 얼마나 시간이 흘렀는지도 알 수 없었다. 붕대에 누런 진물이 묻어나고 있었다. 돌아간 집에 아내는 없었다. 저녁상도, 바닥에 떨어진 쌈도 그대로였다.

며칠 후, 친정에 가 있던 아내가 연락도 없이 집으로 들어왔다. TV를 켜둔 채 소파에서 낮잠을 자고 있을 때였다. 기껏 며칠이 지났을 뿐인데 그사이 야위어 보였다. 아내는 말없이 내 옆에 앉아 이혼 서류를 내밀었다. 이해가 되지 않았다. 피상적인 말다툼과 욕설이 오가거나 최소한 소리라도 쳐야 했다. 그게 내가 알고 있는 이혼의 과정이었다.

아내와의 끝은 그렇게 고요히 왔다. 꼭 이래야만 하겠냐며 입을 열었지만, 뒷말을 잇지 못했다. 길게 자란 손톱만 애꿎게 뜯고 있었다. 입술을 꼭 다문 아내는 맛문한 가장의 얼굴을 하고 있었다.

16

따듯한 차 덕인지 점차 약 기운이 도는 것 같았다. 으슬으슬 떨리던 몸이 진정되고, 머리를 울리는 기침도 잦아들었다. 오랜만에 햇살도 좋은 날이다. 몸이 회복되면 빙하를 보러 트레킹도 다녀오고, 주변 지역까지 열심히 다녀봐야겠다는 생각이 들었다. 너무 작은 방에만 붙어 있었다. 별수 없는 외로움 탓이다. 매일 낯선 곳을 찾아다니는 방식은 나와 맞지 않았다. 무엇이든 익숙한 것들이 필요했다. 작은 도미토리와 이곳에서 만난 장기 여행자들. 혼자에서 깃털만큼이라도 내 어깨를 가볍게 해주는 요소들이다.

노트북에서 손을 떼고 어깨를 풀었다. 이대로라면 그럭저럭 오늘 안에 원고를 보낼 수 있을 것 같았다. 주방에 티폿을 돌려주고 담배도 태울 겸 밖으로 나섰다. 아내가 그토록 싫어하던 담배. 잔소리를 해줄 사람이나 염려해 줄 사람 하나 남지 않았다.

하나는 여전히 한가로이 평상에 누워 있었다. 떠난 아내도 저토록 자유로운 하루를 보내고 있을까. 말하기 좋아하는 학교 사람들의 입방아에 괴롭진 않을까. 그래도 형님이 곁에 있으니 큰 힘이 되겠지. 하나를 보며 아내를 떠올리는 짓도, 더는 나를 찾지 않을 아내 생각이 이토록 떠나지 않는 것도 우스웠다. 마음이 이 모양이니 저 너른 풍경도 고적하게 느껴질 수밖에…….

하나가 몸을 일으켜 이때다 싶어 말을 붙였다. 짐승이라도 마주친 듯 화들짝 놀라 머쓱히 웃어 보였다. 평상에 엉덩이를 걸치고 앉아 "한 대 피울까?" 하고 묻자, 담배를 받아든 하나도 털썩 자리에 앉았다.

"오늘은 한가해 보이네?"

"음, 작업해야 하는데 충전을 못 했어요. 어제 그냥 뻗어버려서."

"그랬군. 몸은 좀 어때?"

"그냥 그래요. 뭐 이러다 말겠죠. 작가님 감기는요?"

"나도 그대로야. 훈자를 떠날 때가 다 돼서야 떨어질는지……. 지겹다, 지겨워."

"작업은 잘 되세요? 소설이라니…… 저는 상상도 안 돼요.

자랑은 아니지만 책을 잘 읽지 않아서."

"나오면 선물할게. 한번 읽어봐 줘."

"정말요? 그럼 감사하죠. 한국에서 다 같이 모여요. 작가님 책 나오면."

"그래, 그럼 좋지. 열심히 써야겠네. 모두에게 놀림 안 당하려면."

"그래야죠. 베스트셀러가 되면 주위에 자랑할게요. 아는 작가님이라고. 종종 부러워요. 작가님 같은 예술가들이요. 이름을 걸고 온전히 무언가를 창조하는 거잖아요. 저는 남의 말이나 옮겨 적는 일을 언제까지 해야 할지 모르겠어요."

"에이, 왜 겸손 떨고 그래. 번역도 중요한 일이지. 하나도 분명 자기만의 문체가 있을 테고. 소설도 번역가에 따라 전혀 다른 책이 되잖아."

"그렇겠죠. 언젠가는 책을 번역할 수 있으면 좋겠어요."

"그래, 하나는 잘할 거야. 그나저나 훈자가 좋니? 안 지겨워?"

"네, 좋죠. 그러니 이렇게 오래 있는 거고요. 그런데 요즘은 집이 조금 그립긴 해요. 애들은 맨날 한국에 있는 누가 보고 싶다, 뭐가 먹고 싶다 하잖아요? 저는 그런 것들은 됐고, 밤에만 순간 이동해서 내 방에서 자고 싶어요. 그럼 평생 여행만

하고 살아도 문제없을 텐데."

하나는 먼 곳에 시선을 두고 남겨둔 빛바랜 것들을 하나하나 떠올리는 것 같았다. 같은 마음이었다. 휴대폰에서 알람이 울렸다. 아쉽지만 나은이와의 약속 장소로 향할 시간이었다.

*

혼자 살던 자취방을 벗어나 아내와 얻은 신혼집은 교외에 자리한 오래된 아파트였다. 단출한 살림으로 시작한 집안 곳곳을 아내는 늘 쓸고 닦았다. 매일같이 청소를 하니 더 이상 닦을 곳이 없을 것 같은데도, 아내는 늘 반짝반짝한 집을 보며 즐거워했다. 아이가 생기면 좀 더 큰 집으로 옮기자며 악착같이 돈을 모았지만, 아이는 생기지 않았다. 유일하게 아내에게 잘한 일이란 생각이 들었다.

이혼에 동의한 후로도 아내가 없는 집에서 한동안 혼자 살았다. 아내가 닦았던 모든 곳을 손수 닦아냈다. 아내가 없으니 며칠 만에 먼지가 앉았다. 아내의 시선과 손이 거친 모든 곳을 따라가며 꼼꼼히 정리를 했다. 매일 이런 구석까지 손을 넣으며 아내는 무슨 생각을 했을까. 이내 땀이 났다. 아내가 두르던 앞치마를 걸치고 음식도 했다. 아내가 앉았던 소파에 앉아 밥을 먹고, 늘 챙겨주던 진저 레몬 티를 스스로 만들어

마셨다. 맛이 나지 않았다.

아내보다 집을 지키는 시간이 길었던 나였지만, 작은 집 안엔 내가 모르는 게 많았다. 하루가 금방 지났다. 가끔 글을 보고, 회색 숨을 내뱉다, 아내가 하던 일들을 따라 하다 보면 해가 넘어가곤 했다. 아내가 눕던 자리에서 아내의 베개를 베고 잠이 들었다. 꿈도 없는, 긴 잠이었다.

이혼은 10년간 함께한 모든 것을 나누는 일이었다. 가르고 쪼개야 했다.

[집은 언제 나갈 거예요? 정리해야죠, 집도.]

문자에 답을 쓰고 지우다, 짐을 챙기기 시작했다. 상자를 하나둘 만들며 우리의 것이 나의 것과 너의 것으로 부서지고 있었다. 짐을 옮기다 말고 다시 돌아가 아내의 앞치마를 챙겼다. 분명한 너의 것이었지만, 그리했다.

벗의 차에 짐을 싣고 부모님의 집으로 향했다. 아내와는 10년 만의 헤어짐, 부모님과는 20년 만의 동거였다. 대학에 진학하며 독립을 한 아들이 몇 개 되지 않는 상자를 나르는 동안, 어머니는 하염없이 우셨다. 내 등을 두드리고 팔을 붙잡으며 아내를 욕했다. 모진 년이라 했다. 강악한 어머니의 손은 아들의 등 한번 세게 내려치지 못했다. 아버지는 친구들과 낚시를 가셨다고 했다. 중년이 다 되어 다시 제 품에 들어오는 아들을 볼 자신이 없으셨을 것이다. 대충 짐을 풀고 앉으니 어머니가 사과를 깎아 내오셨다. 말없이 사과를 집었다. 아작아작. 무거운 공기 사이로 퍼지는 소리가 얄궂어 어머니의 손을 잡았다.

어머니에게 물었다. 아버지의 어디가 그리 좋았느냐고. 여태까지 어떤 마음으로 버티고 살았느냐고. 어머니는 대답이 없으셨다. 아버지는 나처럼 정이라곤 없는 사내였다. 어머니가 없으면 무엇 하나 스스로 할 줄 모르는 남자였다. 내시경 검사를 받기로 한 아내를 혼자 병원에 보내는 남편이었다. 아버지는 수면 내시경 검사엔 보호자가 동행해야 한다는 사실조차 몰랐을 것이다. 자신이 병원에 갈 땐 늘 어머니와 함께였으니까. 어머니는 알고 있었지만 남편을 조르는 법을 몰랐다. 한가한 아들에게도 행여 방해가 될까 무서워 연락도 하지 않으셨다. 어머니와 동행한 건 아내였다.

아작아작. 사과가 아니라 자갈을 씹는 것 같았다. 모른 체하고 살 수는 있지만, 거치지 않고는 살 수 없었다. 청춘이 그렇고 사랑이 그렇다. 아내가 그랬고 어머니가 그랬다.

오래지 않아 나의 침입이 무거운 공기를 만들었다. 노쇠한 부모님도, 청년이 지난 아들도 서로의 눈치를 살폈다. 결국 작은 오피스텔을 얻었다. 염치없이 부모님의 도움을 받았다. 사정을 알고 있는 벗에게도 얼마를 빌렸다. 이후 우리의 공간을 정리한 아내는 많은 몫을 내게 내밀었다. 나 하나 누울 곳을 위해 여럿의 희생이 따른 셈이었다.

오피스텔에 적응도 하기 전, 다른 문제가 생겼다. 외로움의 문제였다. 내 마음은 오래도록 빈집이었다. 새로운 빗물이 고인 물을 밀어내듯 그리움의 자리에 새로운 사랑이라도 들어설 줄 알았지만, 착각이었다. 새롭게 만나는 여자도, 연락을 해볼 사람도 없었다. 매일같이 마주하는 동료도, 지켜야 할 소속도 없이 살아온 탓이었다.

마음은 그렇다 하더라도 염치없는 몸뚱이는 늘 삶에 방해가 되는 요소였다. 이혼을 당하고도 배가 고픈 게 역겹더니, 이제는 성욕마저 해결해야 했다. 식욕을 억제해 준다는 수천수만 가지 약이 넘쳐나는 시대였지만, 누구도 성욕을 없애주는 약엔 관심이 없는 듯했다. 나는 최소한 바람을 피우는 남자는 아니었다. 업소에서 욕정을 푸는 남자 역시 아니었다. 자위는 잠시일 뿐 해결책이 되지 않았다. 여자와 살을 비비며 코를 박고 싶었다. 밤 산책을 나설 때마다 빨간 업소 간판을 바라보며 저열한 욕정이 일었다. 거리에선 나를 거들떠보지도 않을 젊은 여자와 객쩍은 소리나 늘어놓다 몸을 섞고 싶었다. 번거로운 과정도, 거북한 거부도 없는 가벼운 세계. 유혹이 든 밤은 더 글이 잡히지 않았다.

어느 날, 기대치 못한 연락을 받았다. 날짜도 헤아리지 않으며, 지나는 이들의 옷차림으로 간신히 계절만 인지하는 정도의 날들 중 하루였다. 연락은 두 번째 소설을 출간했던 출판사로부터였다. 아스라이 아롱지는 지고하고 진부한 사랑 이야기로 그칠 뻔한 소재에 대한 우려와는 달리, 코믹한 설정과 문장으로 맛깔나게 그렸다는 호평이 있었던 책이었다. 출판사에서는 좋은 제안이 있으니 만나자고 했다. 출판사를 방문하는 일은 오랜만이었다. 철이 맞지 않는 옷을 꺼내 입었다. 형님과 함께 교장, 교감 앞에 섰던 복장이었다.

제안은 기대와는 달랐다. 소설이 아닌 여행 에세이를 써보자고 했다. 유행이라 했다. 소설가의 에세이는 흔하지만, 여행 에세이는 많지 않으니 기대해 볼 만한 기획이라고 했다. 에세이를 쓴 적은 없었다. 소설로 등단해 소설만 쓰며 살아왔다. 몇 번 제안이 있었지만, 에세이를 쓸 시간이 있다면 그 시간에 소설을 써야 한다는 생각에서였다. 동료 소설가들도 비슷한 이야기를 했었다. 노트북과 아이패드가 필요해서, 여행 자금으로 쓰려고 에세이를 펴냈다는 식의 농을 수없이 듣지 않았던가. 애초에 내가 에세이를 쓸 수 있는 사람이던가? 나는 숨을 곳 없이 자신을 드러내는 일이 맞지 않는 사람이었다. 정직하게 말하자면 나는 물러서고, 편집자는 설득해야 하는 그림이었다. 하지만 나는 물러서지 않았다. 무엇이라도 써내야 했다. 차라리 새로운 시도가 나을 수 있다고 스스로를 설득시켰다.

구체적인 미팅이 시작됐다. 여행 에세이는 처음이시니 참고용으로 보시라며 내미는 몇 권의 책을 건네받았다. 표지에 커다랗게 화제의 유튜버, SNS 스타 같은 글자들이 박힌 책들이었다. 반려 메일에 딸려 있던 어린것들의 블로그들이 난잡하게 떠올랐다. 입 안으로 신맛이 돌았다. 이제 나에게 이런 책들을 흉내라도 내라는 건가. 젊고 해맑게 웃고 있는, 예쁘장한 본인 사진이 수없이 담긴 허세 가득한 책들이었다. 이런 게 베스트셀러라니, 나만 다른 시대에 살고 있나 하는 생각에 자꾸만 창밖으로 시선을 두었다.

"너무 어린 친구들 느낌인데. 제가 이런 느낌의 글이 나올지……."

"아니요, 작가님. 작가님 스타일대로 편하게 하시면 되세요. 그건 낯설어하시니까 참고용으로 보여드린 거고요. 그리고 작가님도 청춘이시잖아요. 저들과 차이가 별로 없으세요. 또 작가님 문체가 얼마나 좋은데요. 종종 에세이를 쓰시면 더 좋을 것도 같다는 생각을 하던 차에 연락드린 거예요."

터무니없는 말이었다. 그 편집자는 실패한 작가가 아니던가. 실제로 담당 편집자는 졸업 전 단편 소설로 등단했지만 한 권의 책도 내지 못하고, 어울리지 않는 영화판까지 기웃거리다 출판계로 들어왔다는 말을 들었다. 그런 주제에 멋대로 내 문체까지 들먹이다니……. 강퍅한 작가로 보일까 좋게 좋게 웃어넘기던 지난날이 후회됐다.

마음을 추슬렀다. 차라리 잘된 일이라고, 여행이라도 떠나 허랑방탕한 시간을 정리하고 새로운 작품으로 돌아올 기회라며 최면을 걸었다. 어차피 이대로 살다가는 얼마 버티지 못하고 오피스텔까지 정리해야 할 지경이었다.

대략 육 개월간의 여행을 계획했다. 출판사에서 내어준 선계약금은 푼돈이었다. 유일한 재산인 오피스텔을 임대해 주고, 매달 월세를 받아 여행 자금으로 쓰기로 했다. 막상 떠나고 싶었던 유럽과 남미의 나라들은 무리였다. 아시아권의 나라들로 루트를 잡았다. 처음 떠나는 장기 여행이었지만 여행자들도 동경하는 오지와 분위기가 남다른 여행지를 택해야 했다. 정해진 돈과 시간 안에서 최대한의 글감을 만들어야 했다. 그렇게 나는 네팔과 인도를 거쳐 파키스탄 훈자로 들어왔다. 모두 육로로 국경 이동이 가능한 나라들이었다.

꽤 알려진 책들을 참고했다. 소설가와 시인이 쓴 여행 산문집들을 훑어봤다. 저자도 기획도 달랐지만, 각기 다른 곳에서 비슷비슷한 것들을 찬양했다. 하나같이 닮은 키워드들이 보였다. 그게 기본이었다. 패턴이 있다면 나도 맞춰야 했다. 하늘 아래 전혀 새로운 글과 방식은 없다는 건 일찌감치 깨닫지 않았던가.

공식 같은 키워드들을 나열했다. 사랑, 추억, 이별, 그리움, 친절한 현지인들, 자연, 해방감, 눈물의 체험, 청춘, 시간, 그곳에서 들은 음악……. 순식간에 여러 개의 꼭지가 생겨났다. 에세이라지만 다음은 창작의 영역이었다. 지역을 옮겨가며 어울리는 키워드에 맞춰 글을 지어나가면 될 일이었다. 본래 진실만 담긴 글은 사랑받을 수 없는 법이다. 여행을 떠나 새 장편을 집필하며 환기도 시킬 겸 틈틈이 에세이를 써낸다. 나쁘지 않은 계획이었다.

17

이글 네스트로 이어지는 길목에 나은이가 먼저 도착해 있었다. 이글 네스트 트레킹은 훈자에 온 대부분의 여행자들이 초기에 다녀오는 가벼운 코스지만, 나는 지프를 타고 스치듯 지나온 것이 전부였다. 이미 써둔 글에 맞춰 몇 가지 풍경을 확인해야 했고, 훈자의 전경을 볼 수 있는 가장 높은 곳이기도 하니 책에 넣을 사진도 몇 장 건질 생각이었다. 나를 발견하곤 방싯 웃으며 손을 흔드는 나은이를 향해 나도 손 인사를 했다. 셀카 봉을 든 나은이와 출발 전부터 기념사진을 찍었다. 큰 눈으로 깜찍하게 지어 보이는 나은이의 표정을 따라 나도 빵긋 웃어 보였다.

이글 네스트로 향하는 길은 평화로웠다. 완만하고 햇살이 잘 드는 소박한 곡선을 따라 마을과 숲을 번갈아 지났다. 아이들의 웃음소리가 새어 나오는 담장을 엿보고, 훈자 전통의 빵모자를 쓴 노인들의 말 상대가 되어주며 쉬엄쉬엄 길을 걸었다. 풀밭에 텐트를 치고 한껏 여유를 즐기는 현지 여행자들도 보였다. 곳곳마다 나은이는 사진을 남기느라 정신이 없었지만, 나는 카메라를 꺼내 들지 않았다. 어딘가를 향해 오르는 일은 늘 그랬다. 가장 아름다운 풍경은 가장 높은 곳에서야 펼쳐졌다.

꽃과 꿀벌이 가득한 초원을 지나 둔덕을 넘으니 작은 마을이 나타났다. 이글 네스트에 맞닿은 마을이었다. 마을 끝으로 이어진 돌산엔 진갈색 돌들이 무덤처럼 솟아 있었다. 아담한 동굴의 내부를 그대로 뒤집어 밖으로 꺼낸 듯이 신비로운 모양새였다. 이곳이 이글 네스트라 불리는 이유였다. 아래편으론 절벽을 향해 훈자를 한눈에 내려다볼 수 있는 호텔이 자리하고 있다. 이런 곳까지도 가장 좋은 풍경은 호텔의 차지였다. 통유리로 만들어진 호텔 레스토랑 창가에 자리를 잡았다. 여행자 거리에 비해 비싼 가격이었지만, 이곳에서만 먹을 수 있는 서양식 요리들이 꽤 있었다.

주문한 치킨 스테이크와 콜라가 나왔다. 한국에선 입에 잘 대지 않던 탄산음료들이 여행지에선 이상하리만큼 간절했다. 별로 생각이 없다는 나은이에게도 참치 샌드위치와 차를 주문해 줬다. 하나가 추천했던 메뉴였다. 여행을 떠나와 오히려 더 통통해진 몸 때문에 스트레스라고 투덜대면서도 나은이는 잘 먹었다. 그게 보기 좋았다. 현실감 없는 풍경을 바라보며 오랜만에 입에 맞는 식사를 즐기는 셈이었다. 오래 기억할 만한 여행의 순간이지만, 작은 여자아이와 둘뿐이라는 사실이 어색했다. 아내와 함께였다면 어땠을까. 혹시 하나와 함께였다면…….

레스토랑에 남아 밀린 일기를 쓰겠다는 나은이를 두고 밖으로 나섰다. 여행을 앞두고 처음 산 카메라를 들고 시선을 끄는 구석구석을 찍었다. 출판사에서는 사진이 서툴다는 나에게 사진작가의 사진을 넣거나, 일러스트로 꾸며도 좋을 것 같다는 터무니없는 아이디어를 내놓았다. 내 이름 옆에 다른 사람의 이름이 나란히 붙는 건 별로였다. 공저도 마찬가지다. 내가 좋아하지 않거나, 일면식도 없는 이들과 하나의 제목으로 묶인다는 어색함이 싫었다. 따로 사진을 배울 필요까진 없었다. 아무렇게나 셔터를 눌러대도 자동 모드로 설정된 카메라는 탁탁 피사체를 잡아냈다. 이후엔 출판사가 알아서 편집을 할 것이다. 수정과 짜깁기는 그들의 특기이지 않은가.

독수리가 알이라도 품고 있을 법한 커다란 구멍이 난 바위에 걸터앉아 땀을 훔쳤다. 원고를 적어둔 노트를 펼쳐 들었다.

이글 네스트 호텔 테라스에서 바라본 보름달에 관한 글이었다. 매혹적이고 뜨끔할 정도로 외로운 글이었다. 누구나 끄덕일 만한 공감의 글이라기보단, 누구도 피할 수 없는 속수무책의 글이었다. 심장이 바삐 뛰었다.

숨을 돌리고 레스토랑 옆길로 이어진 절벽 앞 별채로 향했다. 좁은 테라스가 딸린 방 세 개가 나란히 붙어있는 별채였다. 지금은 다행히 빈 상태인지 별채는 조용했다. 테라스 앞에 아무렇게나 앉아 눈을 감았다. 암전이 된 산속, 에메랄드처럼 빛을 내던 별까지 삼켜버린 보름달을 떠올렸다. 태양보다 짙고 어둠보다 큰 존재였던 달빛을 맞으며, 나방처럼 속절없이 뛰어들고 싶었을 오후의 야영과 시선을 떠올렸다. 한참 눈을 감고 떠올린 이미지들 덕에 몇 개의 단어들을 얻을 수 있었다. 습관적으로 써오던 애정하는 단어들이 아닌, 낯설지만 분명한 단어들이었다. 발코니에서 내려다보이는 절벽의 모양과 미루나무의 움직임, 바람이 불어오는 방향과 바위의 얼룩 따위도 적어두었다. 이미 가진 원고에 변화를 줘야 했다.

며칠 전 오후에게 노트북을 빌려준 적이 있었다. 잦은 정전으로 충전기가 고장 나버려 노트북을 사용할 수 없게 된 오후의 부탁 때문이었다. 내 노트북을 남이 쓰는 일은 끔찍한 일이다. 노트북이 단지 기계일 뿐이라고 생각하는 사람은 분명 작가가 아니다. 무리한 부탁이었지만, 일행들 모두가 있는 자리였기에 별수 없이 노트북을 건넸다.

그날 밤 역시 휴게실로 올라 작업을 준비했다. 출판사의 원고 독촉에 답을 보내야 했다. 답장을 하지 않은 지 오래여서, 그날은 조금만 더 기다려달라는 아쉬운 소리라도 전해야 했다. 에세이는 생각처럼 풀리지 않았다. 오히려 소설보다 나를 더 괴롭혔다. 가이드북에나 쓸 법한 관심 없는 정보들만 나열하며 글자 수를 늘려가고 있었다. 나에게서 나온 문장이 맞는지, 어지러울 정도로 눅눅한 문장들에선 금세 곰팡이라도 피어날 것 같았다. 초조했다. 여행의 반을 지나고 있었다.

메일함을 열었다. 낯선 메일들이 눈에 보였다. 잠시 멈칫했지만, 곧 오후의 메일함이란 걸 알 수 있었다. 메일을 보내곤 로그아웃을 하지 않은 모양이었다. 로그아웃을 누르려다, 호기심이 일었다. 요즘은 누구도 메일로 연락을 주고받지 않지만, 오후는 오랜 여행자였다. 차마 읽지 못할 낯부끄러운 연애편지 따위라도 좋으니 재미난 것이 있길 바라는 마음으로 메일함을 살폈다. 의외의 결벽이라도 있는 사람처럼 아무것도 없었다. 실망스러운 마음으로 습관처럼 보낸 메일함을 클릭했다. 같은 주소로 보낸 목록이 수십 개가 나열되었다. 수신 확인도 되어 있지 않았다.

하나를 골라 열어보았다. 보고 싶다는 내용의 메일이었다. 혼자지만 괜찮다고 했다. 살이 빠지고 종종 그날이 그립지만 그래도 괜찮다고 했다. 대부분의 메일이 비슷한 내용이었다. 떠난 옛 여자 친구라도 되는 걸까. 최근 보낸 메일엔 우리 일행들과의 이야기도 담겨 있었다. 특이한 건 모든 메일에 하나씩의 한글 파일이 첨부되어 있다는 점이었다. 열어보니 여행을 하며 쓴 글 같았다. 일기 같기도, 한 명에게 보내는 편지 같기도 했다. 눈으로 대충 글을 살폈다. 나쁘지 않았다. 그러다 괜찮은 표현들이 보이더니, 놀라운 문장들이 눈에 띄었다.

재차 하나씩 메일을 열어 첨부된 글을 내려받기 시작했다. 너무 사적인 글이거나 난해해 이해할 수 없는 글, 시처럼 짧은 단문을 걷어내니 대략 삼십 꼭지 정도가 남았다. 빼앗고 싶은 글이었다. 편집자에게 메일을 보내야 한다는 사실도 잊은 채, 휴게실에 숨듯이 박혀 밤새 오후의 글을 읽고 또 읽었다.

오후는 작가가 아니었다. 아마도 메일을 확인조차 하지 않는 지난 애인에게 집착을 보이는 것 같았다. 답장 하나도 찾을 수 없었다. 훈자에 머문 시간이 길었던 만큼 이곳 배경의 글이 많았고, 내가 거쳤던 인도와 네팔에서 쓴 글도 있었다. 우리의 루트는 비슷했다. 무언가 후련한 기분이 들었다.

타인의 글에 매료된 경험은 오랜만이었다. 그렇다 해도 오후의 글은 작품이 아니었다. 일기와 낙서 사이 즈음에 놓인 잡문일 뿐이었다. 독자가 없는 글은 글이 아니다. 소설을 출간하지 못하는 소설가는 더 이상 소설가가 아닌 것처럼.

내가 수정해 완성한다면, 그제야 글이 되고 작품이 될 수 있을 것이다. 모두에게 좋을 일이었다. 이래도 되는 걸까 하는 생각은 오래지 않았다. 모든 사건엔 동기가 있고, 모든 만남에도 이유가 있는 법이라 믿고 살아왔다. 양과 늑대의 길 중, 남보다 앞서거나 많은 것을 얻어내는 때는 안타깝지만 늘 늑대의 길을 선택할 때였다.

복잡해지는 생각에 다시 눈을 감았다. 오후와 이곳에서 몇 밤을 함께 보냈을 하나가 떠올랐다. 하나는 아내처럼 오후의 손을 피했을까. 턱에 주근주근 힘이 들어갔다. 아무 생각 없이 사는 오후가 아내를 닮은 하나를 품었을 상상을 하니 주먹이 절로 불끈 쥐어졌다.

"작가님! 이제 내려가야 될 것 같은데요?"

갑작스레 소리쳐 부르는 나은이의 목소리에 놀라, 무릎에 올려둔 카메라를 떨어뜨렸다. 엉덩이를 털고 서둘러 가방과 카메라를 챙겨 나은이에게 다가갔다. 나은이가 호들갑스레 물었다.

"작가님, 다시 열나는 거 아니에요? 왜 이렇게 얼굴이 빨개요?"

빰에 손바닥을 갖다 대니 화한 열기가 느껴졌다.

"괜찮아. 해를 오래 쬐고 있어서 그런가 봐."

그래, 괜찮다. 우리는 잠시 스쳐 지나갈 뿐이고, 오후는 영영 나의 책도 읽지 않을 놈이었다. 소설가는 본래 모두에게 이야기를 뺏는 사람이 아니던가.

18

약속 시각에 맞춰 주방에 도착한 건 나와 나은이뿐이었다. 하나같이 게으른 녀석들 같으니라고. 나은이와 알리아바드에서 장까지 보고 올 동안 이것들은 어디서 무얼 하고 있는지. 매번 요리를 도맡아 하는 일은 꽤나 귀찮은 일이지만, 나의 요리를 기대하는 일행들이 있고, 기실 녀석들의 리더를 맡고 있으니 별수 없는 셈이었다. 파키스탄의 단조로운 음식들과 자극적인 마살라 향에 누구보다 힘들어하는 것도 사실 나였다. 훈자에서만큼은 좋은 형과 듬직한 오빠로 지내는 것도 나쁘지 않은 일이었다.

주재료인 닭의 손질을 마칠 무렵, 오후가 뻔질뻔질한 표정으로 주방에 들어섰다. 이어 설이와 하나도 합류하며 나름 성공적인 요리를 완성했다. 오랜만에 제대로 된 만찬이었다. 입이 짧은 하나부터, 하는 것 없이 입맛만 까다로운 오후까지 모두가 만족하는 모습에 뿌듯했다.

공통점도 닮은 점도 하나 없는 이 녀석들과 보내는 시간이 그나마 내가 위로를 얻는 시간이다. 지겹고 불편한 여행에서 그나마 맘껏 웃고, 실컷 떠들며 보내는 밤. 매일 이런 밤을 보내다 보니 어느새 느슨한 공동체의 느낌마저 들었다.

모두가 함께 보낼 수 있는 시간이 얼마 남지 않아, 내일은 근교로 작은 여행을 떠나기로 했다. 워낙 게으르고 충동적인 아이들의 성향 때문에 당장 내일 아침 떠날 여행지를 오늘 밤에서야 결정하기로 한 것이다. 어차피 주변 지역으로 떠날 것이고, 지프를 빌려 다녀올 것이어서 무리는 아니었다. 각자 하나씩 후보들을 제안했다.

나는 오묘한 물빛을 보며 한적한 시간을 보낼 수 있는 치트랄 지역의 판다르 호수 마을을 희망했지만, 결국은 오후와 나은이의 제안대로 파수로 결정이 났다. 이미 후보로 나온 모든 곳을 다녀온 여행자는 오후뿐이었고, 녀석이 야지랑스레 너스레를 떨며 이야기하자 하나씩 동의해 버렸다. 마음에 꼭 맞진 않았지만 문제는 없었다. 일행들이 떠나고 외롭게 혼자에 남아 있는 것보다는, 판다르로 이동해 파키스탄 여행을 마무리하는 것도 괜찮을 것 같았다. 파수도 그런대로 장점이 있었다. 고르지 않고 거친 풍경들도 좋지만, 중국과 국경을 맞대고 있는 곳이라서 제대로 된 중국 음식을 먹을 수 있었다. 게다가 암암리에 거래되는 고량주까지 구할 수 있다니, 지겨워진 달달한 훈자 와인과도 그만 작별할 수 있을 터였다.

쉽게 서로를 놓아줄 수 없다는 듯 오늘 밤도 이야기가 이어지고 있었다. 파수로 떠나면 당장 인터넷도 할 수 없다니, 오늘은 꼭 원고를 보내고 잠을 청해야 했다. 벌써부터 눈이 뻑뻑했다. 언제 일어나야 할지 일행들의 눈치를 살피는데, 오후가 갑작스레 게임을 제안했다. '외계인 게임'이라는 나름의 이름까지 지어둔 그럴싸한 게임이었다.

이 희한한 자식에게 어떤 이질감이 느껴졌다. 도무지 알 수 없는 녀석. 이놈은 애초에 나와 단 둘이선 많은 말을 섞지 않았다. 본래 한 세대만큼이나 나이 차가 나는 남자끼리는 나눌 이야기가 별로 없는 법이긴 하다. 삐딱했던 그 나이대의 나도 마찬가지였으니까. 희로애락 중에 희락만 있는 듯한, 겉보기엔 한없이 가벼운 놈일 뿐인데 무언가 작가적인 인간이었다. 보이는 대로 쌔물대며 즐거움만을 위해 사는 놈이라면 저런 생각을 할 이유도, 그런 글을 써낼 수도 없는 일이었다. 목 뒤로 찝찝함이 남았다.

외계인 게임 때문에 대화의 주도권도 빼앗겼다. 요리를 할 줄도, 아이들을 챙길 줄도 모르는 뻔뻔한 저 녀석이 세 치 혀로 분위기를 이끌고 있었다. 췌언이 넘칠 게 뻔한 게임에 시간이 가는 게 초조했지만, 녀석의 첫 질문을 듣고 순순히 게임에 참여했다. 이야깃감이 될 만한 소재였다. 게임을 만들어낸 생각도, 질문을 만들어낸 기저 역시도 어찌 된 일인지 저놈의 두뇌 회로가 궁금했다. 작가적이라기보단 주인공 같은 캐릭터였다. 거슬리는 의문이 자꾸만 늘어갔다.

사랑하는 사람이 연쇄 살인마라면 어찌하겠느냐는 질문에 아내를 떠올렸다. 아직까지 아내 말고는 다른 선택을 할 수 없다는 사실이 씁쓸했다. 나의 이혼은 물론이고 결혼 사실조차 모르는 아이들에게 모든 걸 솔직히 말할 필요는 없었다. 대강 답변을 넘겼다. 얼마 남지 않은 시간 동안 지금처럼 좋은 리더, 멋있는 작가의 위치로 남아야 했다. 그나마 내가 중심을 잡아준 덕에 균질하지 않은 이 녀석들도 어긋버긋함 없이 어울릴 수 있는 것이니까.

후의 첫 질문이 지나자 목이 타기 시작했다. 한 명씩 돌아가며 질문을 만들어보기로 한 탓이다. 아이들은 단번에 게임에 빠져 있었다. 가장 어른이면서 소설가이기도 한 내게 다들 기대감을 갖는 건 당연한 일이었다. 기발하고 어려운 질문을 해야 했다. 하나조차 꽤 지독한 질문을 던졌다. 아이들의 감탄 소리를 들으며 머리가 복잡해져 갔다. 얼핏 대단한 질문 같다가도 이내 어디선가 들어본 듯한 질문들만 맴돌았다. 갑갑한 마음에 담배라도 한 대 피우려는데, 갑자기 설이가 나를 불렀다.

"작가님, 이번엔 작가님이 질문해 주세요! 아무래도 이런 게임엔 작가님이 제일 재밌는 질문을 하실 것 같은데."

하필이면 이런 타이밍에……. 곤혹스러웠지만 아이들의 시선 때문에 피할 수도 없었다. 무엇이든 던져놓아야 했다. 침착히 입을 열었다.

"음, 그럴까? 대강 몇 가지 떠오르는 게 있는데, 일단 쉬운 것부터 해보자, 그럼."

"아! 그래요, 어서 말해주세요."

"음, 잠에서 깼더니 머리맡에 상자와 카드가 하나 놓여 있는 거야. 카드를 보니 상자를 열면 현금으로 1억 원이 생겨. 대신 자기가 아는 누군가 한 명이 죽는 거야. 그 대상은 상자를 열기 전까지 누가 될지 알 수 없고. 첫날 상자를 열지 않으면 영영 상자는 사라지고, 상자를 열면 다음 날 아침 다시 상자는 나타나. 원한다면 매일 1억 원을 얻을 수 있는 거지. 자, 어떻게 할래? 열겠어, 아니면 그냥 포기하겠어?"

"아, 복잡해요. 역시 작가님이라 뭔가 소설 같아!"

다행히 나은이가 호들갑스레 입을 열었다.

"흠, 어렵네요. 그냥 아는 사람 중에 한 명이라……. 그럼 좋아하는 사람일 수도, 싫어하는 사람일 수도 있겠네요?"

"그렇지, 설아. 그럼 다들 고민해 봐. 담배 한 대 피우고 올게."

아이들의 반응이 나쁘지 않아 안심이었다. 언젠가 연극으로 봤던 스토리를 짜깁기한 질문이었다. 숨을 돌리고 담배를 물었다. 이미 늦은 시간이었다. 이제 슬슬 원고를 정리해야 했다. 담배를 태우는 내내 유난히도 눈이 시렸다.

"이제 다들 결정했나? 그럼 해보자. 다들 손 올리고, 하나, 둘, 셋!"

의외로 사 대 일의 결과가 나왔다. 나를 제외하고는 모두가 착한 결정을 한 셈이다. 가식적인 녀석들. 진짜 그런 일이 일어난다면 상자를 열지 않을 수 있는 사람이 몇이나 될까. 1억은 큰돈이다. 억은커녕 1,000만 원 때문에도 사람이 죽어 나가는 세상이었다. 씁쓸하게 벌주를 넘기고 아이들을 바라봤다.

"자, 그럼 이야기해 봐. 왜 안 열겠다는 거야?"

턱을 괴고 있던 하나가 먼저 운을 떼었다.

"일단 1억은 너무 적어요. 매일 상자를 열 때마다 1억이 생긴다지만, 그렇다고 여러 명을 죽이면서까지 큰돈을 만들기는 조금, 글쎄요……. 솔직히 한 번에 10억 원이라면 한 번쯤 해볼 것도 같아요. 그런데 이 상황이라면, 10억 원을 얻으려면 열 명을 죽이게 되는 거고, 그럼 분명 그 안에 내게 중요한 사람도 포함이 되겠죠. 확률 싸움일 테니까. 말하자면 나는 로또 복권 타입이지, 연금 복권은 그다지 마음이 안 간다고나 할까요?"

"크크, 언니 너무 웃겨요. 그럼 나도 로또! 그런데 사실 저는 돈보다는 누군가 죽는다는 거에 더 집중해서 생각해 봤어요. 그런데 꼭 죽었으면 하는 사람이 없더라고요? 수업 때 그런 적이 있었어요. 한 친구가 르완다 학살에 관한 발표를 하면서 감정이 격해져서 눈물까지 보이더라고요. 그런데 그 친구는 술만 마시면 전 남친이 죽었으면 좋겠다고 노래를 하던 애였거든요. 늘 없어졌으면 하는 사람은 주변인일 거란 생각을 했죠. 저도 만약 죽이고 싶을 정도로 미운 사람이 있으면, 그 사람이 죽을 때까지 매일 열지도 몰라요. 너무 잔인한가?"

귀여운 나은이가 내놓은 잔인한 답변에 모두가 웃음이 터졌다. 설이가 나은이를 껴안으며 말을 이었다.

"그래, 한 명 죽이려다 우리까지 다 죽이겠다! 좀만 참아봐, 나은아, 제발 나는 미워하지 말아줘. 착하지? 저 같은 경우는요, 아무래도 절대 안 되는 사람들이 떠올라서요. 확률은 낮을지 몰라도 처음부터 딱 중요한 사람이 죽을 수도 있잖아요. 그 사람만은 절대 안 된다고 생각하는 사람이. 그게 무서워서 못 열 것 같아요. 게다가 저는 다들 아시다시피 게임에도 약하고, 운도 없는 편이기도 하고요."

내가 눈길을 주자 마지막으로 오후가 답했다.

"네, 저는 뭐, 처음에 했던 연쇄 살인범 질문이랑 비슷한 결이에요. 아무래도 내가 죽을까 봐 무서울 것 같은데요? 내가 아는 사람? 내가 제일 잘 아는 사람이 자기 자신이잖아요. 상자를 열자마자 1억 원을 안고 쓰러지는 내 모습이 그려져서요. 포기예요, 포기. 그럼 형님은요? 왜 여실 거예요?"

후의 말에 마른침을 삼키고 천천히 입을 열었다. 사실, 이유는 1억 때문이다. 당연하지 않은가? 1억 원을 버는 일이 얼마나 고된 일인지, 나는 안다. 우리나라 청소년들에게 억 단위의 돈을 벌 수 있다면 불법적인 일도 하겠느냐, 설령 감옥에 간다고 해도 감수하겠느냐는 질문을 하고 과반수가 '그렇다'라고 답한 통계는 이미 철 지난 뉴스였다.

철없는 십 대들의 생각일 뿐이라고 치부하기엔 이 녀석들 같은 청년들도 마찬가지였다. 원대한 꿈을 품고 선한 영향력 있는 사람이 되길 바라는 대신, 영향력 있었던 사람의 얼굴과 숫자가 찍힌 종이를 모으는 데에만 열을 올린다. 심지어 그게 삶의 목표라 말해도 아무도 비난할 수 없는 시대. 책임을 느끼거나 자책하는 이는 없다. 어른이라는 모두의 이름으로 죄책감을 공평히 나눠 갖는 탓이다. 우리는 이미 그런 장에 올라타 있다. 그러니 매일 그렇게 쉽게 돈이 늘어난다면, 통장에 찍힌 '0'들 때문에 환 공포증에 걸린다 해도 오케이였다. 물론 그렇게 말할 수는 없었다. 생각해 둔 다른 답이 있었다. 완전 거짓말인 것도 아니었다.

"이유를 말하자면, 나는 소설가니까. 상자를 열지 않으면 어떤 이야기도 펼쳐지지 않잖아. 내가 만든 질문이지만, 진짜 마법 같은 그런 일이 생기면 나는 꼭 열 것 같아. 너희들이 말하는 생명 존중 같은 가치도 알겠지만 말이야. 그래도 내 입장에서는 상자를 열어서 생길 이야기들을 포기할 수는 없을 것 같아. 상자를 무르고 거기서 이야기를 마친다? 역시 안 될 일이지. 소설 『그림자를 판 사나이』에서 주인공이 마법의 주머니와 자신의 그림자를 바꾸자는 제안을 거절했다고 생각해 봐. 그럼 이야기는 거기서 끝이잖아. 상자를 열고, 주인공이 되어 이야기를 기다리는 것. 그게 내가 해야 할 일 같아."

팔짱을 낀 하나가 말을 보탰다.

"영화 '매트릭스'에서 네오가 진실의 빨간 약 대신 파란 약을 삼키는 건 못 보겠다는 거죠? 그럼 우리 답변을 다 듣고도 변함이 없어요? 우리가 염려한 일들이 다 일어나도 괜찮겠어요?"

"응, 물론 나도 이미 생각해 봤지. 그럼에도 열 것 같아. 말했듯이 나는 소설가니까. 비난은 말아줘. 서로의 생각이잖아, 그냥."

"그럼 후 말처럼 작가님이 죽을 수도 있는 건데요?"

"응, 어찌 보면 그게 덜 고통스러울지도? 너희가 말한 것처럼 절대 죽으면 안 되는 사람이 나 때문에 죽어가는 걸 보는 것보다는……. 내가 죽으면 진짜 주인공으로 죽는 거네. 뭐, 한 번 사는 인생. 괜찮지, 그것도."

"아, 너무해요. 정말 외계인이야! 작가님 무서워서 이제 같이 못 놀겠어. 우리도 죽일지 몰라, 작가님이 상자 생기면!"

설이의 말에 다들 깔깔대다가도, 역시 어려운 일이라며 고개를 저었다. 아이들다운 빤한 대답뿐이었다. 젊다고 창조적인 건 아니다. 이분법적 사고에 익숙하고 반지성주의가 만연한 세상에서 어찌 보면 당연한 일이었다.

오후도 마찬가지였다. 잠시 움찔했지만, 다시 녀석이 시시하게 보였다. 오후 역시 주인공이 될 만한 사람은 아니었다. 어떤 우연적인 재능으로 괜찮은 글을 써냈지만, 그뿐이었다. 오후의 글은 결국 작품이 되지 못하고 누구에게도 읽히지 않을 것이다. 열심히 보내 보아도 끝내 수신 확인이 되지 않는 메일처럼.

헤르만 헤세는 모든 인간은 자기 자신 이상이라고 했지만, 글쎄……. 다수의 인간은 자기가 누군지도 모른 채 생을 마친다. 누구도 아닌 채로 살아갈 뿐이다. 삶의 본령은 주인공으로 살아가는 데 있다. 나를 제외하고는 누구도 주인공이 될 자격이 없었다. 아이들은 자신이 믿는 가짜 세상에서 기껏해야 주연을 꿈꾸며 살아갈 것이다. 모두가 엑스트라이니 종종 자기가 주연이라고 착각도 해가면서. 그래도 이들이 밉지는 않았다. 누구나 주인공이 될 수는 없는 것이 우리의 진짜 삶이니까.

19

작업을 서둘러야 했다. 알코올 기운이 남은 채 글을 만지는 건 금기였지만, 이미 많은 규칙을 어긴 삶 아니던가. 샤워로 머리를 맑게 하고 이글 네스트에 관한 꼭지를 마무리해 보내고 나면, 몇 시간은 눈을 붙일 수 있을 터였다.

샤워를 마치고 보니 눈이 붉었다. 뻑뻑한 이물감이 느껴졌다. 눈을 비비며 글을 만졌다. 오후가 낙서처럼 써놓은 문장들은 몰입도 높은 글이었지만 뼈대가 없었다. 모래성처럼 무너지기 쉬운 맥락에 반죽을 붓고 벽돌을 쌓아 튼튼히 다듬었다. 오래지 않아 마무리할 수 있었다. 눈가가 파르르 떨려왔지만, 예민하고 지친 몸은 보다 예리한 글을 만들었다.

노트북을 챙겨 휴게실로 향했다. 마당에 서니 휴게실엔 아직 불이 켜진 채였다. 창가로 하나의 옆모습이 보였다. 밀린 작업을 하는 모양이었다. 집중할 때만 보이는 특유의 표정을 짓고 있었다. 뽀뽀라도 하듯 입술을 삐죽 내민 채로, 상체를 깊게 내밀고 모니터에 집중하고 있었다. 좀 더 하나의 옆모습을 엿보고 싶었지만 바람이 찼다. 들이마신 공기가 발끝에 성에가 되어 들러붙는 것 같았다. 휴게실에 들어서 가벼운 인사를 나누곤 하나 자리에서 가장 먼 주방 앞 테이블에 자리를 잡았다. 서둘러 출판사로 메일을 보내곤 하나를 조금 더 바라보고 싶은 마음에서였다. 노트북으로 시선을 감추고 화면 너머로 하나를 볼 수 있는 자리였다.

노트북을 켜고 메일에 접속했다. 메일함에 새 메일 하나가 보였다. 제목 없음. 대수롭지 않게 삭제를 하려는데, 손목이 굳어왔다. 낯익은 숫자 때문이었다. 아이디에 생일을 붙이는 여자, 아내의 메일이었다. 입이 말랐다. 여행을 떠나오고 보낸 몇 번의 메시지에 답이 없던 아내였다. 답이라도 온 듯 마우스를 잡은 어깨가 뻣뻣했다. 차마 클릭도 하지 못하고 커서를 메일에 가져갔다. 미리 보기 창으로 보이는 첫 문장에 나의 이름이 있었다. 아내가 맞았다. 창밖으로 고개를 돌려봤지만 어두운 밖은 아무것도 내보이지 않았다. 눈이 시리고 이마가 지끈거렸다. 힘겹게 메일을 클릭했다.

낙현 오빠, 저예요.

쓸까 말까 하다가, 또 쓰다 지우다 하다, 결국 이 메일을 보낼지 안 보낼지 아직도 모르겠어요. 주절주절 생각나는 대로 그냥 써볼게요.

오늘은 우리가 처음 만난 날이네요. 너무 오래된 일이니 기억할지 모르겠지만. 언젠가부터는 훨씬 더 옛날이야기 같은 느낌이 드네요. 함께 보낸 시간들만큼 참 많은 일들이 있었네요. 평범하지만은 않은 시간들이었던 것 같아요.

우리는 이미 사랑이 예전 같지 않았고, 서로 그 사실을 인정했을 때 헤어짐을 준비했던 것 같아요. 나도 노력했고, 오빠도 원치 않는 일까지 해가며 노력했음을 알아요. 그날 내가 그렇게 울었던 건, 그날로 우리가 정말 마지막이라는 직감 때문이었어요.

여행을 하며 오빠가 보냈던 문자들을 다 읽었어요. 답장을 하지도 않았는데, 이젠 연락도 생각도 다신 안 하겠다 하니 그제야 무언가 전하고 싶은 마음이 생겼어요. 사람을 잃는다는 거, 나를 제일 잘 알던 사람을 영원히 잃어버린다는 거, 그게 무서웠어요. 미안해요.

오빠는 결국 잘될 거예요. 재능 있고 정직한 사람이니

원하는 작품으로 좋은 결과도 얻고, 결국 삶도 만족스럽게 다 이루어낼 수 있을 거예요. 나는 칭찬도 위로도 서툰 사람이라서 오빠가 힘들어할 때 해줄 수 있는 말이 없었어요. 지금도 마찬가지고요.
기분이 나쁠지 모르겠지만 방금 계좌로 송금을 했어요. 적은 돈이고 나는 여행을 잘 모르지만, 갑작스러운 일이라도 생겼을 때 사용했으면 해서요. 여행은 치유의 힘이 있다고들 하니, 여행을 하며 이곳에서 잃었던 많은 것들 하나씩 회복하고 돌아오길 바라요.
내 생애 더 없을지도 모르는 한 사람과 나눈 시간들과 추억들, 그것들을 나눠 가져주어서 고마워요. 매일 아침 빠짐없이 소파에 앉아 내가 나가는 뒷모습을 봐준 것만으로도 오빠가 준 사랑과 하지 못한 많은 말들을 느낄 수 있었어요. 여전히 그 짧은 순간의 반복된 기억은, 내가 누군가에게 사랑받았고 지지받았다는 기억으로 남아 힘들 때 힘을 얻어요.
우습게도 지금 그 소파에 앉아 오빠가 만든 자국을 보며 글을 쓰고 있어요.
낯선 곳에서도 건강히, 행복하게 여행하세요.
선하고 좋은 사람들과 많은 사랑도 나누세요.

뒤죽박죽 엉망인 글이지만 지금이 아니면 다시는 쓰지 못할 것 같아요. 더 긴 이야기를 늘어놓고 싶지만 우리의 이야기가 끝났을 뿐이라고 생각할게요.

모든 소설은 끝이 나니까.

은행 사이트를 열어 잔액을 확인했다. 적지 않은 돈이 입금되어 있었다. 몇 달이나 더 여행할 수 있는 돈이었다. 그 숫자를 보며 불뚝하는 심사가 일어 휴게실 밖으로 나섰다. 담배에 불을 붙이고 빛의 반대편으로 걸어나갔다. 아내가 보낸 돈을 생각했다. 아직도 내게 미안하다고 말하는, 가장의 얼굴을 한 아내를 떠올렸다. 매일 아침 소파에 나란히 앉아 자신의 등을 바라봐 준 순간들을 기억하겠다는 아내의 글이 나를 찔렀다. 나만의 방식으로 사랑하고 지지했음을 안다고. 그 기억으로 지금도 힘을 얻는다는 아내였다.

매일 아침, 출근 준비를 마친 아내는 소파에 앉아 가벼운 아침 식사를 했다. 그제야 깨어난 나는 아내의 옆에 앉아 하루를 시작했다. 아내는 출근하는 자신의 뒷모습을 지켜봐 주기 위해서라고 생각했지만, 사실이 아니다. 아침마다 출근을 준비하는 아내가 만들어내는 소음에 예민한 나는 짜증스레 깨어나곤 했다. 나를 먹이기 위해 만드는 소음이었다. 비몽사

몽간으로 피곤한 몸을 소파에 기대고 있을 뿐이었다. 아내가 나가면 바로 담배를 물었다. 하루 중 가장 달콤한 시간이었다. 평소엔 아파트 복도에 있는 공동 테라스에서 담배를 피웠지만, 아침의 첫 담배는 늘 그렇게 해결했다. 아내가 퇴근하기 전까지 냄새가 남을 리 없어서였다. 아내가 출근하는 뒷모습은 그저 곧 태울 한 대의 담배를 뜻했다.

바람에 기억이 펄럭였다. 거침없이 바람이 불어오는 것뿐인데, 내 품으로 아내의 비명이 몰아치는 것 같았다. 눈이 시렸다. 무릎이 떨리고 어딘가 깨어질 것만 같았다. 몸이 한차례 휘청 젖혀졌다. 정신을 차려야 했다. 후드를 뒤집어쓰고 옷깃을 여민 채 휴게실로 걸음을 돌렸다. 주황빛이 환한 그곳엔 나의 노트북만 덩그러니 남겨져 있었다. 눈을 비비고 화면을 노려봤다. 뿌연 입김으로라도 새까맣게 몰려오는 기억들을 덮어야 했다. 오늘은 꼭 출판사로 메일을 보내야 한다.

화면에 띄워놓은 원고의 한 문장이 눈에 들어왔다.

'어떤 이야기를 사랑하고 믿느냐가 자신의 세상을 결정한다.'

"하핫. 하하핫."

실성한 듯 터져 나오는 웃음소리를 막을 수 없었다. 몸이 떨리며 등에 땀이 삐적삐적 맺혔다. 양손으로 입을 틀어막았다. 뜨겁고 시큰한 것이 볼을 타고 쏟아졌다. 새어 나오는 쇳소리를 틀어막으려 손목에 더욱 힘을 주었다. 내게서 와락 이야기가 흘러나가는 것 같았다. 너라는 첫 문장을 게워내자 속이 텅 비어 두둥실 떠오를 것만 같았다.

전나은

22세 여성

대학생

20

등에 새겨진 세계 지도는 후 오빠에게서 가장 마음에 드는 부분이다. 엎드려 자고 있는 후 오빠의 등에 이불을 당겨 덮어줬다. 오빠는 세계를 떠돌며 타투를 채워나가겠다는 괴짜지만, 내가 본 남자들 중에 가장 그럴듯한 꿈을 가진 사람이었다. '좋은 아빠가 되고 싶어.' 같은 허접한 꿈이나, '1,000억 원을 모아 내 마을을 만들 거야.'라는 허황된 어린애 같은 꿈이나, '공무원이 되어야지.'라는 것처럼 꿈이라고 부르기도 민망한 것들을 늘어놓는 남자들에 비하자면 말이다. 어찌 됐건 오빠 등에 이불을 덮어주는 것만으로도 세계의 안녕에 일조한 기분이었다.

담요 하나를 둘러매고 호텔 레스토랑에서 아침을 주문했다. 주로 아침은 방에 딸린 테라스에서 후 오빠와 해결하곤 했다. 테라스에 앉아 아랫마을에서 올라오는 굴뚝의 연기를 따라 하늘을 올려다봤다. 너무도 티 없는 푸름이라 물감을 풀어 마구 낙서라도 하고 싶어지는 하늘이었다. 이런 하늘 아래에서 지낸 지 벌써 한 달이 되어간다. 아무 생각 없이 영영 살면 좋겠다고 노래를 불렀지만, 사실 이제는 조금 지겨워진 기분이다. 복잡한 도시의 활력을 느끼고, 마스크를 쓰고 저마다 바삐 걷는 사람들을 구경하던 때가 조금 그립기도 했다.

논길을 타고 올라왔는지 새끼 염소 두 마리가 호텔 마당에 나타났다. 너무도 귀여운 아가들이어서 뭔가 던져줄 걸 찾다가 어제 먹다 남겨둔 과일들이 생각났다. 종이에 둘둘 말아두었던 마른 살구와 몇 입 베어 문 사과를 마당에 던져주자, 새끼 염소들이 꼬리를 흔들며 다가왔다. 본래 모든 새끼들은 다 귀엽다지만 훈자의 새끼 염소들은 그중에서도 최고였다. 아직 뿔도 나기 전인 솜사탕 같은 녀석들은 강아지처럼 사람을 잘 따랐는데, 특히 손가락을 내밀면 치아도 없는 연한 잇몸으로 앙앙 물어대는 그 느낌이 너무 좋았다.

아기들을 쓰다듬으며 놀다 보니 아니타와 살마가 아침 식사를 가져왔다. 우리로 따지면 중·고등학생 정도 된 아이들인데, 호텔에서 간단한 일들을 돕고 있었다. 테라스에 놓인 테이블을 깨끗이 닦고는 보기 좋게 접시와 그릇들을 놓아준 둘은 후 오빠를 찾았다. 둘 모두 영어를 거의 못 해 말도 통하지 않는데도 후 오빠와 농땡이 피우는 걸 좋아해, 몇 번이나 호텔 매니저에게 혼쭐이 나고는 했다. 그런데도 뭐가 그리 즐거운 건지 틈만 나면 오빠를 찾아왔다.

후 오빠도 그 둘과 보내는 시간을 좋아했는데, 아니타와 살마를 앉혀두고 태권도를 보여주겠다며 저질 댄스 같은 몸짓을 하거나 여행 사진들을 보여주곤 했다. 솔직히 말하면 정말 별로였다. 어쩌면 하나 언니의 말대로 저 둘이 오빠를 유혹하는 건지도 모를 일이었다. 안 그래도 오빠 앞에선 툭하면 히잡을 벗는 게 수상했다. 훈자가 타 지역에 비해 아무리 자유로운 곳이라지만, 성장한 무슬림 여성들에게 히잡은 필수적이다. 우리식대로 보자면 여자애들이 오빠를 만날 때마다 티셔츠를 벗는 것과 다름없는 셈이었다. 여우 같은 계집애들.

겉보기엔 어린애들 같지만 이곳에선 결혼 적령기의 여자들이었다. 이미 한국, 일본, 호주 등에서 온 여행자와 결혼해 외국에 나가 살거나, 이곳에서 부유하게 생활하는 현지인들이 여럿 있었다. 아니타와 살마도 같은 꿈을 꾸고 있는지도 모를 일이었다. 안 그래도 플레이보이 타입인 오빠인데, 혹시라도 무슨 일이 벌어지면 큰일이었다. 언젠가부터 설이 언니가 후 오빠를 좋아하고 있다는 예감이 든 뒤로는 이 녀석들을 더욱 경계 중이다.

어서 돌아가라고 크게 손짓까지 하며 아이들을 쫓아 보내곤, 세상모르게 자고 있는 얄미운 오빠를 흔들어 깨웠다. 끙끙거리다 게슴츠레하게 눈을 뜬 후 오빠는 갑자기 내 허리를 붙잡아 침대로 당겼다.

"아악! 하지 마!"

오빠는 소리치는 내 말을 무시하고 발버둥 치는 나를 이불로 꽁꽁 싸맸다.

"깨우지 말라니까, 요게 매번 말도 안 듣고! 넌 혼 좀 나봐야 돼!"

머리가 빙글빙글 돌았다.

"아씨! 빨리 풀어줘. 항복!"

오빠는 이불에 갇혀 항복을 외치는 나를 한참이나 괴롭히다, 다신 억지로 깨우지 않겠다는 맹세를 두 번이나 듣고는 풀어줬다. 벌게진 얼굴로 씩씩대는 나를 보며 눈곱이 붙은 꼴로 잘도 웃어댔다.

한바탕 실랑이를 벌이고는 테라스에 앉았다. 테이블 한쪽에 놓인 포크를 건네는데, 오빠가 내 손목을 잡았다.

"이거, 이제는 더 안 그럴 거지?"

"안 그런지 오래됐다니까 매번 왜 그래?"

"볼 때마다 신경이 쓰이니까 그러지. 딴 사람들 못 보게 너도 맨날 보호대 차고, 긴팔만 입고. 뭐 하는 거야, 그게."

"알겠어. 잔소리꾼아!"

"어떻게 몇 번이나 그런 짓을 해?"

"손목 좀 긋는다고 죽지 않는다는 것도 다 알잖아. 그냥 어쩌다 보니 그랬어. 죽겠다고 그런 것도 아니었고……."

"어쩌다 자기 손목을 긋는 사람이 어디 있냐? 바보처럼 네 몸에 왜 그래. 차라리 열받게 하는 놈을 그어버리지."

"알겠어. 그러니까 그만해, 이제."

"그래, 자기 몸에 화풀이하는 사람치고 나쁜 사람은 없어. 이렇게까지 티 내지 않아도 괜찮아. 어차피 모두가 상처투성이야. 그렇지 않으면 다들 이곳까지 올 리도 없잖아."

내 손목을 이리저리 돌려가며 살피던 오빠는 어울리지 않는 슬픈 목소리를 내더니, 금세 또 잔소리를 늘어놓는다. 바늘에만 찔려도 아픈데 왜 그런 짓을 하느냐, 그러다 흉터를 본 남자들이 겁나서 다 피한다, 그럼 연애도 못 하고 외롭게 살 거다……. 자기 인생은 참 멋대로 잘도 사는 인간이 내게는 엄마 같은 잔소리뿐이다.

*

부모님의 그런 얼굴은 처음이었던 것 같다. 내가 한 짓 때문이라 생각하니 목이 뻑뻑했다. 붕대로 감긴 내 손목을 양손으로 조심히 받치고는 도대체 뭐가 문제냐며 펑펑 울던 엄마, 그 옆에서 말없이 10년 넘게 끊었던 담배를 다시 피우던 아빠. 특별히 할 수 있는 말이 없어 답답했다. 분명하고 엄청난 이유라도 있었다면 나도 눈물이라도 흘리며 털어놓았을 테지만, 사실 이렇다 할 이유는 없었다.

며칠 전 하교를 하며 친구 집으로 놀러 가는 길에 친구가 조심스러운 표정으로 말했다.

"우리 언니가 또 자해했어. 학교에 안 가고 집에 있을 거야. 신경 쓰지 말고 모르는 척해."

친구의 말에 조용히 고개를 끄덕였지만, 친구가 잠시 자리를 비운 사이 나는 거실에 있던 친구의 언니에게 다가갔다. 언니는 곱고 하얀 얼굴과는 다르게 손목과 팔, 허벅지에 온통 베인 흉터와 상처들로 가득했다. 언니의 옆에 말없이 앉아 흉터들을 바라봤다. 한동안 가만히 나를 내버려 두던 언니가 내 눈을 보며 말했다.

"만져봐도 괜찮아. 이렇게 하면 잠시라도 기분이 나아져."

담담하게 말을 마친 언니는 티셔츠를 들어 허리와 가슴에 난 흉터까지 내보였다. 내가 망설이자 내 손을 가져가 자신의 흉터 위에 가만히 올려놓았다. 하얀 띠처럼 남은 흉터 위로 이물감이 느껴졌다. 귀에서 박동이 뛰었다.

며칠 후 나는 부모님의 욕실에서 우연히 눈에 들어온 아빠의 면도기로 손목을 그었다. 평소처럼 지루한 날이었고, 면도기의 예리한 날을 보니 어쩐지 그래야 할 것만 같았다. 세면대 위로 후드득 떨어지는 피를 보며 잠시 당황했지만, 의외로 통증은 강하지 않았다. 피가 흐르는 곡선을 따라 온몸이 간지럽게 떨려왔다. 조심히 혀를 대니 건전지라도 핥은 듯 아찔한 쇠 맛이 났다. 기대만큼 특별히 변한 건 없었지만, 정말 기분이 조금 나아진 것만 같았다. 윗입술이 멋대로 씰룩였고 가슴도 바삐 뛰었다.

*

그릇을 다 비우고는 찻잔에 차를 따랐다. 테라스를 비추는 강한 햇볕에 담요를 벗어 방 안으로 힘껏 던졌다. 커피 잔을 든 후 오빠가 눈썹을 치켜올리며 말했다.

"너 밖에 나갈 때는 브라 할 거지?"

"또 잔소리! 브라는 왜? 하나 언니도 노브라로 잘만 다니는데?"

"하나도 밖에 다닐 땐 조심해, 나름. 한국에선 몰라도 여기는 위험하다고. 훈자도 파키스탄이야."

"여행까지 와서 맘대로도 못 다니나?"

"여긴 작은 동네야. 우리는 몇 없는 외국인이고. 안 그래도 우린 방도 같이 쓰니까 사람들이 쑥덕대기 제일 좋은 타깃이라고. 문화 존중한다고 나랑 형님도 반바지나 민소매도 안 입잖아. 이 꼰대 말 좀 들어라."

틀린 말은 아니었다. 현지 남자들은 툭하면 내게 유혹의 손길을 내밀었다. 일행들과 함께일 때는 괜찮았지만 혼자 다니기만 하면 카페, 기념품 가게, 나무 조각 가게, 호텔에서까지 쉴 틈을 주지 않고 느끼한 눈길을 보냈다. 성적으로 정제되고 엄격한 무슬림이라는 말은 현지 여자들에게만 해당되는 말 같았다.

후 오빠는 커피를 마시며 자꾸만 잔소리를 늘어놓았다. 커피 한 모금에 잔소리 한 번 꼴이다. 오늘따라 심한 걸 보니 아무래도 아침 일찍 깨운 복수를 하는 것 같았다. 얄밉지만 그래도 오빠는 이곳에서 제일 믿을 만한 사람이었다. 자신이 가장 위험한 남자라고 농담을 하곤 했지만, 언제나 가족처럼 내 걱정을 해주는 사람도 오빠였다.

커피 잔을 내려놓은 오빠가 후추 통을 들더니, "너무 자극적인 것만 찾지 마. 그저 심심한 듯 사는 삶이 좋은 거라고." 하며 남긴 계란 프라이에 후추를 계속 뿌려댔다.

"이것 봐. 먹을 수 있겠어? 자극적인 것만 추구하면 결국 못 쓰게 되는 거라고. 인생도 마찬가지야."

제법 진지하게 미간까지 찌푸리며 인생 설교를 늘어놓는 오빠였지만, 나는 "푭!" 하고 웃음이 터져버렸다. 멋대로 뻗친 머리와 자다 깬 팬티차림 그대로 앉아 있는 후 오빠의 꼴이 심오한 말과는 너무나 안 어울린 탓이다. 후 오빠가 내 웃음에 화가 난다는 듯 한껏 더 심각한 어른의 표정을 지어, 나는 더 크게 웃음이 터지고 말았다.

21

하나둘 다른 방의 현지 손님들이 밖으로 나오기 시작하자, 후 오빠는 귀찮은 표정으로 바지를 입고 나왔다. 붕붕 뜬 머리와 벗은 웃통은 그대로였다. 마저 남은 차를 마시는데 설이 언니가 호텔로 내려왔다. 설이 언니는 친언니였으면 좋겠다는 생각이 들 만큼 다정한 사람이다. 자리에서 일어나 손을 번쩍 들며 인사를 했다.

"언니! 언니도 일찍부터 일어났네요."

"응, 아침 먹는데 너희가 보여서 내려와 봤지."

레스토랑에 빈 그릇들을 가져다주겠다며 눈치껏 자리에서 일어섰다. 언니가 도와주겠다며 나섰지만, 손사래를 치며 그릇들을 모아 한 번에 번쩍 들었다. 평소에는 티를 안 내려고 애쓰는 것 같지만, 언니는 술만 취하면 오빠를 향해 드라마에서나 보던 반짝이는 눈빛을 보내곤 했다.

설이 언니는 언제나 탐날 만큼 부러운 사람이었다. 후 오빠와 내 타투를 보고 교통사고라도 목격한 사람인 양 놀라는 귀여운 여자니까. 감정도 풍부하고 언제나 잘 웃는 언니를 보면, 매사에 시큰둥한 내가 더 싫어졌다. 지금은 후 오빠에 대한 감정도 싹튼 것 같으니 얼마나 두근거리고 행복할까? 누군가에게 전부가 되고 싶다는 그 감정을 나도 한 번쯤은 느껴보고 싶었다.

언젠가 여자들끼리 나눴던 대화가 생각난다. 설이 언니는 자기가 쉽게 사랑에 빠지는 사람이라 걱정이라고 했고, 하나 언니는 이제 자신은 사랑 같은 건 믿지도 않는 사람이라고 했다. 무감한 나는 늘 그래왔듯 그 중간쯤을 택해 대충 얼버무렸던 것 같다. 지금도 나는 그 감정을 대충 예상만 하는 정도니까. 가슴 속에 무언가 몽글몽글하게 잡힌다는 그 느낌이 몹시 궁금하다.

*

처음 손목을 긋던 그 순간의 느낌이 아릿하게 남아, 나도 모르게 자꾸만 상처를 만들었다. 너무 지루하거나 아무런 의욕이 없을 때 그런 일을 벌였는데, 잠시였지만 그때마다 막혀 있던 어딘가가 탁 트이는 느낌이 들고는 했다. 힘이 센 누군가가 나의 입을 틀어막고 있다가, 간신히 그 억센 손에서 풀려난 듯 그제야 좀 살 것 같은 기분이었달까.

어쩔 줄 몰라 하던 부모님은 그런 일이 몇 번이고 반복되자 더 이상 나를 나무라지도, 눈물을 보이지도 않았다. 특별한 이유가 없다는 나의 말을 믿는 것 같지는 않았지만, 최소한 내게 이유를 묻느라 밤을 지새우지는 않았다. 부모님이 집중한 건 다른 쪽이었다. 매번 병원으로 끌고 가 흉터 제거술을 받도록 했다. 스스로 만든 몸의 상처를 부모님이 자꾸 지우려 하는 게 피곤했다. 나는 고장 난 인형이 아니었다.

어느 날 아이디어가 떠올랐다. 흉터를 가릴 수 있게 손목부터 팔뚝까지 타투를 입혔다. 커다랗게 피어난 꽃을 그렸다. 흉터들은 꽃의 수술과 잎의 줄기가 되었다. 나는 그게 꽤 마음에 들었지만, 타투를 본 부모님은 다른 처방을 내렸다.

기도원이었다. 부모님은 독실한 기독교 신자였다. 나 역시 내 의지와는 상관없이 모태 신앙으로 자랐지만, 물론 교회는 나와 맞지 않았다. 세상 모든 게 지루하던 나에게 긴 설교 시간은 견디기 어려운 것이었다. 책 한 권에 모든 진리가 담겨 있다고 믿는 목사님은 평생 그 한 권에 의지해 늘 같은 설교만 하시니, 자신도 얼마나 지루하실까 염려되곤 했다. 기도원에서 한 달이 넘는 시간을 보냈지만 달라진 건 없었다. 나에게 필요한 게 신의 기적인지는 모르겠지만, 타투가 지워지지도, 새사람이 되지도 않았다. 기도원을 찾는 어르신들에게 문신은 안 된다고 성경에 쓰여 있다는 말만 수없이 들었을 뿐이었다.

기도의 한계를 인정했는지 부모님은 정신과로 나를 이끌었다. 처음 들어보는 어려운 이름의 각종 검사들과 수백 문항의 검사지, 상담에 이르기까지 몇 시간을 써야 했다. 의사는 내가 타인보다 예민하고 민감한 사람이라면서, 결국 우울증이라는 흔한 진단을 내렸다. 웃긴 일이었다. 돌팔이가 확실했다. 몸 여기저기에 자해 흔적이 있고, 잠을 잘 자지 않고, 매사에 이렇다 할 감정을 느끼지 못하는 사람이었으니 그게 가장 무난한 진단이었을 것이다.

나는 병에 걸린 게 아니었다. 그저 모든 것에 재미를 느끼지 못하고, 어찌 된 일인지 별다른 감정 없이 매일을 견디듯 보낼 뿐, 파도처럼 밀려오는 슬픔을 감당하지 못하는 비련의 여주인공이 아니었다. 항우울제 처방이 아무런 도움이 되지 않은 건 당연한 일이었다. 지루한 하루가 더 몽롱하게 흐를 뿐이었다.

어느 날부터인가 자해를 하지 않았다. 흉터만 늘어날 뿐, 더 이상의 자극도 위로도 되지 않았다. 여전히 창밖만 주시하며 멍하니 하루를 흘려보냈지만, 계절마다 변하는 풍경처럼 영문 모를 고독도 내버려 두었다. 어떤 충동에 몇 번인가 친구들에게 속마음을 털어놓은 적이 있었지만, 소용없었다. 친구들은 자기도 똑같다고, 우리 모두가 재미없는 삶을 견디며 살 뿐이라고 어이없는 답변을 했다. 매일같이 시답잖은 연예인 이야기에 흥분하고, 떡볶이 한 접시에도 세상을 다 가진 듯한 표정을 보이는 것들이 할 말은 아니었다.

답이 나오지 않을 것 같았다. 주변의 친구들과 비슷한 표정을 연기하기 시작했다. 친구들이 웃으면 따라 웃었고, 누군가가 놀라면 나도 똑같이 놀라는 척을 했다. 어떤 선택을 해야 할 땐, 객관식 문제를 풀듯 적당히 3번이나 4번에 마킹을 하는 안전한 선택지를 골랐다. 스스로의 연기에 지칠 때도 있었지만, 학년이 높아질수록 반 아이들도 하나둘 몸져눕고 있었다. 모두가 그랬다. 살아낸다는 건 통증을 느낀다는 것임을 앞다투어 증명이라도 하듯.

덕분인지 나도 보통의 사람처럼 보일 수 있었다. 엄마도 웃음을 되찾았고, 아빠는 다시 담배를 끊었다.

*

한참을 레스토랑 앞 벤치에 앉아 손목에 그려진 타투만 만지작거렸다. 방으로 돌아가니 오빠와 언니는 함께 나갔는지 보이지 않았다. 테라스에 앉아 노트를 펼쳤다. 여행을 준비하며 특별히 고른 하드커버 노트였다. 유화 느낌으로 표지에 한가득 그려진 꽃이 마음에 들었다. 여행을 하며 나는 왜 이 모양인지 정리를 해보기로 했다. 무엇이라도 마구 적다 보면 나에 대해 조금이라도 더 알 수 있지 않을까 하는 기대에서였다. 인생의 중요했던 몇 가지 사건들과 장면들을 떠오르는 대로 기록했다. 처음엔 뒤죽박죽 엉망이었지만, 제법 공을 들인 덕에 이제는 인생의 요약본 같은 느낌이 되어버렸다.

자해로 해방구를 찾던 십 대 시기를 지나, 다음으로 중요한 키워드는 섹스였다. 대학에선 기숙사 생활을 했다. 성적이 좋지 않아 한 학년 이후엔 다시 집으로 돌아가야 했지만. 낯선 룸메이트들과 생활하는 일은 어렵지 않았다. 목표나 의욕이 없고 욕심과 경쟁심이 없다 보니 또래 집단의 미움과 질투에서도 나는 벗어나 있었다. 우리 방은 나를 포함해 신입생만 네 명이 함께 생활했는데, 나는 언제나처럼 1번 아이와 4번 아이의 중간 지점을 연기하며 무난하게 어울릴 수 있었다.

룸메이트들의 초미의 관심사는 연애와 섹스였다. 그때까지 나에게는 내 몸이 흥미의 대상이 아니었기 때문에 제대로 된 자위 한번 해본 적이 없었다. 아무래도 룸메이트들은 자해가 아닌 자위로 자신의 지루함을 달래곤 했었던 것 같지만…….

나를 제외하곤 모두가 연애 경험이 있었고, 모이기만 하면 멋있는 남자애들 이야기뿐이었다. 알고 싶었다. 연애 감정과 스킨십, 섹스가 궁금했다.

기숙사에는 방팅이 유행이었다. 방마다 인터폰이 있었는데, 인터폰을 들고 고유의 방 번호를 누르면 서로 연결이 가능했다. 룸메이트들이 남자 기숙사의 아무 방 번호나 눌러 그쪽에서 인터폰을 받으면 숫자를 맞춰 미팅을 하는 방식이었다. 몇 번이나 방팅을 하며 룸메이트들이 급하게 커플이 되고, 소란스레 연애를 하다, 하품하듯 헤어지는 동안, 나는 아무런 감정도 생겨나지 않았다. 나눈 건 섹스뿐이었다.

처음 했던 방팅에서 내게 관심을 보인 남자와 첫 경험을 했다. 섹스는 쉬운 일이었다. 상대가 원하면 받아들이면 됐고, 상대가 움직이지 않으면 그저 먼저 팔짱을 끼거나, 남자 허벅지에 손만 올리면 가능한 일이었다. 룸메이트들이 알려준 그대로였다. 내 흉터와 타투에 남자들은 매번 놀랐지만, 그렇다고 섹스를 포기하는 남자는 없었다.

데이트를 해보고 섹스도 했지만, 아무리 반복해 봐도 어떤 애정이라 부를 만한 감정도 생겨나지 않았다. '남들은 나와 다르구나.'라는 확신만 얻을 뿐이었다. 남들처럼 사랑과 연애를 할 수 있는 사람이었다면 더 좋았겠지만, 내심 섹스라도 할 수 있는 사람이라 다행인 마음이었다. 문제는 몸속 어딘가에 있을 뿐, 몸 자체가 문제는 아니었으니까. 다만 섹스도 위안이나 해법은 되지 못했다. 섹스는 심지어 손목을 긋는 것보다 번거로운 행위였다.

그즈음 새로운 기대를 품는 일을 멈췄던 것 같다. 매사에 적당히 연기를 하며 무난한 매일을 보내기 시작했다. 주변에 조금이라도 솔직한 모습을 드러내면, 관종이라거나 여린 사람처럼 보이려 수작한다며 비난당하기 일쑤였다. 원망스러운 마음은 들지 않았다. 세상엔 내가 아니어도 걱정거리가 넘쳐났으니까. 걱정할 게 너무 많아 미디어에선 각자 맡은 분야를 걱정하는 전문가가 판치는 세상이었다. 은행과 기업은 합심해서 우리를 양극화로 내몰고, 포털에선 개인을 알고리즘 취급하고, 오염된 대기와 높아지는 기온과 물속의 미세 플라스틱, 분배와 세금, 가짜 뉴스와 가짜 팩트에 신종 바이러스까지……. 이런 세상에서 겨우 자신과 다른 타인 하나에게 관심을 바라다니 어림없는 일이었다. 어쩌면 나란 존재의 무게는 그들에게 팔로워 수 1만큼의 가치뿐인지도 모를 일이다.

타인은 자신의 뜻대로 움직여 주지 않으니 욕심을 버리라는 말처럼, 나와 타인 모두에 욕심을 내려놨을 뿐이다. 타자의 시선에서 자유로워지고 주변인의 일기장에 등장하지 않는 삶은, 역설적이게도 그들 같은 삶을 살 때 가능했다. 지루한 오늘과 기대 없는 내일. 그러니 내 인생을 표현하자면, 남들이 한 해를 정리하며 꼽은 가장 지루했던 하루들만 모아 나열해 둔 생이랄까?

노트를 덮었다. 그렇게 모른 척 보낸 어제들이 몰려와, 내일도 오늘처럼 내던질 거냐며 따져 물어올 것만 같았다.

22

욕실엔 후 오빠가 씻은 미끈한 흔적이 남아있었다. 오빠의 잔소리 때문인지, 노트를 들여다봐서인지, 거울에 비치는 흉터에 자꾸만 시선이 멈췄다. 눈을 질끈 감고 물줄기를 맞으며 파수를 떠올렸다. 내일 떠날 여행지는 한 명씩 장소를 제안하기로 했지만, 나는 후 오빠를 졸라 꼭 파수로 가게 해달라고 부탁했다. 오빠는 이미 대부분의 지역을 둘러보고 온 데다가, 우리의 리더 역할을 하고 있으니 오빠만 강하게 추천해 주면 다들 수긍할 게 분명했다. 오빠도 파수에 함께 가고 싶었다며, 재차 조르는 내 머리를 쓰다듬으며 안심을 시켰다. 다행이었다. 꼭 모두와 파수로 가야 했다. 나는 그곳에서 마지막을 맞을 것이다. 거품처럼 부푸는 생각들 때문에 평소보다 긴 샤워를 했다.

작가님과의 약속 시각이 다가오고 있었다. 수건을 머리에 감고 방문을 열었다. 낮게 부는 쌀쌀한 바람과 명도가 높은 건조한 햇볕, 어디선가 풍겨오는 버터 향까지 꼭 마음에 들었다. 막상 삶을 버리고자 결심을 한 후로는 하루하루가 너무나 소중했다. 다음 여행이나 다음 계절 같은 허무한 다음이 사라지자, 지금 이 시간은 다시 돌아오지 않을 순간임이 새삼스레 실감 났다. 하루하루 마지막 날이 가까워질수록, 매 순간 예쁘고 아름답고 멋진 형용사들을 긁어모아 꾸욱 눌러 만든 기억을 간직했다. 더 이상 권태롭고 메마른 하루를 견딜 필요가 없었다.

말하자면 신입생 시절 만난 룸메이트 덕분인 셈이다. 우리 방의 4번 아이. 눈이 크고 말수가 적었던 그 아이는 유난히 소란스러운 친구들 틈에서 주로 들어주고 조용히 웃는 타입이었다. 의외로 웬만한 아이돌의 춤을 다 외우고 있을 정도로 춤을 잘 추는 반전 매력도 있었는데, 어릴 적부터 교회에서 찬무팀 활동을 한 덕이라 했다.

학년이 바뀌고 기숙사에 떨어진 내게 어느 날 1번 친구가 연락을 해왔다. 4번 아이의 사고 소식을 전하기 위해서였다. 자전거를 타다 사고를 당했다며, 운이 없이 머리를 다쳐 혼수 상태라 했다. 말도 잘 알아듣지 못할 정도로 펑펑 울던 1번 친구와 함께 다음 날 병원을 찾았다. 코마 상태인 친구를 마주하자 1번 친구는 다시 어린애처럼 울었다. 곁에서 눈물을 훔치던 어머니가 내게도 티슈를 쥐여주셨다. 우는 친구를 따라 나도 다리가 풀린 듯 휘청댄 탓이었다. 귀에서 삐잇 소리가 나고 정신이 몽롱했다. 태어나 난생처음 꽃향기를 맡은 강아지처럼 몸 어딘가가 간지러워 어찌할 줄을 몰랐다. 누운 친구의 얼굴에서 평온한 죽음이 떠오른 탓이었다. 고요하고 평화로운 쉼.

친구는 며칠 후 깨어났지만, 죽음에 대한 생각은 나를 떠나지 않았다. 그간 죽음을 생각조차 못 한 내가 도리어 이상하게 느껴졌다. 목격한 죽음이 없어서였는지, 기독교적 가치관을 주입받아서였는지는 모르겠지만, 인생 자체를 거절할 수 있다는 생각은 한 번도 하지 못했다. 애초에 나란 세계가 존재하지 않았다면 더 좋았겠지만, 최소한 삶의 구원은 내 손으로 이룰 수 있는 것이었다.

리스트를 작성하기 시작했다. 스스로 죽음을 선택하기 전, 꼭 해야 할 일들을 정리하려는 생각에서였다. 쉽지 않았다. 몇 가지 항목을 쓰다가도 이내 지우곤 했다. 꼭 해야 할 일도, 특별히 하고픈 일도 없었다. 천국을 믿지 않는 목회자의 상태로 살아왔으니 그게 정확한 나의 모습이었다. 끝내 지우지 않은 항목은 여행뿐이었다.

*

여행을 계획했다. 아름다운 마을을 찾아다니다, 아무도 나를 모르는 곳에서 마지막은 있는 그대로의 내 모습으로 떠나고 싶었다. 구체적인 방법이나 수단을 결정하지 못했을 뿐, 죽음을 선택하는 일은 고통스럽지 않았다. 내가 떠나도 세상엔 아무 일도 일어나지 않음을 알고 있었다. 죽음 이후 찾아올지 모르는 영원한 평화를 그렸다. 설령 그게 아니라도 상관없었다. 무감한 현실도 마음 나눌 이 하나 없으니 오지나 다름없었다. 닮은 사람 하나 없으니 다른 행성이었다.

떠나기 위한 여행은 훈자까지 이어졌다. 훈자로 향하는 길은 험했다. 낙석으로 끊어진 산길을 보수하고 다시 달리기를 반복했다. 삼십 시간이 넘게 공영 버스에 갇혀 불안한 시간을 보냈다. 며칠간 내린 비가 문제였다. 물티슈로 얼굴을 닦았고, 식사조차 할 수 없었다. 쌓이는 피로감에 까무룩 잠이 들었다가, 덜컹거리는 버스에 몸이 크게 튀어 올라 깜짝 놀라며 깨어났다. 눈이 먼 것처럼 어둠뿐이었다.

얼굴을 더듬어보다 고개를 들어 창밖 너머를 응시했다. 한 번도 본 적 없었던 커다란 별들이 하늘에 끝없이 박혀 있었다. 번쩍이는 눈부심에 별의 소리까지 들리는 것 같았다. 별의 궤적을 따라 버스가 넘실대고 있었다. 그 순간 어떤 예감이 스쳤다. 이곳에서 그만, 멈추어야 한다고.

삶을 살아간다는 건, 모두가 버스에 올라타 함께 목적지로 향하는 일인지도 모른다는 생각이 들었다. 이토록 비좁고, 끝나지 않을 것만 같은 험한 길을 서로가 서로를 다독이고 견디며 나아간다고. 이내 마음이 평온해졌다. 원치 않는 버스에 올라탄 것을 알았다면, 도착지에 당도해야 할 이유가 없다면, 여행자는 내려야 했다. 나는 중간에 내리려는 여행자일 뿐이다. 하이재킹이라도 당한 사람처럼 원치 않는 도정에 몸을 맡길 수는 없었다.

밤을 깨트리기라도 할 듯 빛나는 별들을 보다, 눈을 감았다. 이 순간, 이대로 삶이 멈춘다 해도 괜찮을 것만 같았다. 기사 아저씨가 별빛에 홀려 길이 없는 곳으로 뛰어들지도 모를 일이었다.

별이 사라진 우중충한 아침, 나는 훈자에 도착했다. 밤새 별들이 그토록 뜨겁게 울어댔지만, 아침은 차갑게 찾아왔다. 마지막 나의 도착지였다.

23

노크 소리에 문을 열었다. 호텔 매니저 사르만이었다. 한국에서 5년간 일한 경력이 있어 한국말도 꽤 하는 사르만은 호텔 일 외에도 많은 도움을 주는 친구였다. 특유의 끔적하는 눈짓과 함께 종이를 내밀었다. 숙박비를 계산한 영수증이었다. 내일부터 며칠간 호텔을 떠나 있어야 하니 그간의 요금을 결산한 것 같았다. 영수증을 책상 한편에 올려두는데, 낯선 이름이 보였다. 오형진. 숙박자 서명란에 쓰인 어색한 이름이었다. 잠시 의아했지만 아마도 후 오빠의 본명일 거란 생각이 들었다. 여권상의 이름을 보고 직원이 옮겨 적은 것일 테니까.

어쩌면 후 오빠는 지독한 범죄를 저지르고 멀리멀리 도망 다니고 있는 수배범이 아닐까? 터무니없는 상상을 해봤지만, 역시 오빠에겐 무리였다. 다른 일행들은 모르겠지만 최소한 내겐 한 번도 말한 적 없는 이름이니 모르는 척 넘기는 게 나을 것 같았다. 그래도 오후 오빠가 오형진이라니! 오빠와 어울리지도 않는, 재미없는 이름이었다.

멀리서 구부정한 자세로 걸어오는 작가님이 보였다. 작가님은 늘 앞장서서 요리도 해주고 모두를 세세히 신경 써주는 좋은 사람이지만, 사실 모두가 조금씩 거리를 두는 것 같았다. 하나 언니는 예술가 특유의 음침한 기운이 있는 아저씨, 설이 언니는 다정하지만 어쩐지 딱한 분위기를 풍기는 노총각, 후 오빠는 소심한 수다왕 형님이라며 작가님을 평하고는 했다. 그래도 나는 작가님을 잘 따랐다. 나에게 늘 다정한 모습도 고마웠고, 사람의 마음을 만지는 소설가라는 직업도 대단하게 느껴졌다. 어젯밤에도 모두가 함께한 술자리에서, “내일은 이글 네스트나 다녀올까 하는데, 같이 갈 사람 있나?” 하는 작가님의 말에 모두가 딴청을 피워 나도 모르게 손을 번쩍 들고는 동행을 약속해 버린 것도 그런 까닭에서였다.

보드라운 산들바람을 맞으며 오래지 않아 이글 네스트에 도착할 수 있었다. 호텔 레스토랑에 들어서 훈자 전경을 내려다볼 수 있는 창가 편에 자리를 잡았다. 미야자키 하야오도 영감을 받았다는 절경을 여유롭게 감상하고 싶었지만, 수다스러운 작가님은 음식을 먹는 내내 말을 멈추지 않았다. 평소에도 작가님의 수다 본능은 통제 불능이었는데, 그때마다 자신의 연주에 도취돼 스스로도 어쩔 줄 모르는 천재 연주가의 독주회를 보는 기분이었다.

문제는 작가님이 꺼내놓는 이야기들이 다른 사람들은 그다지 흥미를 느끼지 못하는 주제라는 데 있었다. 일행들은 작가님이 자리를 비울 때마다, 차라리 페르마의 마지막 정리를 증명하거나 고비에 새겨진 비문을 해독하는 편이 덜 지루할 거라며 킥킥대기도 했다. 지금은 작가님에게 가장 만만한 나뿐이니 피할 방법은 없었다. 게다가 자꾸만 이해하기 힘든 심오하고 어려운 이야기들에 답변을 요구하는 바람에, 생각도 없는 샌드위치를 우걱우걱 씹으며 생긋생긋 웃어만 보였다.

평소에는 나른하고 무기력해 보이는 작가님은 자신의 수다를 들어줄 상대만 나타나면 기운이 되살아나는 것 같았다. 작가들은 본래 저렇게 말이 많은 걸까? 머릿속의 넘치는 이야기들을 주체하지 못하고 결국 소설을 쓰고는 하는 걸까? 작가님이 단편보단 장편에 주력한다는 이유를 알 수 있을 것 같았다. 이대로라면 곧 작가님의 전기도 쓸 수 있을 것 같다는 생각이 들 때 즈음, 이야기에 마침표가 찍혔다. 작가님은 주변을 둘러보고 오겠다며 밖으로 나갔다.

해방된 나는 다시 노트를 꺼냈다. 엔딩 노트. 첫 페이지에 붙여둔 이름을 가만히 응시했다. 고작 몇 페이지에 나의 삶이 담겨 있단 사실이 씁쓸했다. 남은 페이지들이 마음에 남았지만, 이내 하나의 긴 문장으로 끝낼 수도 있을 생이란 생각도 들었다. 내 삶에 타이틀을 붙인다면 하품이나 잡동사니 같은 이름이 어울리겠지. 지나간 하루들에게 이토록 무심히 두어도 잘 흘러가 줘서 고맙다는 인사라도 전해야 할 판이었다.

애니메이션 같은 아찔한 풍경을 앞에 두고 눈을 깜빡일 때마다 한숨을 내쉬었다. 세상을 떠나 맞이할 세상은 정말 다른 세상일까. 다른 우주, 다른 차원에선 이런 일이 없을까. 잘못하지 않아도 오해를 받고, 다름이 미움의 이유가 되는……. 보편이나 보통이란 이름과 차별과 소수라는 이름도 그대로일까. 잘 모르겠지만 이곳에서 마지막을 맞을 수 있어 다행이었다. 거짓된 인생의 표본이자 정의 같던 지난 나와는 분명 다른 모습이니까.

손가락으로 짚으며 노트를 정성스레 넘기며 보는데 여행에서 얻은 가장 마음에 드는 사진이 나타났다. 하나 언니가 폴라로이드로 찍어준 사진이었다. 각자가 떠나는 날 휴게실 게시판에 붙이자며, 돌아가며 바보 같은 표정으로 찍은 사진이었다. 이왕이면 이 사진이 내 장례식의 영정 사진으로 쓰이면 좋겠다는 생각이 들었다. 피식 웃음이 나왔다. 이미 식어버린 티를 마시며, 나도 몰랐던 사진 속 환한 미소에 손을 대보았다. 움켜쥐면 한 줌으로 녹아버리는 솜사탕처럼 내 미소도 사라져 버릴까 봐 한참이나 손을 떼지 못했다.

24

작가님과 시장으로 향했다. 저녁 메뉴인 찜닭의 재료 구입을 위해서였다. 무슬림 국가이니 돼지고기는 꿈꿀 수도 없고, 이곳 소고기는 너무 질겨 닭 요리가 최선이었다. 중국 식자재 상점에서 소스와 당면을 사고, 채소 가게와 과일 가게에도 들러 비닐 가득 재료를 담았다. 정육점은 언제나 마지막이었다. 이곳의 정육점은 우리의 그것과는 많이 다른 모습이다. 도축된 소나 염소가 몸체 그대로 쇠고랑에 매달려 있어 호러 무비와 같은 분위기를 풍기곤 했다. 사실 본 게임은 닭고기를 사는 순간에 펼쳐진다. 다른 고기들은 최소한 도축이라도 끝난 상태였으니까.

정육점 뒤편 둥근 울타리엔 여러 마리의 닭들이 옹기종기 모여 있다. 도망가지 못하도록 수갑을 채우듯 서로의 발에 얼기설기 줄이 묶인 채였다. 다들 몸집이 제각각이어서 정육점

아저씨와 함께 직접 닭을 골라야 했다. 울타리 앞에 서서 닭을 지목하면, 아저씨는 닭을 저울에 올려 가격을 제시하고 바로 도축에 들어갔다. 그러니까 닭고기를 살 때마다 내 손끝으로 오늘의 저녁이 될 닭을 직접 지목하고, 그 녀석이 바로 목이 잘리고 껍질째 털이 뜯긴 후, 조각조각 몸이 해체되는 과정을 지켜봐야 한다는 뜻이었다. 당연히 일행들 모두가 이 과정을 싫어해 우리는 늘 정육점 앞에 서서 가위바위보를 하곤 했다.

작가님과 나는 죄책감을 나눠 가지기로 합의를 하고, 각자 한 마리씩 닭을 골랐다. 무게를 잰 주인아저씨가 할랄 원칙에 따라 "비쓰밀라히……." 하며 닭의 목을 칠 때, 우리도 눈을 질끈 감고 "알라의 이름으로……." 하고 읊조리며 닭의 명복을 빌었다.

일행들이 모여 요리를 마치고, 여느 날처럼 소란스러운 저녁이다. 어김없이 서로의 흠을 잡고 티격태격하기도 했지만, 내심 서로를 아낀다는 걸 알고 있다. 어쩌면 서로가 전생부터 연결되어 있던 사이들은 아닐까 싶을 정도로 모두의 개성이 하나같이 어우러졌다.

무엇보다 신기한 건 이들과 함께일 때의 내 모습이다. 사람들 틈에서 연기만 해오던 내가, 일행들 앞에서는 점차 자연스러운 웃음을 짓고는 했다. 스스로도 놀라지 않을 수 없는 변화였다. 마지막을 이 사람들과 함께할 수 있어 감사한 마음이었다. 이젠 제법 환하게 웃는 내가 어색하지 않았다.

내일 떠날 여행지는 내 바람처럼 파수로 결정됐다. 작가님이 판다르로 떠나자며 자꾸만 소리 높여 설득하는 바람에 조금 긴장이 됐지만, 결국 후 오빠의 의견에 모두 동의를 했다. 다행이었다. 계획대로 파수에서 마지막을 맞을 수 있게 되었다.

파수를 마지막 장소로 정한 건 후 오빠의 사진들 때문이었다. 나는 사진만으로도 단번에 매료되고 말았다. 한적하고 거친 느낌의 파수 전경이나, 당장이라도 하늘에 닿을 것처럼 높게 빛나는 파수 빙하, 고즈넉한 마을의 골목들도 아름다웠지만, 무엇보다 내 마음을 붙잡은 건 서스펜션 브리지였다. 오빠의 설명에 따르면 오래전 강을 사이에 둔 두 마을을 연결하는 유일한 통로였는데, 새로 안전한 길이 생기며 현재는 사용하지 않는 낡은 다리라 했다. 그 후로 여행자들이 아찔한 스릴을 즐기기 위해 찾기 시작하며 오히려 유명해진 모양이었다.

다리는 워낙 높고 길게 만들어져 바람이 강한 날에는 흔들림이 심해, 고소공포증이 있거나 겁이 많은 사람들은 감히 건

너볼 엄두도 내지 못한단다. 오래 이동 목적으로 사용을 하지 않은 만큼 최근엔 보수를 하지 않아서인지, 나무판으로 만들어진 발판은 사진으로도 군데군데 부러지고 휘어진 곳들이 눈에 띄었다. 오빠의 설명을 들을수록 나는 그곳이 마음에 들었다. 더 이상 누구도 건너지 않는 낡은 나무다리와 그 아래로 뭐든지 삼켜버릴 듯 거칠게 흐르는 회색 강물. 내 삶엔 없던 서스펜션이라는 이름까지.

다행히 일행들과 함께였다. 함께 다리를 건너다, 줄을 잡은 양손을 놓은 채 잠시 눈을 감으면 끝날 일이었다. 일행들 뒤에 서서 한 명씩 건너편에 안전히 당도하는 모습을 본 후, 추락하는 것으로 계획을 세웠다. 사고였다고, 어쩔 수 없었다며 나를 대신해 가족에게 전해줄 것이다. 휴대폰에 남아 있는 환히 웃는 내 사진들이 일행들의 말을 뒷받침해 줄 것이다. 일행들과 부모님이 받을 충격이 문제였지만, 어쩔 수 없는 일이었다.

오랫동안 기다린 날이었다. 내일이면 파수로 떠날 것이다. 파수가 결정되고부터 가슴이 뛰었다. 술을 연거푸 마셔 봐도 도움이 되지 않았다. 오랜만에 느껴지는 박동이었다. 무엇에도 애정을 담지 못하는 가슴으로는 어색한 두근거림이었다. 나도 모르게 무리하게 마신 건지 조금씩 시야가 흐트러지는

데, 후 오빠가 '외계인 게임'이라는 희한한 게임을 제안했다. 이미 모두가 취한 듯 보였지만, 흥미 있는 주제에 하나같이 관심을 기울였다.

말하기를 좋아하는 모두에 비해 나는 역시 듣는 편이었다. 내가 연기하는, 일행들이 생각하는 내 캐릭터와 다른 말이 튀어나올까 봐 늘 조심해야 했다. 철없는 막내 역할에 나는 만족했다. 웅변적인 사람들 틈에서 아무런 주장 없이 함께인 것만으로 나는 충분했다.

곤란한 질문들과 놀라운 답변들이 쏟아졌다. 내게 어울리는 답을 떠올리며 답변을 이어갔다. 술기운에 점점 몽롱해지는 정신을 되잡으려 애를 써야 했다. 한 번도 있는 그대로의 모습이 받아들여진 적은 없었다. 그 사실을 되새기며 갑갑한 마음을 눌렀다. 몇 번의 질문이 이어지는 동안, 다행히 한 번도 외계인이 되지 않았다. 늘 훈련한 대로 나는 다수의 편에서 있었다.

모두가 하나같이 최악의 상황을 가정하고 질문을 던졌다. 희망적이거나 최선을 기대할 수 있는 질문은 없었다. 최악과 최저 중 하나를 택해야 하는 셈이었다. 현실에서 좀처럼 일어날 리 없는 질문들을 해보자 했지만, 그런 면에서 오히려 더 현실적이라는 생각이 들었다.

몇 번이나 순번이 돌고, 어느 순간 내게 시선이 모였다. 더 이상 질문을 피할 수 없었다. 가쁘게 몰아쉬던 숨을 고르고 입을 열었다.

"그럼, 제가 할 질문은 간단한데요. 우리가 지금 당장 어디론가 떠나야 하는 거예요. 갈 수 있는 곳은 지금으로부터 10년 전이나, 10년 후, 둘 뿐이고요. 물론 현재에 머물 수는 없고요. 지금의 기억은 그대로 가지고 10년 전이나, 10년 후의 자신이 되는 거죠. 자, 그럼 결정해 보세요."

후 오빠가 미간을 찌푸리며, "이런, 그럼 내일 파수 못 가겠네?" 하며 농담을 던졌다. 모두가 한껏 웃다, 하나 언니가 말을 거들었다. "하, 그러고 보니 시간 여행 같은 거 어릴 때는 엄청 자주 꿈꿨었는데, 나이 먹고는 한 번도 생각해 본 적이 없네. 동심을 잃었어." 다들 한마디씩 거들며 환히 웃는 모습을 보니, 쓸쓸한 기분이 밀려왔다. 며칠 후면 비어 있을 나의 자리 때문이었다. 술에 취해 마음 한구석이 고장이라도 난 것 같았다. 차가운 손끝이 파르르 떨려 주먹을 꼭 쥐었다.

모두가 쉽게 결정을 마쳤다. 결과는 사 대 일. 나 혼자 외계인이 되어버렸다.

"역시 어린 나은이만 미래로 가기를 원하는군? 날 포함해 나머지는 이미 다 늙은 거야!"

작가님의 말에 웃음소리가 터져 나오는 것을 들으며 술잔을 비웠다. 속이 뜨거워 푸푸 가쁜 숨을 내쉬는 동안, 작가님이 먼저 이야기를 시작했다.

"일단 선택지가 내게는 쉰 살이랑 서른 살인데? 당연히 서른 살로 가야지. 마흔도 힘든데 쉰은 무리야. 그리고 또, 돌아가서 꼭 없애야 하는 책이 있어. 하하핫! 그 책부터 뭔가 좀 꼬여버렸지. 그때로 돌아가면 절대 그런 글은 쓰지 말아야지. 지금까지도 그게 마음에 걸린다니까. 그러니까 소설가라는 직업은 늘 신중해야 돼. 이상하게도 꼭 책을 내고 나서야 그게 쓰레기란 걸 알아챈다고."

"헤헤. 그럼 작가님 곤란하시도록 한국 가자마자 그게 어떤 책일지 제가 한번 맞춰볼게요!"

설이 언니의 말에 기겁한 표정을 짓는 작가님을 보며 모두가 다시 웃음을 터트렸다. 커지는 웃음소리를 들을 때마다 천둥이라도 울린 듯 몸이 움찔거렸다. 나만큼이나 볼이 빨개진 설이 언니가 말을 이었다.

"저도 이왕이면 10년 전으로 가고 싶어요. 하나 언니가 매번 놀리듯이 그땐 너무 모범생이었어요. 이제야 여행도 하고, 내가 원하는 걸 찾아가면서 조금 솔직해졌죠. 과거로 가서 진짜 원하는 선택만 하며 다시 살아내 보고 싶어요. 외계인 게임 하면서 말도 안 되게 어려운 선택들도 다 했는데, 한번 겪었던 문제지야 뭐…… 쉽지 않겠어요?"

설이 언니의 말에 하나 언니는 "그래 설아! 돌아가서 이상한 여자가 되어 나타나 줘. 부디 10년 후엔 깜짝 놀랄 모습으로 훈자에서 다시 만나자." 하곤 술잔을 빙빙 돌리며 말을 이어갔다.

"나도 이왕이면 10년 전으로 가고 싶어. 이십 대 초반으로 돌아가서 이제는 나이 먹어서 못 하고, 망설이고 그랬던 거 다시 다 해보고, 새로운 것도 배워보고 그러려고. 그리고 로또 번호들 좀 적어가고, 주식 투자도 하고 말이지. 가지고 있는 기억을 다 이용해서 최대한 돈을 좀 벌어야지! 그럼 10년 후에 다들 다시 여기서 만나! 내가 호텔 하나 지어두고 기다릴 테니까!"

언니의 말에 다들 꼭 그랬으면 좋겠다며 호들갑을 떨었다. 나도 따라 웃어야만 하는데, 마음과는 다르게 자꾸만 얼굴이 굳어졌다. 모두가 의심 없이 말하는 우리의 '다음' 때문이었다. 내게는 없을 다음 때문에, 뭐라도 쏟아질 듯 가슴이 울렁였다. 넘실대는 마음을 자꾸만 힘주어 눌러야 했다.

이상하게 일그러진 나의 표정을 읽었는지, 후 오빠가 테이블 아래로 내 손을 잡으며 말했다.

"나도 10년 전 과거야. 그때라면 돌이키고 싶은 것 하나 없던 시절이니까. 뭐, 이제 꽤 늦었는데 일어날까? 파수에서도 시간은 충분하니까. 내일은 아침 일찍 모여야 하잖아?"

짧게 말을 마친 오빠는 먼저 자리에서 일어섰다. 다행이었다. 내 결정에 대한 이유를 말할 힘도, 자신도 없었다. 터질 듯이 가슴이 뛰었다. 속이 매스껍고 어지러워 일어서지도 못할 것 같았다. 오빠가 나를 번쩍 안아 일으켰다. 나를 붙잡으며 어서 들어가자는 오빠에게 무언가 말을 하고 싶었는데, 입술이 떨어지지 않았다. 자꾸만 비틀거리는 나 때문에 설이 언니도 내 남은 팔짱을 끼고는 힘을 주었다. 어지러운 몸을 추스르려 애를 쓰는데, 작가님이 춥다며 외투의 지퍼를 올려주었다. 하나 언니는 온통 빨개져 눈도 잘 뜨지 못하는 나를 휴대폰으로 찍으며 깔깔 웃어댔다. 하나같이 바보 같은 사람들이다.

나를 붙잡은 오빠와 언니에게 의지해 호텔로 향했다. 땅에 끌리는 내 발끝을 보며 힘겹게 발걸음을 옮겼다. 오빠와 언니의 목소리가 메아리처럼 울리고, 둘에게 묻고 싶은 말이 있는데, 자꾸만 입에선 입김만 뿜어져 나왔다. 서로의 그림자가 춤추듯 섞이고 있었다. 저 그림자가 나와 닮았단 생각이 들었다.

언니의 부축을 받으며 침대로 쓰러졌다. 언니가 베개를 받쳐주고 머리칼을 쓰다듬고는 이불을 당겨 나를 덮었다. 손을 뻗으려는데 몸도 말을 듣지 않았다. 둘은 이내 밖으로 나서고, 문이 닫히는 소리가 들렸다. 그 순간 베개에 얼굴을 묻었다. 베개를 악물고 소리를 내지 않으려 애를 썼다. 자꾸 입이 벌어지고 눈물이 쏟아졌다. 가슴이 너무 뛰어 몸을 웅크리고 말아 가슴께를 눌렀다. 모든 걸 다 계획했는데, 이제 나는 떠나야 하는데, 자꾸만 우리의 다음을 말하는 그들 때문에 어딘가가 찌릿했다. 내 빈자리가 떠올라 귀에선 널뛰듯 쿵덩쿵덩 소리가 들렸다.

당장 10년 후로 가고 싶었다. 10년 후로 떠나 모두를 찾고 싶었다. 그때도 후 오빠는 내게 잔소리를 할는지, 설이 언니는 나를 쓰다듬으며 안아줄는지, 하나 언니는 나를 놀리며 깔깔 웃고, 작가님도 나를 앉혀두고 끝나지 않는 이야기를 다시 들려줄 것인지 알고 싶었다. 그렇다면 그땐 연기 없이, 거짓 없는 환한 웃음을 지어 보일 수 있을 것만 같아서. 내가 느끼는 이 감정이 오늘 한 번만 허락된 다시 없을 경험일까 두려웠다.

함께이고 싶었다. 함께라면 무언가 달라질 것만 같았다. 아무 일도 일어나지 않는 하루에 어떤 변화가 올지도 모르겠다는 생각마저 들었다. 10년 후가 아니라면 차라리 영원한 오늘을 살고 싶었다. 하루의 끝에 모두의 이름을 적어두고, 그 끝에 내 이름도 넣어 우리라고 부르고 싶었다.

차가운 감촉에 눈을 떴다. 베개가 눅눅했다. 물소리가 나는 걸 보니 후 오빠는 욕실에 있는 것 같았다. 마른 세수를 하고 몸을 일으켰다. 물병을 찾다 테이블 위 노트가 눈에 들어왔다. 내일 아침 떠날 파수엔 별표가 그려져 있었다. 우리는 왜 이곳에서 만나게 된 걸까. 내 이름을 부르는 이들에 둘러싸여 별이 없어도 소원을 빌 수 있을 것 같았다. 빈 페이지를 넘기다 우리라는 큰 이름을 적어 넣었다. 하나하나 모두의 이름을 적는 것보다 더 나아 보였다. 더 이상 손끝이 떨려오지 않았다.

노트를 품에 안고 테라스로 나섰다. 서늘한 안개에 콧잔등이 시큰했다. 은하수가 길게 흐르고 있었다. 푸른빛으로 실핏줄처럼 흩뿌려져, 어느 별 하나 잃지 않겠다는 듯 서로를 꼭 붙잡아 품고 있었다. 혼자로 오는 버스 안에서 보았던 별밤이 떠올랐다. 마지막을 결심했던 밤이었다. 그 순간, 너른 은하수의 품에서 푸른 별똥별 하나가 떨어졌다. 긴 꼬리를 그리며, '네가 어떤 일을 저질러도 이 하늘에 실금 하나 긋지 못한다.' 라며 나무라는 것 같았다.

오후

29세 남성

여행자

25

첫눈이다. 지난해에 비해 늦은 만큼 사람들의 기대라도 하늘에 닿은 걸까. 세상의 모든 색을 지우기라도 하려는 듯 눈발이 날렸다. 창밖을 가만히 응시하다 보면 눈이 쌓이는 소리마저 들리는 것 같았다. 창에 허옇게 얼어붙은 서릿발을 보며 보일러의 온도를 높였다. 종일 귤이나 까먹으며 침대에 노트북을 끼고 앉아, 벌써 세 편째인 영화가 시작되고 있었다. 종강을 했지만 본가로 가는 건 내키지 않았다. 나처럼 자취방에 남아 캠퍼스를 떠나지 않는 친구들도 몇 있으니, 그런대로 지루하지 않게 방학을 날 수 있을 것 같았다.

겨울이 지나면 졸업반이었다. 졸업 이후의 삶에 대해선 특별히 생각해 두지 않았다. 마음 같아선 다시 긴 배낭여행이나 떠나고 싶지만, 그러기엔 부모님께 둘러댈 핑계를 만드는 일도 고역이었다. 군대를 전후로 1년씩의 여행을 다녀온지라 이미 졸업도 동기들보다 많이 뒤처져 있었다. 부모님에게 모름지기 여행이란, 나이 먹고 천천히 떠나도 문제없는 것 아니던가. 물론 우리 부모님은 아직도 너무 젊으신 건지 여행 계획 같은 건 한 번도 들어본 적이 없지만…….

외투를 껴입고 편의점으로 나섰다. 몇 걸음 떼지 않아 어깨에 눈이 쌓이고 있었다. 이런 기세라면 코앞으로 다가온 이번 성탄은 화이트 크리스마스가 될 것도 같았다. 집 앞 작은 편의점에서도 이미 요란스러운 성탄절 장식을 달아놓았고, 흥겨운 캐럴이 흘러나오고 있었다. 학기 중에는 하루도 빠짐없이 소란이 벌어지는 자취촌이지만, 종강과 함께 대부분이 고향으로 돌아가 쓸쓸한 유령 마을 같은 꼴이었다. 슬리퍼 차림으로 나온 탓에 발가락이 얼어붙을 것 같아 서둘러 담배를 끄고 방으로 들어왔다.

오랜만에 느끼는 여유가 나쁘지 않았다. 그도 그럴 것이 올한 해는 학과 학회장까지 맡아, 말 그대로 눈코 뜰 새 없이 바쁜 한 해를 보낸 탓이다. 단지 나이가 많은 예비역인 데다가 임원을 하겠다고 나서는 열의 있는 아이들도 없어, 선배 몇의 주도로 떠안은 자리였다. 웬일인지 막상 학회장이라는 이름을 받고 나니 나도 모르는 책임감이 생겨 역량 이상으로 한 해를 뛰어다닌 느낌이다. 이제 무사 졸업을 향해 1년간 쥐죽은 듯 학과 생활을 해야 한다니 내심 섭섭한 기분마저 들었다.

허전한 마음에 연락처를 훑어봤다. 나름 이백여 명 학우들의 리더였으니, 후배들에게 1년 동안 수고했다는 인사라도 전할 생각이었다.

[지랄맞은 학회장을 만나 한 해 동안 고생 많았다. 방학 잘 보내고 성탄도 좋은 이와 따뜻하게 보내!]

한 명씩 이름을 넣어 한참이나 메시지를 보내던 중, 연락처에 의외의 이름이 보였다. 후배 보라. 특별한 친분은커녕 둘이서 따로 대화 한번 나눈 적 없는 아이였다. 아니, 대화를 나눌 수 없었다고 해야 할까.

보라는 목소리를 잃은 아이였다. 후배들에게 전해 들은 바로는, 신입생 시절 휴학을 할 정도로 큰 사고를 당해 성대에 마비가 온 거라 했다. 선천적 언어 장애가 아니니 우선은 큰 무리 없이 학교생활을 하고 있는 것 같았다. 축제나 체육대회, 학술제 등 학과 행사마다 나는 워낙 극성스럽게 참여를 독려하는 꼰대형 학회장이었는데, 행사 때마다 보라는 거의 보이지 않았다. 다른 후배들이었다면 붙잡아 두고 혼쭐을 내줬겠지만, 마음 한편에 자리한 불편함에 보라에게는 그럴 수 없었다. 그러니 보라에 대해 이렇다 할 기억이 없는 것도 당연한 일이었다. 어쩌다 번호를 저장해 뒀는지도 기억이 나지 않았지만, 별 고민 없이 메시지를 보냈다. 어차피 문자뿐인 대화이니 딱히 염려할 것도 없었다.

[보라야, 나 형진 선배야. 학회장 하면서 별로 못 친해져서 아쉽다. 내년에는 밥이라도 같이 먹자. 성탄 잘 보내고!]

잠시 휴대폰을 내려놓고 귤을 까는데 바로 답장이 도착했다.

[어라? 형진 선배! 우리 서로 어떻게 번호를 알고 있는 거죠? 아무튼, 연락 고마워요. 어디세요? 이제 집으로 내려가셨나요?]

밝은 답장에 마음이 놓였다. 귤을 통째로 입에 욱여넣고 대화를 이어갔다.

[그러게? 네 번호를 저장해 뒀더라고. 난 아직 자취방이야. 방학 동안 그냥 여기서 보낼 생각이야.]

[정말요? 저 지금 학교 도서관인데! 그럼 내년 말고 오늘 밥 같이 어때요? 혼자 심심했는데.]

보라는 생각보다 붙임성 있는 아이 같았다. 갑작스러웠지만, 거절하기도 그렇고 해서 몇 시간 후 저녁 식사를 함께하기로 했다. 일단 좀 씻어야 할 것 같았다. 전신 거울 안에는 겨울잠을 자다 실수로 깨어난 것 같은 곰 한 마리가 한 손엔 귤을 들고 다른 손으론 배를 긁적이고 있었다.

잘 입지 않는 코트까지 빼입고 보라를 기다렸다. 그사이 눈발이 잦아들어 조용하고 하얀 세상에 포근한 기분까지 들었다. 제자리에서 빙빙 돌며 뽀드득 소리를 만들고 있는데, 누군가가 뒤에서 내 허리를 힘껏 움켜잡았다. 깜짝 놀라 미끄러질 뻔한 몸을 간신히 버티고 돌아보니, 보라가 서 있었다. 흉한 자세로 멈춘 나를 보며 입을 가리고는 소리 없이 웃고 있었다.

"이 자식이! 자빠질 뻔했잖아!"

놀란 모습이 창피해 괜히 너무 크게 소리쳤나 하고 생각하는데, 보라가 내 얼굴 앞으로 쑤욱 휴대폰을 내밀었다.

[세상에! 선배가 처음 한 말이 짜증이라니!]

보라가 대화를 하는 방법 같았다. 보라의 말에 무안해서 할 말을 찾는데, 다시 휴대폰을 내보였다.

[추움. 뭐든 잘 먹음. 반말 죄송!]

걸음을 서둘러 근처 레스토랑으로 들어갔다. 창가 자리에 자리를 잡고 메뉴판을 내밀었다. 그제야 마주 앉은 보라가 눈에 들어왔다. 길고 검은 머리칼에 쌍꺼풀이 없는 큰 눈. 여학생 비율이 높은 우리 학과에서도 눈에 띄는 아이였다. 메뉴판을 손가락으로 짚고 올려다보는 보라와 눈이 마주쳤다. 내 시선을 들킨 것 같아 얼른 "응? 파스타?" 하고 물으니 보라는 웃으며 휴대폰에 글자를 찍었다.

[귀는 잘 들림. 소리 안 쳐도 괜찮아요.]

당황해 나도 모르게 큰 소리를 낸 것 같았다. 주문을 마치고 머쓱하게 보라를 바라보는데 보라가 성큼 내 옆으로 자리를 옮겼다.

[괜찮죠? 나눠 먹기도, 대화도 편하게.]

고개를 끄덕였다. 자꾸만 팔을 뻗어 휴대폰을 내미는 게 불편한 것 같았다.

생각보다 보라와의 대화는 어렵지 않았다. 주로 나는 묻고 보라는 문자로 답하는, 느리지만 즐거운 대화가 오갔다. 보라는 신입생이었던 작년, 신호를 위반한 차에 교통사고를 당해 허리와 가슴께를 크게 다쳤다고 한다. 한 학기 동안 휴학을 하고 치료에 전념해 이제 몸은 괜찮아졌지만, 어찌 된 일인지 성대 근육에 마비가 와버려 말을 하지 못하게 되었다고 했다. 일시적 현상일 수도 있다는 의사의 말에 초기엔 희망을 가졌지만, 벌써 1년이 넘게 조금도 나아지지 않아 반쯤은 포기 상태라고 했다. 충격이 컸을 텐데도 보라는 꽤 씩씩해 보였다.

어색하진 않을까 했던 우려와는 달리 우린 통하는 데가 많았다. 어떤 주제가 나와도 여지없이 같은 부분에서 웃으며 맞장구를 쳤다. 누구든 같은 지점에서 울기는 쉬워도 웃음은 그렇지 않은 법이니까. 가능한 느린 식사를 했지만, 이대로 헤어지기에는 아쉽다는 생각이 들었다.

"너 술은 잘 마셔?"

보라는 고개를 저었다. 아쉬운 마음에 별수 없이 자리에서 일어나려는데, 보라가 내 어깨를 톡톡 치며 휴대폰 화면을 내밀었다.

[술은 못하지만 마시러 가도 좋아요.]

금세 기분이 좋아져 단골 술집으로 자리를 옮겼다. 한산한 바에 나란히 앉아 조용한 대화를 이어갈 수 있었다. 보라는 의외로 나에 대해 많은 걸 알고 있었다. 학회장을 하는 1년 동안 아이들 앞에 서다 보니, 자연스레 나에 대해 동기들이 하는 이야기들을 많이 엿들었다고 했다. 말을 못 하는 대신 남들보다 많은 걸 들을 수 있는 장점도 있다고 덧붙였다.

창밖엔 다시 눈발이 날리고 있었다. 조명 빛에 반사된 눈송이들이 반딧불처럼 깜빡이며 흩날렸다. 바람의 방향을 따라 내 마음도 휘우듬하게 흔들리고 있었다. 창밖에 둔 시선을 돌리며 바라본 보라의 옆얼굴이 고왔다. 새하얀 볼 위로 발간빛을 보이며 미소 짓는 그 얼굴이 좋았다. 보라가 바를 손가락으로 톡톡 치며 시선을 끌었다.

[사실 우리…… 번호 언제 저장한 건지 알아요.]

"응? 정말? 나는 기억이 안 나는데."

[선배 복학하고 재수강할 때, 언젠가 지각해서 내 옆에 앉았었어요. 강의실 맨 뒤에 들어와서 거의 잠만 잤지만. 그때 제가 번호 찍어 드려서 저장했던 거예요.]

기억이 났다. 복학한 지 얼마 되지 않아, 매일같이 동기들과 술을 마시곤 아침 강의마다 지각을 하던 때였다. 옆자리의 후배가 보라였는지는 몰랐지만.

"아! 알 것 같아. 그게 너였구나. 그땐 강의 중이니까 문자로 말하는 줄 알았어."

[응, 그게 저였어요.]

"아까는 왜 모른다고 했어?"

[선배, 원래 그런 거예요. 번호를 주고 1년이 넘어서야 처음 연락한 남자인데. 그것도 단체 문자로!]

입을 가리고 붉게 웃는 보라를 보며 나도 따라 크게 웃었다. 신기한 일이었다. 그날 우연히 옆자리에 앉아 번호를 교환한 일도. 그 후배가 보라인 줄도 모르고 잊었다가 하루 만에 금세 가까워진 것도.

오랜만에 질문을 쏟아붓는 사람을 만나 보라도 신이 난다고 했다. 자신을 안쓰럽게 여기는 조심스러운 사람들 덕에 너무 고요한 날들이었다고 했다. 수다스러운 나와, 본래 듣기를 좋아한다는 보라가 어쩌면 잘 어울리는 짝이 아닌가 하는 뜬

금없는 생각까지 들었다.

시간을 빗질하듯 다정한 대화들이 밤을 끌어당기고 있었다. 문득 시계를 보니 꽤 늦은 시간이었다. 그제야 엄한 아버지 때문에 보라가 그간 학과 행사도 참여하지 못한 것이란 말이 생각나, "빨리 가봐야 하는 거 아냐? 혼나면 어떡해?" 하고 물으니 보라는 싱긋 웃으며 고개를 저었다.

[오늘은 아버지 출장. 내일에나 돌아와요.]

보라는 대학에서 조금 떨어진 곳에 아버지와 둘이 살고 있었다. 아버지가 근처 대학의 교수님이셔서 두 대학 사이에 집을 구했다고 했다. 너무 엄하신 아버지 때문에 보라는 매일 숨 막히는 하루들을 보내고 있다고 했다. 본래부터 워낙 가부장적인 분이었지만, 문제의 교통사고 후로 더욱 보라를 옥죄고 있는 모양이었다.

[오늘 같은 날은 드문 기회예요.]

나를 안심시키는 보라의 말에 맥주를 추가했다. 이미 주량을 넘어선 느낌이었지만 상관없었다. 이대로 눈에 갇혀도 좋을 마음이었다.

[선배, 목소리가 좋은 것 같아요. 그래서 학회장이 된 걸까?]

보라의 말에 머쓱히 양어깨를 추어올렸다.

[우리 뇌에 신뢰감을 관장하는 부분이 청각 기능 근처에 있대요. 그

래서 음성이 좋거나 말을 잘하면 사람들이 쉽게 믿는 거라던데. 좋아요. 선배 목소리도.]

"아, 그래? 몰랐네."

[전공 시간에 배운 건데? 이래서 선배가 재수강을 많이 하는구나?]

연하게 웃어 보이는 보라의 칭찬에 흐뭇한 만족감이 차올랐다. 괜한 쑥스러움에 시선을 떨구는데, 갑작스레 보라가 볼에 입을 맞췄다. 달큼하고 따듯한 향이 진동했다. 보라와 눈을 맞추고, 이번엔 내가 입을 맞췄다. 눈을 감고 키스를 나눴다. 우리의 대화만큼, 조용하고 느린 입맞춤이었다.

눈을 떴을 때, 시간이 제 속도를 놓쳤다. 눈발의 일렁임마저 멈춘 듯했다. 우리는 말이 없었다. 바 아래로 보라의 손을 잡았다. 정오의 봄 온기였다. 밖은 어느새 다시 폭설이었지만, 난로라도 품은 듯 안도감이 들었다. 적요한 흑백의 우주에서 조용히 무언가 시작되고 있었다. 어떤 투명한 경계의 선이 턱밑을 스쳤다. 세상의 모든 것들이 자신의 색을 잃어버린 시간. 우리의 한 뼘 가슴만 붉게 번지고 있었다.

26

눈을 떴다. 새벽 네 시 반. 너의 반, 내 꿈의 반이 지난 시간이었다. 어젯밤도 해시시에 취해 잠이 든 것 같았다. 입 안에 흙 맛이 돌았다. 바닥에 둔 생수병을 들어 목을 축였다. 몇 시간 후면 파수로 떠날 것이다. 길었던 훈자에서의 시간도, 오래된 일행들과도 마무리해야 할 때였다.

떠나오기 전, 모든 걸 팔고서야 알았다. 우리가 온전히 가졌다가 모두 잃을 수 있는 건 사랑뿐이라는 걸 그제야 알았다. 그게 아니면 가난한 우리가 영영 가질 수 있는 게 무엇이 더 있을까.

그런 사랑을 잃었는데, 모든 걸 잃은 것인데, 이해하는 사람은 없었다. 사랑과 이별에 '고작'이나 '겨우'라는 단어를 붙여 떠나는 나를 붙잡았다. 모두 나 같은 청년이었다. 한때는 그들도 '고작 사랑' 같은 것이나 '겨우 이별' 따위를 무지근하게 품에 휘어 안고 살았을 것이다. 현실이라는 통증에 자신도 모르게 마취가 필요했을 것이다. 갈증이 가시자 다시 잠이 쏟아졌다. 나은이의 숨소리를 들으며 눈을 감았다.

다시 잠에서 깨니, 창가 트레이에 놓인 으깨진 체리들이 빛을 삼키고 있었다. 침이 고였다. 나은이는 해시시를 만들고 있었다. 바닥에 엉덩이를 대고 앉은 나은이의 어깨선을 따라 곡선의 빛이 퍼졌다. 종이 끝을 핥는 나은이의 혀를 보며 몸을 일으켰다. 나은이가 아침에 가장 어울리는 싱그러운 미소를 지어 보였다.

"아침부터 그건 왜 만들고 있어?"

"그냥. 오빠한테 배우고 나니 재밌어서."

정말 재밌었는지 이미 다섯 개비의 해시시가 만들어져 있었다.

"나 취하는 거 싫다고 하더니만?"

"어차피 오빤 말도 안 들으니까. 손도 둔해서 예쁘게 잘 말지도 못하잖아. 봐, 나는 잘 만들었지?"

나은이는 제법 매끄럽고 통통하게 말아낸 해시시 한 개비를 흔들며 자랑하듯 웃어 보였다. 그것을 뺏어 들고 불을 붙였다.

"깨자마자 또 피우면 어떡해?"

"테스트야. 몇 시야, 지금?"

"음, 거의 여덟 시네. 이제 준비하면 되겠어. 나 먼저 씻고 올게."

나은이 만든 해시시는 독했다. 배는 될 양을 넣은 것 같았다. 잘못하면 아침부터 취해버릴 것만 같아 비벼 끄곤 체리를 한 움큼 입에 욱여넣었다.

대강 가방을 정리하고 나니 나은이가 샤워를 마치고 나오며 말했다.

"아, 맞다! 어제 사르만이 숙박비 결산한 영수증 줬어."

"응, 그래. 그나저나 너 괜찮은 거지?"

나의 물음에 나은이는 당황한 기색을 감추지 못하고 우두커니 서 있었다. 어젯밤 그토록 비통한 소리를 내며 눈물을 쏟아놓고는, 눈치채지 못하길 바랐는지 우물쭈물 말을 잇지 못했다. 욕실 앞에 선 나은이를 가만히 안았다. 나은이의 젖은 머리칼에서 발등 위로 물방울이 떨어졌다.

"나은아, 미안해."

"뭐가. 오빠가 왜?"

"그냥, 뭐든지. 다들 비슷할 거야. 상처가 있고, 그곳에 위로가 되는 이도 없으니 떠나온 걸 거야."

나은이도 무언가 말을 하려다, 그만두었다. 가만히 나은이의 등을 쓰다듬었다.

반년이었다. 세 계절을 머물렀던 방을 나섰다. 사르만이 자신의 빨간 지프를 부지런히 닦으며 우리를 기다리고 있었다. 지프에 올라타 일행들이 머무는 게스트하우스 앞으로 가니, 셋은 이미 길에 나와 하나같이 손을 흔들었다. 모두가 빽빽이 앉아 사르만이 틀어준 흥겨운 음악을 들으며 파수로 향했다. 다들 피곤할 법도 한데 소풍이라도 가는 어린애들처럼 들떠 조는 사람 하나 없었다.

금세 아타바드 레이크에 도착했다. 훈자에서 파수로 가기 위해 꼭 거쳐야 하는 호수였다. 본래 훈자에서 파수까지는 산악 도로를 타고 두어 시간이면 도착할 수 있었다지만, 몇 년 전 내린 비로 산사태가 나는 바람에 한 마을이 사라지고 그곳은 빙하가 녹아 생긴 커다란 호수가 되었다. 호수에서부턴 사르만과 헤어져 우리끼리 배로 갈아타야 했다.

지프에서 내린 일행들 모두가 약속이라도 한 듯 일제히 환호를 질렀다. 우람하고 거친 돌산들 아래로 펼쳐진 눈부신 옥빛 호수 때문이었다. 절경인 훈자의 풍경에 이미 내성이 생긴 이들조차 감탄을 감출 수 없는 고통스러운 아름다움에 나도 따라 소리를 내질렀다.

선착장엔 어촌 마을의 부둣가처럼 형형색색의 보트들이 출항을 준비하고 있었다. 호수를 감싸는 신비롭고 활기찬 분위기에 다들 들떠 보트에 올랐다. 배를 타고 느리게 호수를 가르며 달리는 일은 언제나 나를 흔들었다. 점차 좌우로 흔들리는 진동이 온몸으로 전해지는 느린 보트. 가만히 앉아서 느낄 수 있는 그 시각과 체감의 흐름이, 지금 지나는 시간과 같은 방향으로 내가 흐르는 느낌을 전해주었다.

옆자리에 앉은 낙현 형님이 내 얼굴 앞으로 불쑥 담배를 내밀었다. 불을 붙이고 서로 싱거운 미소를 지어 보였다. 연기를 내뿜던 형님이, "좋지? 이런 풍경에서 눈치 안 보고 피울 수 있는 거." 하며 한껏 기지개를 켰다. 말없이 끄덕인 내게 형님은 다시 물었다.

"이런 풍경에 있다 보면 보고 싶고, 떠오르고, 그런 사람 있지 않아?"

"종종 그렇기도 하죠. 형님은요? 누구 떠오르는 사람 있어요?"

"내 나이 즈음 되면 이제는 곁에 없는 사람들만 떠오르지. 지나간 것들만 붙들고 사는 기분이야, 요즘은."

같은 마음이었다. 형님 나이대의 사람들은 우리의 고독이 죄 없는 죄책감과 싸우며 얻어진다고 오해하곤 했지만, 이미 우린 상실이라는 식민지에 지배받으며 살고 있었다. 막상 어떻게 여기까지 왔는지도 모른 채, 과거에 설득당하며 응보의 시간을 살아간다. 저마다 상실로 그을린 사막의 가슴이 주변에서 청춘이라 칭한다고 푸르러질 리 만무했다. 하고픈 말을 눌렀지만, 형님은 재차 질문을 던졌다. 자신이 하고픈 말이 있을 때 상대에게 질문을 하듯 말을 이어가는 형님만의 방식이었다.

"여행 말이지, 왜 그렇게 오래 다니는 거야? 여행하면서 뭐 따로 하는 게 있어?"

"아니요. 그냥 좋아서요. 다닐 수 있는 만큼 다녀보려고요. 좋잖아요, 여기. 우리말로 아무리 떠들어도 아무도 못 알아듣고, 또 이렇게 맘대로 피울 수 있고요."

나는 웃으며 손에 낀 담배를 들어 보였다.

"그렇지. 그래도 여행을 이렇게나 길게 하는데, 뭐든 해보는 게 좋지 않아? 뭐, 나처럼 여행하며 글을 써본다든지……."

"하하, 아니요. 형님 같은 작가님이랑 같나요? 그냥 이렇게, 마냥 다니는 게 좋아요."

"그래, 자기가 원하는 대로 살아야지. 그런데…… 후야, 너 말이지, 재능이 있어. 이야기가 있고."

"갑자기요? 하핫, 저 같은 게 무슨……."

"전에 네 글을 봤어. 일부러 보려던 건 아니었는데. 내가 노트북 빌려준 적 있었잖아. 그때 네가 깜빡하고 안 지운 모양이야."

"아, 제가…… 그래요? 그건 그냥 장난 같은 거예요."

"인마! 내가 잘나가는 소설가는 아니지만, 글만 보고 10년 넘게 살아왔어. 네 글, 괜찮아. 큰 도움은 못 되어도 출판사를 연결해 줄 수는 있으니까. 무엇을 쓰든지 나중에라도 생각해 봐."

"하하! 알겠어요, 형님. 작가님의 감사한 말씀 새겨둘게요."

그제야 알 수 없는 말들을 마친 형님은 연거푸 연기를 뿜어댔다. 입가에 피로가 얹혀 있었다.

얼마나 시간이 흘렀을까. 물속에 잠긴 미루나무의 애채가 하나씩 드러나고 있었다. 이곳이 한때는 마을이었다는 증거였다. 요란한 모터 소리가 잦아들고, 첫 번째 선착장이 보였다. 파수로 가려면 마지막 선착장인 굴밋에 내려야 했지만, 나는 일어나 내릴 채비를 했다. 일행들에게는 미리 말을 전해두었다. 내가 이 마을을 둘러보는 동안, 일행들은 파수 숙소에 먼저 체크인을 하기로 했다.

선착장 주변에는 여행자들이 찾지 않는 작은 마을이 있었다. 산사태로 호수가 만들어졌을 때 이 마을의 일부 농지와 집터는 다행히 피해를 입지 않아, 몇 안 되는 가구들이 여전히 생활을 이어가고 있었다. 형님에게 배낭을 부탁하고 작은 카메라 가방만 챙겨 선착장에 발을 디뎠다. 모터 엔진이 다시 요란한 소리를 내는데, 갑자기 설이가 선착장으로 폴짝 뛰어내렸다. 내 옆에 선 설이가 떠나는 보트를 향해 양팔을 크게 흔들었다. 보트의 현지인들도 화답하듯 설이를 따라 손을 흔들었다.

"갑자기 왜 내린 거야? 피곤할 텐데 숙소 가서 쉬고 있지."

"괜찮아. 호수가 너무 예뻐서 나도 걷고 싶었어. 또 우리 같이 산책하기로 했잖아."

한 걸음 앞선 설이가 돌아보며 손을 잡았다. 나를 당기는 건조한 손을 타고 긴장이 전해졌다. 호수를 지날 때마다 이 마을이 마음에 남았었다. 파수로 향하며 매번 이곳에 멈추고픈 끌림이 일었지만, 어쩐지 자신이 없었다. 그러니 오늘이 아니면 다시는 기회가 없을 거란 생각이었다.

바람에 찰랑이는 호숫가를 따라 걸었다. 투명한 물속에 잠긴 미루나무들이 죽은 채로 꼿꼿이 서 있었다. 물 밖으로 머리를 내민 것들은 휘휘 우는 소리를 냈다. 발걸음을 옮기니 물속에 박제되어 전시된 듯한 하얀 주택이 모습을 드러냈다.

물속에 잠긴 파랗게 칠한 창틀과 창문마저 상하지 않고 이전의 모습을 유지하고 있었다. 보트 위에선 한 번도 본 적 없는 모습이었다.

사진을 찍던 설이가 말했다.

"얼마나 무서웠을까? 보트에서 현지인들에게 들어보니 모두가 자고 있는 시간에 갑자기 산사태가 나서 이백 명이 넘게 죽었대. 손쓸 도리가 없었겠지."

"그러게. 이 집에서도 당장 창문을 열고 아이가 손이라도 흔들 것 같은데."

아무리 기다려보아도 물속에선 아무도 내다보지 않았다. 저 창문을 열면 미지의 세계로 통할지도 모른다는 생각이 들었다. 이백 명이 넘는 사람들이 물속에서 자기들만의 세상을 이루고, 이전의 기억은 다 잊은 채 천국과 다름없는 모습으로 살고 있는, 그림을 잘 그리는 아이와 책을 좋아하는 아이가 크리켓 선수를 꿈꾸는 아이의 양손을 잡고 꿈처럼 살고 있는 세계.

내가 선 땅과 물속의 집. 겨우 한 걸음 사이에 삶과 죽음의 경계가 있다는 사실이 실감 나지 않았다. 한 걸음 뒤로 호수는 비극적인 맑은 얼굴을 하고 있었다. 가장 많은 사람을 죽인 재앙이, 가장 아름다운 풍경을 만들었다. 가장 악한 이는 본래 가장 아름다운 옷을 걸치고 있는지도 모를 일이었다.

수많은 사람들의 기억들이 잠겨 있을 텐데, 어떤 목소리 하나 둥실 떠오르지 않았다. 맥이 풀렸다. 잠긴 미루나무를 안내판 삼아 발걸음을 옮겼다. 사라진 한 마을과 사라진 한 사람에 대해 생각하다, 발이 젖어버렸다. 남은 자들과 떠난 자들의 마음이 부유하는 물결이란 생각에 손에서 꾸덕한 땀이 흘렀다.

마을 길이 끝나는 지점에 다다르니 집의 한편만 호수에 닿아 있는 버려진 집이 보였다. 외관은 깨끗하게 페인트가 칠해져 있었고 노랗게 칠한 나무 문도 단단히 붙어 있어, 호수에 찾아와 목을 축이는 거대한 동물처럼 보였다. 조심히 문을 열어 안으로 들어섰다. 물에 닿은 한쪽 벽은 거대한 습기를 먹고 있었지만, 나머지 벽면은 튼튼해 보였다. 누군가 남기고 간 소파와 테이블, 주방의 그릇들과 아이가 가지고 놀았을 인형들까지도 그대로였다. 점점 불어나는 물살에 급하게 떠난 것인지, 마치 아무도 다시 찾지 않아 폐장한 놀이동산 같은 곳이었다.

혼자 이곳에 남아 온기를 불어넣고, 떠난 사람들의 기억을 수집하며 머물고 싶다는 충동이 일었다.

"후야, 나 너를 떠올렸어."

갑작스러운 설이의 말에 고개를 돌렸다.

"어제, 네가 냈던 외계인 게임 질문 말이야."

말없이 끄덕이며 내가 눈을 맞추자, 설이는 죄라도 고백한 사람처럼 시선을 떨군 채 말을 이었다.

"그러니까……, 다른 뜻은 아니고, 그냥 그때 그런 생각이 들었어. 우리 좀 더 알아가자. 정작 꺼내고픈 말은 아무것도 하지 않았을지 모르니까. 우리 모두가……."

내가 아무런 답이 없자 설이가 급히 나의 손목을 잡았다. 시간이 꽤 흘렀으니 그만 파수로 가야 할 것 같다고 했다. 설이의 손을 잡아끌었다. 발갛게 상기된 채 나를 빤히 쳐다보는 설이에게 말했다.

"나 좋아하는 거, 알고 있어. 그런데 그건 나를 몰라서야. 진짜 내가 어떤 사람인지 다 알고 나면 좋아할 수 없을 거야. 그리고 난 한국에 돌아갈 생각도 없고……."

멍하니 듣고 있던 설이가 갑작스레 소리치듯 말했다.

"나도 네 생각처럼 그렇게 좋은 여자 아니야! 네가 어떤 사람인데? 무슨 짓을 했는데? 그럼 말해주면 되잖아."

"말해도 소용없어. 어차피 이해 못 할 거야."

"왜 네 마음대로 결정해! 아무것도 모르면서!"

양 주먹까지 꼭 쥐고 소리치는 설이에게 흠칫 놀라, 나도 모르게 뒷걸음질을 쳤다. 물러선 나의 허리를 설이가 달려들

듯 감싸 안았다. 놀랄 틈도 없이 설이가 입을 맞췄다. 향수의 잔향이 퍼지고, 순한 감촉이 습기처럼 몸을 휘감았다.

"아, 미안……."

가만히 입술을 뗀 설이가 움츠리며 말했다. 등 뒤로 물이 찰랑거리며 부서지는 소리가 들려왔다. 호수를 타고 굴절된 햇살이 거물거물 내부를 비추고 있었다. 꼭 설이의 모습 같다가, 나 같기도 했다. 겉으론 새것 같지만, 안으로 들여다보면 이미 한군데가 무너져버린…….

말없이 설이의 손을 잡았다. 숨이라도 참는 사람처럼 빨그스름한 얼굴을 한 설이가 급히 내 목을 감싸 안았다. 목덜미에 비릿한 냄새가 돌았다. 미루나무 잎사귀 사이사이를 비집고 되비치는 햇살에 눈이 시렸다. 호수는 선한 얼굴로 벽을 삼키고 있었다.

27

밤바다는 먹물처럼 출렁였다. 하얀 입김을 내뿜던 보라가 코트 속으로 파고들어 내 품에 이마를 맞댔다. 숨결이 가슴팍에 닿았다. 주위엔 철써덕거리는 파도 소리뿐이었지만, 목소리가 들리지 않아도 보라의 언어를 읽을 수 있었다. 표정과 눈빛, 숨소리만으로 은유와 행간이 읽혔다. 소리쳐 주장치 않는, 묵묵하고 단단한 사랑이었다.

이틀 전 전주를 시작으로 오늘 여수에 도착했다. 다음은 통영을 거쳐 부산에서 마무리되는 일정을 짰다. 1주년 기념 여행이었다. 자취촌의 밤거리를 매일같이 함께 걸으며 약속했던 여행이었다. 나는 곧 졸업을 앞두고 있었고, 결국 대학원 진학을 결정했다. 특별히 하고 싶은 일이 없기도 했지만, 무엇보다 보라와 캠퍼스에서 더 붙어 있고 싶은 마음이었다.

바람이 거세져 캔 맥주를 사 들고 호텔로 돌아섰다. 항구가 내려다보이는 아담한 호텔이었다. 객실에 들어서 외투를 벗은 보라는 바로 노트북 앞에 앉았다. 무언가 떠오를 때마다 잊지 않고 메모를 하는 습관 때문이었다. 서둘러 자판을 누르는 보라 등 뒤에 서서, "또 무얼 쓰는 거야? 그렇게 급하게." 하고 묻자, "그냥. 오빠랑 밤바다 걸으며 떠오른 것들. 엿보지 마!"라며 타이핑을 했다.

나는 먼저 샤워실로 들어섰다. 문틈으로 따각따각 익숙한 타이핑 소리가 새어 들어왔다.

보라는 어릴 적부터 시작한 일기 쓰기를 성인이 되고도 멈추지 않아, 이미 쓴 일기장만 해도 수십 권에 달한다고 했다. 그만큼 기록을 좋아하는 아이였지만, 본격적인 글쓰기는 사고 이후 시작된 것 같았다.

틈만 나면 자판을 누르는 보라에게, "왜 이렇게 쉼 없이 쓰는 거야?"라고 물으면, "쓸 수 있으니까."라는 답이 돌아오곤 했다. 아무것도 말하지 못하는 사람이지만, 무언가를 쓸 수 있는 사람이니 다행이라 했다. 그래서 더 글의 소중함을 알고 있다고. 글로 위로받은 만큼 자신도 누군가에게 위로를 전하고 싶다고 했다. 그녀는, 그런 작가를 꿈꿨다.

보라가 욕실로 들어서고 맥주를 한 모금 들이켜는데 휴대폰이 울렸다. 보라의 아버지였다. 보라는 아버지와의 문제가 항상 해결되지 않는 숙제였다. 곱게 키운 외동딸이니 귀하게 감싸고 싶은 아버지의 마음은 이해하지만, 보라가 사고를 당한 이후 아버지는 더욱 이상하게 변했다고 한다. 조금만 귀가 시간이 늦거나 연락이 되지 않으면 매를 들기까지 했는데, 실제로 종아리나 엉덩이를 맞아 빨갛게 부어오른 흔적을 본 적도 있었다. 샤워를 마치고 나온 보라에게 휴대폰을 가리키니, 손을 저으며 상관없다는 듯 빙긋 웃어 보였다.

나란히 침대에 등을 기대고 앉아 티브이를 켰다. 범죄에 관한 취재 탐사를 하는 저널리즘 방송이 나오고 있었다. 필리핀 세부에서 벌어진 한국인 납치 살인 사건에 관한 내용이었다. 이 일당은 여행객들을 납치해 돈을 뜯어내고는 결국 풀어주지 않고 살인까지 저질렀는데, 그 후엔 피해자의 부모에게 연락해 시체의 위치라도 알고 싶으면 돈을 더 보내라는 협박까지 했다고 한다.

"정말 멍청한 쓰레기들이구만! 돈을 받았으면 풀어줄 것이지. 살인까지 저지를 건 뭐야. 그러지 않고도 여행객들 돈을 뜯어내려면 방법은 넘쳐날 텐데. 멍청한 놈들!"

잔인무도한 범죄자들에게 혼잣말로 화를 내는데, 보라가 나를 흔들며 문자를 내보였다.

[오빠! 내가 저런 짓을 하면 어떻게 할 거야? 이미 오빠는 나를 사

랑하는데, 알고 보니 내가 저렇게 잔인한 사람이었다면? 신고할 거야?]

갑작스러운 이상한 질문에 내가 웃어 보이자, 보라가 다시 물었다.

[오빠는 이때까지 했던 가장 나쁜 짓이 뭐야? 아무한테도 말 못 한, 비밀로 가지고 있는 정말 나쁜 짓 같은 거. 당연히 저 범죄자들만큼은 아니겠지만…….]

"글쎄, 난 특별히 없는 것 같은데? 아, 그나마 범죄에 가까운 일은 떠오른다. 내가 반장이었던 중학생 때였는데, 아마 학교에서 불우 이웃 돕기 성금 같은 걸 걷었던 것 같아. 반 아이들에게 통보를 하고 다음 날 자율적으로 걷고 보니, 성금이 너무 적게 걷힌 거지. 나도 모르게 짜증도 나고, 화도 나고. 그렇잖아? 쉬는 시간에 떡볶이 한 번 안 사 먹고, 오락실 하루 안 가면 몇천 원이라도 낼 수 있는 건데 말이지. 그러다 아이디어가 떠올랐어. 그때도 다들 휴대폰은 가지고 있을 때였으니까. 불우 이웃 돕기 자동결제 번호 같은 게 있었거든. 그냥 휴대폰으로 그 번호에 전화만 걸면 자동으로 얼마씩 결제가 되는 방식이었지. 틈틈이 애들한테 휴대폰을 빌려서 죄다 그 번호에 걸어버린 거야. 뭐 눈치챈 녀석들도 하나 없었고. 일종의 완전 범죄였지."

[오! 의적도 아니고, 그래도 귀여운 범죄네.]

"뭐, 그런가? 그 외엔 딱히 안 떠오르는데? 그럼 너는?"

보라는 입술을 내밀고 심각한 표정으로 고민하더니, 이윽고 장문의 문자를 써 보였다.

[내가 저지른 가장 나쁜 일은, 내 안에 숨어 있는 나쁜 생각들이야. 나는 무례한 사람들이 너무 싫어. 횡단보도에서 아무렇지 않게 담배를 피우는 사람들이나 취해서 아무 데서나 소리치는 사람들, 아까 해변에서 봤던 죄책감 없이 쓰레기를 버리던 사람들이랑 또…… 강아지 용변 안 치우고 갔던 사람들도. 그런 비상식적인 사람들이 다 죽어버리거나 최소한 사고라도 당해 나처럼 목소리라도 잃으면 후련할 것 같아. 가끔 그런 생각이 들어.]

보라는 상당히 큰 고백이라도 한 듯, 입술을 악물고는 내 반응을 기다렸다.

"나도 그런 생각 종종 하는데, 뭘. 이상하게 자격 없는 사람들은 뻔뻔하게 다 누리고 사는데 말이지. 너처럼 선한 사람은 억울하게 사고를 당하고……."

괜한 말을 한 건가 싶어 보라를 당겨 힘껏 안았다. 한동안 순하게 안겨 있던 보라가 갑자기 침대에서 벌떡 일어나 티브이를 껐다. 중요한 말이라도 전하려는지 심각한 표정으로 다시 휴대폰을 내밀었다.

[오빠! 오빠는 오형진이라는 이름이 좋아?]

영문을 몰라 어깨를 으쓱하자, 얼른 다음 말을 이었다.

[오빠를 부를 다른 이름을 지어왔어. 나만 부르는 애칭 같은 거.]

"애칭? 갑자기?"

[일단 눈을 감아봐. 깜짝 놀랄 준비하고. 1주년 기념이랄까?]

얼떨떨한 마음으로 눈을 감았다. 어떤 대단한 애칭을 지어와서 눈까지 감으라고 하는 건지. 언제쯤 눈을 뜨면 될지 보라의 신호를 기다리는데, 낯선 소리가 들려왔다.

"후……."

총성이라도 들은 듯 가슴이 탈싹거렸다. 아무 말도 못 한 채 보라의 입술을 응시했다. 커다래진 나의 눈을 본 보라가 다시 입을 열었다.

"후, 후……."

처음 듣는 보라의 목소리였다. 어눌하고 크게 한숨을 내쉬는 느낌이긴 했지만, 분명 후라고 부르는 소리였다. 입을 벌리고 멍하니 멈춘 나를 보며, 보라는 환히 웃으며 문자를 눌렀다.

[어때? 후. 오후. 오빠 애칭으로 맘에 들어? 한 달 정도 됐나. 글을 쓰다 한숨을 쉬는데 갑자기 목소리가 섞여 나오는 거 같은 거야. 그날부터 오빠 놀라게 해주려고 매일 연습했어.]

보라를 왈칵 껴안았다. 마음에 드는 이름이었다. 보라가 낼 수 있는 유일한 소리였으니 어떤 이름이어도 상관없는 마음이었다. 내 들뜬 표정에 자기도 신이 났는지 보라는 자꾸만 휴대폰을 내밀었다.

[오후. 발음도 예쁘고 좋지? 오빠가 좋아하니까 나도 너무 좋아. 후오빠. 오후 오빠. 오빠는 내가 부를 수 있는 유일한 사람이 된 거야.]

쓰지 못하는 목으로, 나오지 않는 소리를 애쓰며 연습했을 보라의 시간이 그려졌다. 이전엔 상상하지 못한 가장 큰 선물을 받은 기분이었다. 보라를 만나지 않았다면 영영 알 수 없었을 감정이었다.

나는 아직 스스로 어떤 사람인지도 확신할 수 없었지만, 향해야 할 방향을 찾은 기분이었다. 나를 찾는, 나를 부르는 유일한 사람. 헤매는 이에겐 한 사람의 부름도 충분한 방향이 된다. 나를 향한 목소리를 따라 걷기 위해, 나만을 부르는 이의 곁에 서기 위해, 그동안 미로 같은 삶을 배회했는지도 모를 일이었다.

보라를 안고 눈을 감았다. "후……." 나를 부르는 음성이 밤새 귓가에 맴돌았다.

28

히치하이킹으로 얻어 타고 온 승합차가 멀리 사라질 때까지 설이는 손을 흔들었다. 일행들이 기다리고 있을 숙소의 바깥문을 열고 마당으로 들어서는데, 설이가 팔을 붙잡았다. 여전히 둥글게 퍼진 홍조를 띤 채였다.

"후야, 꼭이야. 나한텐 어떤 이야기라도 털어놔도 돼. 난 외계인이잖아. 약속한 거지?"

누군가와 함께이고 싶은 마음이 나를 약하게 만들었다. 마음을 다잡았다. 빙긋 웃는 내 표정에 그제야 안심이 되는지 설이도 주춤하던 발걸음을 옮겼다. 곱고 폭신한 잔디가 깔린 마당을 지나 숙소에 들어섰다. 큰 난로를 중심으로 주방과 거실이 한 공간에 있는 전통식 구조의 내부가 드러났다. 도미토리가 두 개뿐인 아담한 숙소여서 우리 다섯 명은 도미토리 한 방에 모여 지내기로 했다.

일행들은 각자 침대에 누워 있었다. 그새 작업을 하는 건지 노트북을 만지던 낙현 형님이 침대를 가리키며 말했다.

"왔네? 원하는 자리 골라봐."

졸고 있었는지 부스스한 얼굴을 한 하나가 기지개를 켜며 거들었다.

"데이트 잘하고 왔어? 그렇다고 둘이 한 침대를 쓰고 그러는 건 반칙이야!"

눈을 가늘게 뜨고 놀려대는 하나 옆 침대에 배낭을 올렸다. 방에 나은이가 보이지 않았다.

"나은이는?"

"피곤하지도 않나 마을 둘러보겠다고 나갔어. 어린 게 좋지, 역시."

하나가 헝클어진 머리칼을 질끈 묶으며 말했다.

대강 배낭을 풀어두고 현지 휴대폰을 조심히 챙겼다. 담뱃갑에서 담배 한 개비를 꺼냈다가, 다시 통째로 들고 나왔다. 숙소 마당에서 도로 쪽으로 걸어나가며 안테나 수신이 되는 곳을 찾았다. 지지직 하는 잡음이 섞였지만, 이내 신호가 울렸다. 서둘러 종료 버튼을 눌렀다.

젠장. 몇 모금 빨지 않은 담배를 뱉듯이 끄고, 심호흡을 했다. 망설일 이유가 없었다. 휴대폰을 잡은 손에서 땀이 흘렀다. 미끈한 손바닥을 허벅지에 닦고 폰을 노려보았다.

전화 한 통이면 약속대로 사르만이 파수로 올 것이다. 사르만의 지프로 언제든 국경까지 떠날 수 있었다. 문제는 망설이는 내게 있었다. 설이의 입맞춤 때문일까. 일행들과 너무 많은 약속을 한 탓일까. 나약한 스스로가 역겨웠다. 일행들과 함께 할수록 그리움이 번졌다. 나의 것과 우리의 것이 떠올랐고, 기억이 나를 허약하게 만들었다. 균열이 번져 무너지기 전에 홀로 떠나야 했다.

나를 부르는 네가 사라졌다. 너를 떠올릴 때마다 방향을 잃더니, 결국 길을 잃었다. 네가 없고 방향이 없으니, 제자리걸음을 하거나 뒷걸음질을 쳤다. 그곳에서 헤매는 삶보다 이곳에서 떠도는 하루가 차라리 나은 일이었다. 더 이상 기대할 것도, 기도할 것도, 기다릴 것도 없는 삶. 머뭇대는 스스로가 이해가 되지 않았다. 인연은 돌아갈 곳이 있는 이들이나 감쌀 말이었다. 나는 돌아가지 않을 여행길에 올랐다. 마지막 남은 소원이었다. 다시 휴대폰을 잡았다. 잡음이 심했지만 신호음이 울렸다.

“사르만, 내일 아침 일찍 와줘. 부탁해.”

월컹덜컹 무언가 속에서 무너지고 있었지만, 입술을 악물었다.

"오빠!"

뒤에서 날 부르는 소리에 놀라 몸을 틀었다. 나은이였다.

"뭐 해? 통화 중이었어?"

"아, 아니. 안테나가 터지나 봤어. 역시 잘 안 되네."

달려와 팔짱을 낀 나은이를 따랐다. 등덜미에 식은땀이 솟았다. 일행들은 그사이 난롯가에 둘러앉아 있었다. 설이가 우리를 발견하곤 밝은 목소리로 말했다.

"오늘은 작가님이 수제비랑 백숙 해주신대."

공간을 만드는 설이 옆으로 바닥에 엉덩이를 대고 앉았다. 난로의 뜨끈한 열기가 얼굴로 바로 전해졌다.

"오늘 저녁은 결정됐고. 이제 뭐 할까요, 우리?"

"일단 장 먼저 보고 와서, 서스펜션 브리지나 가보는 게 어때? 거기서 아슬아슬한 단체 사진도 찍고 말이지. 우리 아직 제대로 된 단체 사진 하나 없잖아?"

형님의 말에 모두가 좋은 생각이라며 맞장구를 쳤다.

"그럼 저녁 재료 좀 사러 다녀오자. 숙소 아저씨 차에 다 탈 수는 없고, 누가 남아 있을래?"

형님의 말에 나는 손을 번쩍 들고, "오늘은 저는 빼주세요. 내일부턴 제가 다 할게요." 하고 웃어 보였다. 하나도 재빨리 손을 들며 "저는 내일도 빼주세요. 제발요!"라고 애교 섞인 부탁을 했다. 이것들은 파수에 와서까지 저런다며 우리 머리에 꿀밤 한 대씩을 놓은 형님은 아이들을 데리고 밖으로 나섰다.

나은이가 아침에 말아둔 해시시를 꺼내왔다. 마음이 쉬이 가라앉지 않았다. 한 대를 꺼내 불을 붙이자, 하나가 잽싸게 뺏어가 입에 물었다.

"벌써부터 너도 피우려고?"

"그냥……. 스트레스를 좀 받는 일이 있어서."

몇 모금 연기를 내뱉던 하나가 감상 어린 얼굴로 말했다.

"후야, 다들 각자 인생에 의미를 찾기 원하지만, 사실 그런 거 따위는 없는 거 아닐까? 나중에 인간들이 자기들끼리 이유나 의미 같은 것들을 갖다 붙이고는 자위하는 거 아니냔 말이야. 누구나 자기 의지와 상관없이 태어나 살다가, 자기도 모르는 때에 죽고 말잖아. 신이 가진 자비는 무자비뿐인지도 몰라. 어차피 그런 게 인생인데, 요즘은 복잡한 것들은 다 꺼지라고 하고 마음 가는 대로 가볍게 살면 그만 아닌가 하는 생각이 들어."

"가볍겠다는 아가씨가 왜 울어, 울기는."

나지막이 말을 마친 하나의 볼에 눈물이 흐르고 있었다. 몸이 나른했다. 역시 나은이가 만든 해시시는 너무 독했다. 뛰던 가슴은 잠잠했지만, 이내 취해버릴 것만 같았다. 몸을 눕혀 하나에게 무릎베개를 했다. 내 머리칼을 만지며 하나가 말했다.

"이미 저지른 일을 완전히 지우고 살아갈 수는 없겠지? 내 인생 따위야 세상 누구도 관심이 없겠지만, 그렇다고 완벽히 모른 체하고 사는 것도 불가능할 거야. 최소한 스스로 알고 있으니……. 모르겠다."

"백지로 돌아갈 수는 없을지 몰라도 새롭게 고쳐 쓸 수는 있겠지. 네가 네 삶의 작가라는 건 변함없는 사실이니까."

그렇게 말했지만, 우리에게 정말 자유 의지가 있는 걸까. 그저 살아갈 뿐, 운명에 맞서는 일 자체가 환상일지도 모른다는 예감이 들었다. 그럼에도, 그리 말했다. 반쯤은 내게 하는 말이었다.

"재수 없어. 온유하고 평온하며 공평한 사랑만으로 충족된 인생은 없다는 거……, 이제야 조금 알 것 같은데, 이미 내 세계는 무너져 있는 거야. 네 말처럼 오늘부터 고쳐 쓰려 해도 어디서부터 고쳐나가야 할지 모르겠어. 차라리 모든 게 다 꿈이거나 거짓말이면 좋겠어."

하나의 상심의 풍경과 상실의 역사를 떠올렸다. 가늠이 되지 않았다. 유서를 쓰는 이에게서나 볼 것 같은 눈이었다. 무덤 같은 눈 위로 눈꺼풀이 연약하게 떨리고 있었다. 꽁초를 난롯불에 던지고, 한동안 묵묵하던 하나가 갈라진 목소리로 말했다.

“와, 우는 나도 촌스러워. 우리 또 올 수 있을까? 여기…… 훈자에…….”

삶이 지속되는 한 여행은 계속될 것이다. 우리는 언제나 다시 실패할 테니까. 수사가 아니다. 여행자는 전염병처럼 늘고 있었다. 기댈 곳이 없는 장소에서 도망치려는 사람들이 늘고 있단 말이었다. 애써 웃어 보였다.

“응, 물론. 꼭 다시 올 수 있을 거야.”

얼굴에 따듯한 물기가 느껴졌다. 손으로 내 볼을 훔친 하나가 말을 이었다.

“그럼 그때는 꽃 피는 훈자를 보러 와야지. 후야, 그거 아니? 벚나무와 인간은 수명이 같대. 그러니 나중에, 아주 나중에 오더라도 그때도 볼 수 있겠지?”

취기에 생각이 번졌다. 한 사람을 온전히 이해하기 위해선 그의 생애를 바라봐야 할지도 모른다. 벚나무의 꽃만 보듯 사람을 보면, 우리는 서로에게 영원히 외계인일 것이다.

“왜 대답이 없어? 다음에 다 같이 또 오자. 꽃 피는 훈자에.”

또 약속을 남길 수 없어 하나의 허리를 감았다. 열이 오르고 눈꺼풀이 무거웠다.

훈자에 도착했던 봄날이 떠올랐다. 온갖 꽃나무가 지천에 피어 눈처럼 흩날리던 시간, 훈자의 친절한 사람들, 나를 미워하던 마을의 청년들, 내 손톱을 깎아주던 아니타와 살마, 낯선 땅에서 흘려보낸 계절들과 나를 스쳐갔던 많은 연의 잔상이 어지럽게 떠돌았다. 몸은 타오를 듯 뜨거운데, 점차 추운 계절의 기억이 찾아왔다. 나의 작은 자취방과 자취촌의 골목들. 그리고…… 그리고…… 나를 가장 믿는 사람이 내가 아니었던 때와 너를 가장 사랑하는 사람이 네가 아니었던 시간.

눈이 감기고, 내 얼굴이 닿은 곳에 하나의 맥박 냄새가 맡아진다. 하나 음성의 온도, 호흡의 색깔, 온기의 맛도 느껴졌다. 하나의 바람처럼 모든 게 한낱 꿈이길 바랐다. 시간이 너무 느리게 흘러 영원히 멈추고 말 것만 같았다.

29

3개월 만이었다. 소식을 전해온 건 보라의 어머니였다. 보라가 보고 싶어 한다며, 가능하면 와줄 수 있겠느냐는 말에 당장 기차표를 끊었다. 왜 지방에 있는 어머니 댁에 가 있는 걸까. 안 좋은 예감이 들었지만, 보라를 볼 수 있다는 생각에 가슴이 사정없이 뛰었다.

3개월 전, 1주년 여행을 마치고 집으로 돌아간 보라는 연락이 되지 않았다. 또 아버지에게 잔뜩 혼이라도 난 건지 염려되는 마음으로 연락을 기다렸지만, 하루 이틀이 흐르자 무언가 잘못되었다는 걸 알 수 있었다. 함께한 1년 동안 단 하루도 연락이 되지 않은 적은 없었다.

보라와 가까운 동기들과 학과 사무실의 조교, 보라가 근로장학생으로 일했던 도서관 직원들까지 누구 하나 소식을 알지 못했다. 모두들 연락이 되지 않는다는 말뿐이었다. 아버지와 함께 사는 집에도 몇 번이나 찾아가 봤지만, 2층에 자리한 보라의 방엔 끝내 불이 켜지지 않았다. 대체 무슨 일이 일어난 걸까. 아버지의 간섭과 억압을 견디지 못하고 어머니에게로 도망이라도 친 걸까. 그럼 내게는 왜 연락이 없던 걸까. 이해가 되지 않았다.

보라가 사라지고, 나는 작은 자취방에 갇혀 유령처럼 보냈다. 그녀가 불쑥 찾아오기라도 할까 봐 집 밖을 나설 수도 없었다. 새 학기가 시작됐지만 대학원 수업에 나갈 수도 없었다. 굳은 나무처럼 작은 방에 뿌리를 내렸다. 어느 날 학과 조교에게 연락이 왔다. 보라의 아버지가 직접 휴학 처리를 하러 왔다고. 사정을 잘 아는 조교는 나를 대신해 질문을 했지만, 아버지는 보라의 건강 문제 때문이라고만 전하고 도망치듯 떠났다고 했다.

차창의 풍경에 잠시도 시선을 두지 못하고 도착지에 이르렀다. 시간이 더디 지나고 있었다. 자꾸만 휩싸이는 두려움에 주변을 배회했다. 알 수 없는 예감에 발이 떨어지지 않았지만, 언제까지 망설이기만 할 수는 없었다. 보라를 만날 수 있었다. 소리라도 쳐야 했다. 왜 그토록 연락 한번 하지 않았느냐고. 아무리 큰일이 있었어도, 어떤 나쁜 짓을 저질렀다 해도, 왜 나를 찾지 않았느냐고.

벨을 눌렀다. 깊은숨을 내쉬어도 뛰는 가슴은 제멋대로였다. 문을 열어준 건 어머니였다. 인사도 하지 못하고 서둘러 집 안으로 시선을 돌렸지만, 보라의 모습은 한눈에 들어오지 않았다.

"오후 씨?"

보라가 지어준, 보라가 부를 수 있는 유일한 이름. 눈을 감은 내 앞에서 조심스레 '후' 한 글자를 힘주어 내뱉던 보라의 음성이 들려오는 것 같았다.

"네, 제가 오후입니다."

떨리는 음성으로 그제야 꾸벅 인사를 전했다. 어서 보라를 보고 싶었지만, 어머니는 식탁에 앉아 먼저 대화를 원하셨다. 보라는 방에 있다며 잠시만 시간을 달라고 하셨다. 설명이 어려운 딸을 위한 마음인 것 같았다.

"오후 씨랑 여행을 다녀왔다고 들었어요. 보라 아빠가 좀 엄하고 냉정한 사람이에요. 사고 이후로는 더 심해져서, 아마 어떤 핑계를 대도 허락하지 않을 거란 걸 알았을 거예요. 그래서 혼나도 좋다는 생각으로 메모만 남기고 여행을 갔었대요. 여행 내내 여러 번 전화를 했는데 보라는 받지 않고. 아빠가 화가 많이 났어요. 보라 방을 엉망으로 만들었나 봐요. 보라가 아끼는 노트나 일기도 다 찢어놓고. 집에 와서 보라는 그걸 보고 충격을 받았고……."

눈시울이 붉어진 어머니는 잠시 말을 잇지 못하고 가쁘게 숨을 내쉬었다. 나는 멍하니 어머니의 입술만 바라보고 있었다. 보라가 있다는 방으로 당장 뛰어 들어가고 싶었다.

"보라가 방 창문으로 뛰어내렸나 봐요. 많이 다쳤어요. 얼굴도 몸도……. 그간 병원에 누워만 있었어요. 이제야 겨우 혼자 앉을 수라도 있게 되어서 집으로 데려왔어요. 어제서야 오후 씨 이야기를 했어요. 보고 싶다고, 연락을 해달라고 하더라고요. 하룻밤만 밤새 같이 있고 싶다고."

목이 탔다. 손이 떨려와 앞에 놓인 잔을 들 수도 없을 것 같았다. 마른침을 삼키고 깍지를 꼈다. 내일 돌아오겠다며 그때까지만 잘 부탁한다는 말과 함께 어머니는 떠났다. 간병 매뉴얼이 적힌 종이가 테이블에 남아 있었다.

방문 손잡이를 잡았다. 그토록 보고 싶었던 보라였는데, 물어야 할 말이 많았는데, 두려움이 앞섰다. 힘겹게 문을 열었다. 굳은 듯 서 있는 나를 향해 보라가 누운 채 실없이 활짝 웃어 보였다. 맑은 미소 끝에 상처가 걸려 있었다.

다리에 힘을 주어 간신히 보라 앞에 다가갔다. 보라의 손을 찾아 살며시 맞잡았다. 익숙한 온기. 얼굴은 그렇지 않았다.

귀 아래에서 입술로 이어지는 봉합을 한 흉터가 진하게 남아 있었다. 몸도 야위어 손이라도 대면 이내 부서질 마른 꽃 같았다.

목소리가 나오지 않았다. 목이 메고 아무런 생각이 나지 않았다. 움켜쥔 손에 힘을 주었다. 보라도 따라 힘을 넣었다. 눈물을 보며 눈물을 흘렸다. 통곡이라도 해야 했지만 그럴 힘도 나지 않았다. 결국 먼저 말을 꺼낸 건 보라였다. 베개 속에서 휴대폰을 꺼내 한 글자씩 소리를 만들어냈다.

[나 많이 못나졌지? 흉하고.]

내가 웃으며 고개를 끄덕이자 그제야 보라도 입을 가리곤 웃어 보였다. 내가 좋아하는 소리 없는 웃음. 사람도, 사랑도 감출 듯 폭설이 쏟아지던 우리의 첫날부터 내가 사랑한 것이었다.

[오빠도 못나졌네. 바보같이.]

보라의 말에 끄덕이며 힘겹게 입을 뗐다.

"너 때문이잖아. 많이 아프니?"

[하나도 안 아파서 문제야. 나 영영 걷지 못할 수도 있다더라.]

"어떻게 뛰어내릴 생각을 했어. 차라리 도망쳐 나오지. 나랑 도망이라도 치자고 했어야지."

보라는 한 글자씩 그날의 마음을 써나갔다. 시간을 들여 차분히 대답을 이어갔다.

여행을 마치고 집으로 돌아갔던 날. 집으로 들어서면 거실에서 아버지가 회초리라도 들고 있을 거라고 생각했지만, 의외로 집은 조용했다고 했다. 계단을 올라 자기 방문을 여니, 그곳에 아버지가 앉아 있었다고 했다. 그동안 보라가 썼던 일기와 메모장, 틈나는 대로 써두었던 글감이 든 노트들이 찢긴 채로 널브러져 있었다고…….

더 말하지 않아도 알 수 있었다. 떠오르는 감정들과 자신을 향한 질문들을 한순간도 멈추지 않고 적어왔던 보라였다. 말할 수 없지만 쓸 수는 있어 다행이라고 했던, 누군가에게 위로 한 줌 전하는 글을 쓰고 싶다며 단단히 미소 짓던 아이였다. 더 말하지 않아도 충분한데, 보라는 자꾸만 글자를 눌러댔다. 애타는 손짓이 가여웠다.

[내 일기랑 노트를 닥치는 대로 읽은 거야. 거기엔 우리의 연애도, 섹스도 다 담겨 있었거든. 아버지는 뭐가 일기고, 습작인지도 구분하지 못했을 거야. 그냥 막무가내로 다 읽고선 그렇게 만들었나 봐.]

보라는 충격에 눈물도 나지 않았다고 했다. 참담한 장면에 그저 멍하니 서 있었을 뿐, 할 수 있는 게 아무것도 없었다고 했다. 아버지는 그런 보라를 향해 광분을 하며 소리를 치고, 욕까지 뱉었다고 했다. 보라는 견디기 어려웠을 것이다. 작은 소리에도 잘 놀라는 아이였고, 무엇보다 글이 전부인 아이였으니까. 첫 독자가 아버지가 되길 원치 않았고, 글은 누군가에게 위로로 닿기 전, 폐기되었다.

보라가 무슨 말이라도 전하려 부들부들 떨리는 손으로 휴대폰을 꺼내 들었는데, 아버지는 보라의 휴대폰을 빼앗아 창밖으로 던져버렸다고 했다. 무슨 할 말이 있냐고 악을 쓰며, 보라의 목소리마저 뺏어버린 것이다. 소리 내 따지지도, 외마디 비명마저 지르지 못한 채 아픔을 받아냈을 보라를 떠올렸다.

[열린 창문 틈으로 가로등 불빛이 들어오더라. 따듯해 보였어. 저곳으로 뛰어들고 나면, 이 지옥에서 벗어날 수 있겠다는 생각이 들었어. 어디든 그날의 내 방보단 나을 것 같았어.]

보라는 온몸을 던졌다. 아버지는 당황했지만, 이내 차분히 1층 시멘트 바닥에 쓰러져 있는 딸을 들어 소파로 옮겼다. 보라를 눕혀놓은 채로 세수를 하고, 머리를 빗고, 깔끔한 셔츠로 갈아입었다. 구급차를 부르는 일은 다음이었다. 딸이 실려 갈, 가장 가까운 대학 병원에도 아는 교수들이 많아서였다. 자신의 체면을 지키기 위해서였다.

내게 말을 전하느라 보라는 자꾸만 내 손을 놓쳤다. 한 마디, 한 문장 건네기 위해 손을 놓아야 하는 보라 때문에 눈물이 멈추지 않았다.

[오빠 울지 마. 그래야 목소리가 나오지. 오빠 목소리 들으니 좋아.]

떨림을 멈추고 한마디라도 더 전해야 했지만, 나는 바보처럼 아무 말도 하지 못했다. 자꾸만 말을 만드는 건 보라였다.

[이제 오빠랑 약속한 세계 일주도 못 하겠다. 그치? 말도 못 하는데 이제 걷지도 못할 수 있다니. 그게 너무 미안해. 미안해서 더는 못 볼 줄 알았는데…….]

새해를 함께 맞으며 약속했었다. 다음번엔 멀리, 아주 멀리 도망치듯 떠나자고. 낯선 나라들을 떠돌다, 우리가 발견한 가장 아름다운 마을에서 사는 것도 좋겠다고. 아무도 우리말을 못 알아듣는 곳, 누구도 우리를 모르는 마을에 작은 카페를 열고, 밤엔 그곳에 이불을 펴고 빨랫줄도 걸어 그렇게 살아내자고.

떨군 내 머리를 보라가 찬찬히 쓰다듬었다. 고개를 드니 눈도 잘 뜨지 못하는 얼굴로 입가에 미소를 짓고 있었다.

"피곤한가 봐, 너. 일찍 잘래? 난 보고만 있어도 돼. 가만히 이렇게……."

손을 뻗어 내 얼굴을 한참 만지던 보라가 다시 휴대폰을 건넸다. 장문의 글이 쓰여 있었다. 내가 오기 전 시간을 들여 미리 써둔 것 같았다.

[후 오빠. 미안해. 이미 다 말했겠지만 그래도 미안해.
너무 놀라지도, 울지도 말고, 그냥 곁에 있어 줘. 나, 약을 먹었어.
입원을 하고는 정신과 치료도 받아야 했어. 난 자살 기도 환자로 분류됐으니까. 잠도 자지 못하고 매일 눈물만 흘렸는데, 수면제를 먹으니까 정말 쉽게 잠이 들더라. 혼자서는 자리에 앉을 수도 없는 그 시간 동안, 잠드는 게 유일한 위로였어. 깨어나는 게 너무 싫었지만, 이를 악물고 참았어. 그렇게 모아온 거야.
그 시간 동안 내가 해야 할 일을 분명히 알게 된 거야. 잘못된 자리에서 일어나 나는 나아가려는 거야. 내가 뛰어내린 날, 난 그 이전으로 돌아갈 수 없을 거야. 목소리를 가진 날로, 오빠 손을 잡고 걷던 날로도…….
왜일까. 어째서 나일까. 오빠는 다 괜찮다고 하겠지만, 나는 견딜 수 없어. 내가 나로 온전히 존재하던 때로 돌아갈 수 없다는 사실을……. 이미 벌어진 일들을 지우고 본래의 나로 살 수는 없는 거야. 그건 판타지야. 난 그저 페이스트리처럼 겹겹이 상처를 끼고 살다 가볍게 부서지겠지. 그러고 싶지 않아. 내 존엄을 지키려는 거야.
그래서 이제 우리의 삶에 우리가 존재하는 지금, 난 떠나려 해.
함께 여행 가자는 약속 못 지켜서 미안해. 내 가장 큰 소원이었는데, 그것 하나만 남겨두자. 모든 소원을 이룬다는 건 모든 소원이 사라진다는 말이기도 하니까. 나 대신 오빠가 다 다녀줘. 우리가 꿈꾸던 마을을 만나면 편지도 써줘. 나 오빠 글 좋아하잖아. 사실 나보다 글에 소질 있는 건 오빠니까.
아마 나는 조금은 무서울 거야. 내가 무섭지 않게, 내가 놀라지 않게, 목소리를 들려주고 손을 잡아줘. 돌아오지 않아도 되는 긴 여행길에 오빠 손을 잡고 가고 싶어. 혼자서는 멀리 도망도 갈 수 없는 나를 온전히 배웅해 줄 사람은 오빠뿐이야. 내가 유일하게 부를 수 있는 사람은 후 오빠뿐이잖아.]

보라는 눈을 감았다. 생기 하나 없는 낯빛으로 눈꺼풀이 파르르 떨리고 있었다. 당장 구급차를 부르고 병원으로 달려가야 했다. 떨리는 손을 풀려는데, 보라가 손에 힘을 주었다. 눈도 뜨지 못했지만, 나를 지켜보는 것 같았다. 아무 소리도 들리지 않았지만, 내게 말을 하고 있었다. 내 손을 놓지 말라고 뜨겁게 외치고 있었다. 매일 같은 밤 풍경 속을 매일 같은 손을 잡고 걸었다. 익숙했던 손이 당장이라도 차갑게 굳어버릴 것 같은 공포가 밀려왔다. 보라의 손을 감고 깍지를 꼈다. 입김을 불어 넣었다.

처음 입을 맞춘 날부터 보라의 곁에 서고 싶었다. 내 자리인 곁에 영영 머물 수 있다면 충분했다. 한 뼘 거리에 선 것만으로, 한 뼘 가슴은 충만했다. 곁이 아니라면, 그곳이 내게는 가장 먼 곳이었다. 보라의 눈가를 닦고, 머리를 쓰다듬었다. 가엾이 떨리는 입술을 볼 수 없어 입을 맞췄다.

"후……, 후……."

보라의 목소리였다. 나의 이름. 내가 가진 가장 좋은 것이었다. 후라고 불린 이후, 새로 빚어진 사람처럼 모든 게 변했다. 아무도 그 사실을 눈치채지 못했을지라도 이미 새로워진 나는 이전으로 돌아갈 수 없었다. 눈을 뜨면 사라져 버릴까 눈을 감은 채 음성을 더듬었다. 나를 찾는 소리가 메아리칠 때마다 델 듯한 찬결이 가슴팍에 몰아쳤다.

제자리에 쓰인, 그녀가 지어준 이름 때문이었다.

30

설이 나를 흔들어 깨웠다. 몇 시간이나 꿈의 미로에 갇힌 느낌이었지만, 겨우 한 시간이 지나 있었다. 취할 때마다 시간이 더디 흘렀다. 눈은 아직 충혈되어 있었지만 몸은 한나절은 자다 깬 사람처럼 가벼웠다. 하나까지 깨어나 몸을 풀자, 부엌에서 정리를 마친 낙현 형님과 나은이가 합류했다.

“이 자식들, 또 피워댄 거야? 그러다 다리에서 어지러우면 어쩌려고? 겁도 없어요, 하여튼.”

“괜찮아요, 형님. 개운하게 다 깼어요.”

형님에게 척 엄지를 들어 보이고는 숙소를 나섰다. 모두를 이끌고 서스펜션 브리지로 향했다. 자꾸만 뒤를 돌아봤다. 중국과의 국경 마을 소스트가 있는 방향이었다. 마음을 되잡았다. 두어 시간이면 경계를 넘을 수 있었다. 그렇게 내일 오전이면 모두와 안녕이었다. 나는 여행을 이어나갈 것이고, 이들은 다시 자신의 자리로 돌아갈 것이다. 멀리, 도망치듯 떠나자던 약속이 떠올랐다. 입이 말랐다. 국경의 방향에서 무릎 위로 거친 바람이 불어오고 있었다.

캐러멜색의 비탈진 흙산을 미끄럼 타듯 내려오며 오래지 않아 다리에 도착했다. 이미 몇 번이나 찾아 익숙한 풍경이었지만, 처음 다리를 마주한 일행들은 저마다 감탄을 내뱉었다. 대지를 삼킨 듯한 흙산과 돌산의 거친 틈에 걸려 있는 위태로운 다리. 오래된 다리는 묵화 같은 잿빛 강물 위로 아슬아슬하게 매달려 있었다. 한때는 두 마을의 든든한 통로였겠으나 지금은 발자국 하나 보이지 않았다. 생명 없는 행성처럼 적막하고 황량했다. 우리가 일으킨 모래바람에 적막이 스스스 가볍게 흔들렸다.

"그럼 출발해 볼까? 사진은 건너편에 도착해서 찍기로 하고. 내가 맨 앞에서 걸으면서 위험한 곳은 소리쳐 알려줄게."

형님의 리드로 모두가 다리 위에 섰다. 얼기설기 나무로 만들어진 발판은 우리의 체중이 실릴 때마다 끄으윽 소리를 냈다. 군데군데 부러지고 휘어진 구간에선 시간이 걸렸지만, 모두가 침착히 이동을 했다. 가장 앞서 걷는 형님은 다리의 중간 지점을 지나고 있었고, 그 뒤를 설이와 하나, 나은 순으로 뒤따르고 있었다. 나는 가장 뒤에 섰다.

몇 번이나 건넌 다리였지만 매번 목덜미에 땀이 흘렀다. 긴장된 시선으로 발밑을 살피며 발걸음을 옮겼다. 그래도……조금만 일찍 만났으면 좋았을 텐데…….

우리가 모이던 휴게실이 떠올랐다. 한쪽 벽에 가득 붙어 있던, 의심 없이 행복의 얼굴을 한 여행자들의 사진이. 내게도 그런 때가 있었다. 번지는 생각에 시야가 어룽거려 마른 세수를 했다.

"나은아! 왜 그래! 괜찮은 거야?"

갑작스러운 형님의 고함에 고개를 드니, 나은이가 몇 걸음 앞에 멈춰 서 있었다. 양쪽으로 밧줄을 잡고 있던 손도 놓은 채 다리와 팔이 파르르 떨리고 있었다. 나은이의 얼굴은 볼 수 없었지만, 멀리 선 형님의 고함과 설이와 하나의 다급한 몸짓으로 무언가 잘못되었단 걸 알 수 있었다. 이내 연결된 발판을 타고 떨림이 전해졌다.

"나은아! 밧줄을 잡아! 한쪽이라도! 빨리!"

건너편에서 하나가 비명처럼 높은 목소리로 소리를 쳤다.

겨우 몇 발자국 앞서있는 거리였지만, 다리의 진동으로 서둘러 다가갈 수도 없었다. 무리한 움직임에 자칫하면 나은이가 추락할 수도 있단 생각에 귀에서 열기가 우끈거렸다. 숨이 막혔다. 무릎에 힘을 주고 밧줄을 더욱 세게 움켜잡았다.

"나은아, 괜찮아. 내가 갈 거야. 침착히 밧줄로 손을 뻗어봐."

가까워질수록 나은이의 어깨가 크게 들썩이고 있었다. 고개도 돌리지 못한 채 나은이는 대답조차 없었다. 허리까지 땀이 흐르고 손바닥도 미끄러웠지만, 침착히 나은이의 등 뒤에 섰다. 급히 한 팔로 나은이의 허리춤을 감고 표정을 살폈다. 의외로 심상한 표정을 한 나은이의 눈이 공허했다.

"나은아, 왜 그래? 무서워서 그래?"

나은이는 양 볼을 불룩대며 고개를 저었다.

"괜찮아. 손잡아 줄까? 그럼 갈 수 있겠어?"

"가기 싫어, 오빠."

머리칼이 섰다. 아득한 낭떠러지 같은 말이었다. 사라진 한 마을과 사라진 한 사람이 떠오르자 온몸이 뻣뻣이 굳어왔다. 감싼 나은이의 떨림이 전해져 내 무릎까지 후들대기 시작했다. 낡은 다리가 우리를 태우고 출렁였다. 발아래로 회반죽 같은 강물은 거침없이 자신의 일을 하고 있었다. 습기를 빨아당기는 뿌리처럼 당장이라도 발목을 잡아챌 거라는 공포가 일었다.

허리춤을 움켜잡은 손을 풀고, 떨리는 나은이의 손을 잡았다. 불이라도 닿은 듯 후끈한 열기를 타고 두려움이 전해졌다.

비어 있던 나은이의 시선이 그제야 조용히 나를 향했다.

“나은아, 더는 안 돼. 우리 같이 더 여행해야지. 이런 도망 말고, 진짜 여행 말이야.”

나은이의 표정이 잠시 일그러졌다. 그때 반대편에서 달리듯 돌아온 낙현 형님이 금세 우리 앞에 섰다. 설이와 하나도 뒤따라 주춤주춤 다가오고 있었다. 모두가 사색이었지만, 물줄기는 보통의 표정으로 우리를 주시하고 있었다.

“나은아, 이제 다 괜찮아. 아래는 보지 말고 나만 보고 걸어. 후! 너도 정신 차려!”

형님의 외침에 정신을 다잡았다. 곧 형님의 뒤로 설이와 하나가 다가섰다. 다들 당장이라도 울 것 같은 닮은 얼굴로 온몸을 떨고 있었다.

“나은아, 미안해. 언니가 아무것도 몰라서 미안해. 아무것도 묻지 않아서 미안해.”

떨리는 설이의 목소리에 하나가 눈물을 터뜨렸다. 눈을 비비며 숨을 헐떡였다.

“나은아, 이제 우리 모두의 책임이야. 제발 가자. 나 무서워. 여기만 건너면 어떤 소원이든 다 들어줄게. 응? 제발.”

애원하는 하나의 셔츠가 젖어 있었다.

“소원은 이미 이뤘어요.”

나은이의 말에 힘이 풀렸다. 물살 위로 불길한 단어들이 떠다니고 있었다. 나를 부르던 음성과 식어가던 손의 감촉이 눈을 가렸다. 물의 깊이와 내 죄의 깊이를 번갈아 떠올렸다.

"그럼 같이 가자. 또 혼자 보낼 수는 없어."

나도 모르게 흘러나온 목소리에 나은이가 물러서며 손을 풀었다. 순간 형님이 몸을 던져 나은이의 허리를 감싸 안았다. 발판 위로 위태롭게 무릎을 꿇은 채였다. 출렁이는 움직임에 설이와 하나가 차례로 비명을 질렀다. 중심을 잃은 설이와 하나는 주저앉으며 손을 맞잡고 반대쪽 손으로는 형님의 허리춤을 붙잡았다.

"어린 게 무슨 소원을 다 이뤄? 오래된 질문이지만 늘 답하며 살아야 돼. 소망하는 법까지 잊으면 안 된다고."

미간을 찌푸리며 애써 웃어 보이는 형님의 두드러진 광대가 벌겋게 달아올라 있었다. 자신을 꼭 껴안은 형님의 말에 나은이의 몸이 거짓말처럼 순해지고 있었다. 으슬으슬하던 어깨도 점차 가라앉았다. 팔뚝으로 눈가를 훔친 나은이가 말없이 내게 손을 내밀었다. 번쩍 정신이 들었다. 눈을 맞추고 맞잡은 손에 힘을 넣었다.

나와 눈을 맞춘 형님은 그제야 몸을 일으켜 나은이를 풀어주었다. 형님의 두 눈에 붉은빛이 거미줄처럼 돋아 있었다. 형님의 주문을 따라, 설이와 하나가 먼저 건너편에 도착했다. 낡은 다리의 흔들림이 가시자 몸에 힘이 돌았다. 나은이와 보폭을 맞췄다. 발아래로 여전히 잿빛 강물이 입을 벌리고 있었다. 나를 보며 영탄하는 소리가 들리는 것 같았다.

"몇 걸음 안 남았어. 내 손만 놓지 마."

끄덕이는 나은이의 호흡에 맞춰 숨을 골랐다. 형님은 끝까지 우리를 바라보며 뒷걸음질로 걸었다. 목동의 눈이었다. 끝나지 않을 것 같았던 걸음 끝에 순조롭게 땅을 밟았다. 입 안이 말라 호흡이 미끈히 새어 나왔다. 먼저 뒷걸음질로 들어서는 형님을 하나가 뒤에서 안고 쓰러지고, 간신히 당도한 나은이를 설이가 와락 품에 안았다. 어리벙벙한 표정으로 땅에 누워 있는 형님과 눈을 맞추며 안도의 한숨을 내쉬었다. 손끝이 저릿하게 떨려오고 있었다.

갑자기 하나가 "우왕." 하고 신생아 같은 눈물을 터트렸다.

"저 바보들이! 작가님은 바보같이 왜 뒤로 걷는 건데! 저 꼬마는 왜……. 무서워 죽는 줄 알았잖아! 오줌 마려! 다들 바보같이……."

하나는 바닥에 거의 누운 채로 발까지 구르며 소리쳤다.

"이야기 속의 모든 인물이 실수를 저지르지. 다 그렇게 실수하고 실패하면서 사는 거야. 소설이든 현실이든 간에."

"이런 상황에 눈치 없이 그런 말 좀 하지 마요!"

난데없는 진지한 형님의 말에 비통하게 갈라진 목소리로 하나가 소리쳤다. 모두가 자리에 털썩 앉아 웃음인지 울음인지 알 수 없는 웃음을 터트렸다. 나은이의 입가에도 가느다란 미소가 감돌았다. 모두가 아옹다옹하며 불쾌하게 취한 사람들 같았다. 한참이나 한껏 웃으며 몇몇은 눈가를 훔치기도 했다. 단조의 사람들이 모여 경쾌한 하모니를 만들고 있었다.

"자, 이제 우리 사진 찍어요. 다 같이 다리 위에 서서!"

모두가 설이의 제안대로 다리 위로 올랐다. 시키지도 않았는데 서로의 손에 깍지를 꼈다.

"뭐 해요? 다들 손잡고 찍는데!"

한쪽 손을 내밀며 꾸짖는 하나의 음성에 형님은 머쓱하게 웃으며 하나의 손을 맞잡았다.

찰칵. 찰칵.

약속했던 우리의 단체 사진이었다. 사진 속에서 우리는 당장이라도 부서질 듯한 다리 위에 서 있었다. 하지만 어쩐 일인지 우리의 얼굴은 위태롭지 않았다. 모두의 표정이 닮아 있었다. 아슬하게 서 있는 서로가 서로를 붙잡아 단단히 이어져 있어서였다. 홀로 걸어 빈손으로 도착한 훈자였지만, 사진 속엔 모두의 손이 가득 차 있었다.

"자, 이제 백숙이나 먹으러 가자! 든든히 먹어야지. 오늘은 어제보다 더 긴 밤이 될 것 같으니까."

형님의 말을 신호 삼아, 나은이가 배시시 웃어 보이며 앞장을 섰다. 그 뒤를 살피며 형님이 출발했고, 나는 여전히 맨 뒤에 섰다. 투덕투덕 앞선 발걸음 소리를 들으며 생각했다. 우리는 늘 잃기 전엔 미처 내가 잃는 게 무엇인지도 모른다고. 그러니 때로 경계선을 넘어 다시는 본래의 세계로 돌아오지 못하는 거라고. 혼자서 건널 수 있는 세계는 없다. 시간과 공간을 넘어 새로운 세계로 나아가는 방법은 한 사람을 온전히 받아들이는 것뿐인지도 모른다. 타인의 가슴에 뚫린 블랙홀을 통과해 다음 세계로 함께 나아가는 일. 그것만이 외계인인 서로가 동류가 되는 방법이 아닐까.

모두가 붉게 걸었다. 비유가 아니다. 기우는 태양에 허약한 우리는 같은 색으로 번지고 있었다. 우리는 어딘지도 모르는 먼 행성까지 와버렸지만, 서로가 서로의 다리가 되어 경계 너머로 향하고 있었다. 과거와 현재, 미와 추, 획득과 상실, 사유와 회로. 그것들이 전복되는 어느 지점으로 의심 없이 나아가고 있었다.

건너편에서 나은이가 손을 흔들었다. 그것이 우리를 향한 것인지, 경계 너머의 자신을 향해서인지는 알 수 없지만, 아무래도 상관없었다. 삶에선 길치이고 방향치인 모두가 털어놓고 내보일 장소를 찾아 이 먼 길을 걸었을 테니까.

우리의 삶에, 마침내 우리가 존재하는 세계. 나는 지금 이곳에 서 있다. 눈을 감고도 걸을 수 있었다.

에필로그

그가 베이올루 거리의 숙소에서 탁심 광장으로 향하는 동안 거리는 색을 잃어가고 있었다. 하늘은 가장 공평하고 다정한 방식으로 세상을 물들이고 있었다. 파도처럼 몰아치는 눈보라에 광장의 사람들은 걸음을 재촉했다. 유령처럼 걷던 그는 비어버린 스타벅스 야외석에 앉아 긴 숨을 내뱉었다. 허연 입김을 잡아채듯 눈발이 미간 아래로 휘청였다. 발목까지 눈이 쌓이는 동안 세상에 가만한 것은 그 하나일 풍경이었다. 멈추어 있다 해서 평화로운 건 아니었다. 눈사람처럼 멈춰 있으나 속으로 쓰나미가 일었다.

인생의 장면이 펼쳐지는 날이니 당연한 일이었다. 이런 날마다 그는 인간 무리에 홀로 선 외계인 같은 마음이었다. 세상이 흑백으로 멈춘 시간, 둘만 발갛게 물들던 순간의 기억.

생각을 떨치려 주무르던 양손을 주머니에 넣어보지만 소용없었다. 맥박 근처로 기억 같은 눈이 뭉쳐지고 있었다. 새로운 이름을 얻었기에 이전의 자신으로 돌아갈 수는 없었다. 눈의 시발인 겨울이 오는 것만으로 이가 떨리더니, 눈발을 맞을 때마다 과거밖에 모르는 치매 환자가 된 것처럼 주저앉았다. 밖으로는 여행자였으나 안으로는 역방향으로만 달리는 기차에서 생을 보내는 이나 다름없었다.

그의 한계는 한 계절 즈음이었다. 혼자이기 위해, 도망자로 남기 위해 자꾸만 몸을 옮겼지만, 다시 한계가 오고 있었다. 사과를 베어 먹다 눈물이 나기도 했고, 빨래를 털다 주저앉기도 했으니……. 세상의 반대편으로 아무리 깊게 잠수한다 해도 호흡을 위해 물 위로 나오는 고래처럼 그는 기댈 곳을 찾았다. 누군가의 곁이 그의 분수공이었다.

혼자를 떠나 두어 번 계절이 변했다. 몇 번의 도시를 옮겨 다니고 몇 번의 국경을 넘었지만, 약속은 잊히지 않았다. 떠나는 사람의 약속이었고 지킬 수 없을 약속이라 여겼지만, 그 약속 덕분에 혼자서도 걸을 수 있었다. 걸음의 방향성은 늘 약속을 향했다.

그녀가 그와 자신을 우리라 부른 탓이라고, 외로울 때면 자주 혼잣말을 했다. 반쪽짜리 사랑은 있어도 반쪽짜리 우리는 없는 것이다. 단지 한 사람을 사랑하는 것만으로 완성은 오지 않는다. 반쯤의 사랑과 반쯤의 애정만으로는 우리는 우리가 될 수 없기 때문이다. 그럼에도 그녀는 담담히 약속했다. 자신도 등의 방향으로 오래 걸어본 적이 있다고, 아무것도 약속할 일이 없는 곳으로 멀리 달아난 자신이 먼저 약속을 할 줄은 몰랐다고. 그녀의 순한 눈에 담대함이 어려 있었다.

사랑의 등을 보고 떠나온 그의 이야기와 사랑에 등을 지고 떠나온 그녀의 이야기가 몇 번을 뒤엉키다 결국은 얌전히 달빛에 내려앉았다. 안녕보다 짧은 밤이었고, 남은 건 분실물 같은 약속뿐이었다.

광장은 새하얗고 거대한 비누 같았다. 오래되고 훼손된 풍경은 어느새 새것처럼 흰옷을 입은 채였다. 모두가 떠난 광장에 보이지 않는 레일을 타고 고풍스러운 전차가 느릿하게 미끄러졌다. 순간 옷깃 속으로 눈 뭉치가 파고든 듯 그의 가슴께가 서늘했다.

이전보다 큰 배낭을 멘 그녀가 거기 서 있었다. 눈이 쌓여 자신을 알아보지 못하고 지나치길 기도했지만, 그녀는 이전보다 그을린 그를 향해 눈처럼 웃어 보였다.

빨간 전차가 다시 자기 길로 벗어나고서야 그는 몸을 일으켰다. 어깨에 쌓인 눈이 후두둑 소리를 내며 떨어졌다. 그녀는 두툼한 니트 머플러로 얼굴을 반이나 가리고 있었지만, 온통 새것인 세상에서 유일하게 낯익은 존재였다.

"후야."

그녀의 입에서 나온 소리가 꽁꽁 얼어 광장에 걸렸다. 세상의 모든 이름을 모아 펼쳐두어도 찾을 수 있는 이름이었다. 여정에 현기증을 느낀 그가 작게 휘청였다. 힘겹게 몸에 기운을 넣어 더디게 몸을 옮겼다. 그를 부르는 그녀의 소리를 따라 도망자는 여행자의 자리로 나아가고 있었다. 선명한 발자국이 그녀를 향했다.

《외계인 게임》 끝.

작가의 말

이십 대의 끝자락, 내 이름이 찍힌 첫 책을 받아든 순간에도 '오음'이라는 이름 앞에 작가라는 이름을 달고 살 줄은 몰랐다. 글을 쓰며 살아내는 일에 비하자면 글쓰기는 어렵지 않았다. 마흔을 바라보는 지금에서야 작가라는 이름을 얻는 일보다 그 앞에 붙은 가난이나 무명 따위의 이름을 떼어내는 일이 더 고된 일임을 안다.

여행자나 작가라는 이름은 자본주의 시대에 자본 없이도 빤빤히 살아갈 좋은 핑계가 돼줬다. 그러니 여태 살아남은 것은 조건 없이 내어주고 빌려준 주변의 도움 덕임을 안다. 덕분에 하기 싫은 일은 하지 않는 삶을 고집할 수 있었고, 결국엔 정말 하고 싶은 일만 남았다.

이수민. 민애경. MJ. 이소정. 김설. 조ANN. 송두암. 최낙현. 백세은. 조선명. 김보람. 김용민. 송지선. 남궁하나. 한보라.

문화체육관광부. 한국콘텐츠진흥원. 한국예술인복지재단. 대전문화재단. 고용노동부 프리랜서지원사업.

늦은 행운을 기뻐해 준 사람들을 보며 이미 행운아였음을 뒤늦게 알았다. 상금을 넘어서는 숫자를 얻어 쓰며 살아갈 동안 나를 견뎌준 이름들에 감사한다. 엄살 부리지 않고 지금껏 작가로 살게 해준 그 이름들만은 감싸고 살아가겠다. 영영 퇴고하지 않겠다.

《외계인 게임》을 쓰며 자주 이를 악물었다. 배운 적 없고 내보일 곳 없으니 무엇을 쓰는지도 모른 채 아침을 맞았다. 나와 닮은 다섯이 나보다 슬픈 얼굴을 할 때면 눈을 피했다. 아름다운 소설이었다면 좋았을까 생각도 들지만, 이야기만으로 위로를 얻던 시간을 떠올리며 내버려 두었다. 외계인인 이들의 이야기가 누군가에게 위로가 될 것을 믿고 있다. 별거 아닌 내 이야기만을 쓸 때도 그랬으니. 그게 시시했다가 눈물이 나기도 한다.

독자는 외계인 만큼 멀고 낯선 이름이지만, 마침내 닿고 싶은 세계다. 멈추지 않고 네게로 향하겠다.

나는 아직도 헤매는 게 즐겁고, 물어, 물어 나아갈 수밖에 없는 여행자니 앞으로도 나의 일행이 되어주기를……. 나의 행복이 너의 불행이지 않기를……. 매일을 빨간 날로 살아가는 내가 종종 너에게 쉼이 되기를 기도한다.

우리의 이야기가 해피 엔딩이 아니더라도 여정에 행운을 빈다.

2021. 봄

오음

외계인 게임

2021년 7월 7일 초판 1쇄 | 2024년 7월 12일 4쇄 발행

지은이 오음
펴낸이 이원주, 최세현 **경영고문** 박시형

기획개발실 강소라, 김유경, 강동욱, 박인애, 류지혜, 이채은, 조아라, 최연서, 고정용, 박현조
교정교열 이민영 **마케팅실** 양근모, 권금숙, 양봉호, 이도경 **온라인홍보팀** 신하은, 현나래, 최혜빈
디자인실 진미나, 윤민지, 정은예 **디지털콘텐츠팀** 최은정 **해외기획팀** 우정민, 배혜림
경영지원실 홍성택, 강신우, 김현우, 이윤재 **제작팀** 이진영
펴낸곳 팩토리나인 **출판신고** 2006년 9월 25일 제406-2006-000210호
주소 서울시 마포구 월드컵북로 396 누리꿈스퀘어 비즈니스타워 18층
전화 02-6712-9800 **팩스** 02-6712-9810 **이메일** info@smpk.kr

ISBN 979-11-6534-359-0 (03810)